Nina Blazon

Das Königreich der Kitsune

Nina Blazon

Das Königreich der Kitsune

Ravensburger Buchverlag

Umschlagillustration: David Wyatt
Lektorat: Claudia Scharf

Printed in Germany

1 2 3 4 5 12 11 10 09 08

ISBN 978-3-473-52349-8

www.ravensburger.de

Inhalt

Für Matthias Le Mort.
Es kann nur einen geben!

Das Gesetz der Taverne

- Wenn der Spionspiegel sagt: „Du kommst hier nicht rein!“, dann kommst du hier nicht rein.

- Niemand bringt eigenes Essen mit. Schon gar nicht Essen, das sagen kann, wo es wohnt.

- Keine Lieder über Ziegen, keine rusanischen Tänze, keine magischen Duelle. Falls doch: Wanja zeigt euch gerne eure Tür.

- Im Interesse der eigenen Sicherheit: Keine Witze über den Stammtisch der Schicksalsfrauen, Vegetarier, Baba Jaga oder unsere Katze. Wer über Wanja Witze macht, hat es nicht anders gewollt.

- Dämonen haften für ihre Kinder!

- Apropos: Es werden hier keine Kinder geopfert. Es werden keine Erwachsenen geopfert. Es wird gar nichts geopfert, außer dem letzten Dalar, um die Schankschulden zu bezahlen. ~~(Falls du das liest, Baba Jaga: Es sind immer noch 32 Dupeten!)~~ ***Geschenkt! Costas H. Dopoulos***

- Banshees und Sirenen sind von den Karaoke-Wettbewerben ausgeschlossen.

- Draußen bleiben: Tiere, die beißen, spucken, stechen. Tiere mit magischen Fähigkeiten. Alle anderen Tiere. Leute, die sich in Tiere verwandeln können, betreten die Taverne gefälligst in ihrer zivilisierten Gestalt. Es sei denn, das Tier IST ihre zivilisierte Gestalt.

- Wer die Katze quält, den wird Wanja quälen.

- Wer den Geist des Bades in die Branntweinflasche sperrt, muss ihn behalten und die Flasche kaufen. Zum doppelten Preis.

- Eine kaputte Tür kostet 24 Dupeten, ein kaputtes Schloss 8 Dupeten. Zu zahlen an Wanja. Persönlich.

- Hausverbot haben: alle Elfen, alle Domaner, in jeglicher Gestalt.

Costas H. Dopoulos

PS: Zurzeit sind diverse Umbauarbeiten im Gange. Wir weisen deshalb darauf hin, dass die alljährliche Headbanger-Party der Minotauren diesmal nicht in der Hausarena, sondern im Keller stattfindet.

PPS: Wer den Hauskobold zu Explosionen anstiftet, darf sich darauf freuen, als Ehrengast an der Headbanger-Party der Minotauren teilzunehmen. Verkleidet als rotes Tuch.

Kawumm!

Die Explosion sah ohrenbetäubend laut aus, umso erstaunlicher war es, nichts zu hören. Nur in Tobbs' Ohren verpuffte etwas, was sich anfühlte wie implodierende Watte. Im Mund hatte er plötzlich den Geschmack von Ziegelstein, und das unterdrückte Husten links von ihm ließ vermuten, dass auch Anguana jede Menge Staub geschluckt hatte.

Aus den Rauchschwaden, die sich nur langsam verzogen, schälte sich allmählich ihre Gestalt. Eben hatte das Mädchen noch grünlich verfärbte blonde Haare und ein rotes Kleid gehabt, nun aber glich es einer grauen Statue, über und über bepudert mit mikroskopisch feinen Mauersteinpartikeln. Und als Tobbs Anguana bei seinem Anblick kichern hörte und sich mit weißen Zähnen ein Grinsen in ihrem Statuengesicht abzeichnete, wusste er, dass er ganz genauso aussah wie sie.

Eine neue Staubwolke hüllte ihn ein, als er sein glattes, schwarzes Haar schüttelte. Immerhin fiel es ihm nicht mehr über die Augen, seit er am Tag zuvor die blau gefärbten Haarspitzen abgeschnitten hatte. Ein wenig trauerte er dieser Frisur schon hinterher, aber bei dieser Mission ging es schließlich um alles oder nichts – und ein unauffälliges Auftreten konnte ihm das Leben retten. Vermutete er jedenfalls.

„Ich bitte um Applaus", flüsterte der Hauskobold und verbeugte sich. „Ich habe nicht zu viel versprochen: Euer Weg in das verbotene Land ist frei!"

Domovoj hatte tatsächlich ganze Arbeit geleistet. Dort, wo sich eben noch eine mit magisch massiven Steinen zugemauerte Tür befunden hatte, klaffte ein rauchendes Loch in der Wand. Bunte Funken irrlichterten durch die Luft und beleuchteten die Trümmer der hölzernen Tür, die sich hinter der Mauer befunden hatte. Ihre Außenseite zeigte Kratzspuren. Nicht gerade freundliche Kratzspuren!

Tobbs musste schlucken. Bei diesem Anblick wurde ihm nun doch mulmig. Bis eben war er noch fest entschlossen gewesen, in das verbotene Land hinter der Tür zu gehen, sich einfach hineinzustürzen und endlich das Geheimnis seiner Herkunft zu lüften.

Wochenlang hatte er sich Nacht für Nacht hierhergeschlichen und versucht, sich durch die Mauer hindurchzugraben. Doch nun, da diese Tür endlich passierbar war, packte ihn die nackte Angst. Alles, was dagegen sprach, sich heimlich in das unbekannte Land zu schleichen, fiel ihm wieder ein:

In diesem Land namens Doman lebten die gefährlichen roten Krieger, die gemeine Waffen hatten und keine Hemmungen, sie einzusetzen.

Diese Krieger waren auf Tobbs und die anderen Menschen aus der Taverne am Rand der Welten gar nicht gut zu sprechen.

Um genau zu sein: Sie würden die Taverne in Grund und Boden stampfen, wenn sie wüssten, wo sie liegt. Und die Knochen der Bewohner hätten vermutlich beste Chancen, zu Pfeilspitzen und dekorativen Kettenanhängern verarbeitet zu werden.

In Anbetracht all dieser Gefahren klang das einzige Gegenargument, das Tobbs zu bieten hatte, zugegebenermaßen ziemlich dürftig:

Tobbs *musste* einfach in das Land!

Denn wenn seine Vermutung stimmte, dann stammte er selbst aus Doman! Und nichts war wichtiger für ihn, als endlich herauszufinden, was es mit seiner Herkunft auf sich hatte.

Seit dreizehn Jahren lebte er mutterseelenallein in der Taverne am Rand der Welten. Seine einzige Familie waren der mürrische Wirt Dopoulos und die Schmiedin Wanja. Seit Tobbs denken konnte, war keine einzige Nacht vergangen, in der er sich nicht unendlich danach gesehnt hatte herauszufinden, wer seine Eltern waren, die ihn als kleines Kind angeblich einfach in der Taverne vergessen hatten.

Nun, Gefahr hin, domanische Krieger her – bald würde er es wissen!

Vorsichtshalber überprüfte er, ob er alles griffbereit hatte: sein Messer und eine kleine Axt für den Fall, dass er Feuerholz hacken oder sich verteidigen musste. Außerdem einen Wasservorrat und einen Proviantbeutel mit getrockneten Säuselblüten und Kandara-Schinkenspeck, der an seinem Gürtel festgeschnürt war. Seinen wichtigsten Besitz aber hatte er sich über die Schultern gelegt: ein schwarzes Fuchsfell.

Erst vor einigen Wochen hatte Tobbs es bei einem waghalsigen Ausflug auf die Verfluchten Inseln in Tajumeer den Haigöttern abgejagt. Dieses Fuchsfell war sein Erbe, das Einzige, was ihm von seinen Eltern geblieben war. Er wusste zwar nicht, was für eine Bedeutung der schwarze Pelz für sein Leben hatte, aber jedes Mal, wenn Tobbs andächtig darüberstrich, hatte er das Gefühl, dass die Haare knisterten wie bei einem lebendigen Tier, und er fühlte sich geborgen.

„Ein normaler Türendurchgang ist das jedenfalls nicht“, flüsterte der Hauskobold und trat nervös von einem Fuß auf den anderen. „Sieht eher so aus, als führte die Tür in eine Erdhöhle. Als hätte jemand den Zugang zu unserer Taverne sorgfältig verborgen.“

„Stimmt“, sagte Anguana leise und beugte sich nach vorn. „Rechts und links schauen Wurzeln aus den Wänden hervor und der Höhlengang scheint ganz schön lang zu sein. Wir nehmen am besten auch eine Lampe mit, da hinten wird es ziemlich dunkel.“

Mit diesen Worten griff sie nach ihrem Reisebeutel.

„Seid ihr euch sicher, dass ihr einfach auf gut Glück in

ein fremdes Land stolpern wollt, ohne zu wissen, was euch dort erwartet?", fragte Domovoj besorgt.

Typisch Hauskobold!, dachte Tobbs. *Erst begeistert mitmachen, weil es etwas zu sprengen gibt, und danach den besorgten Mann mimen!*

„Und falls ihr lebendig zurückkehrt, bringt Dopoulos euch um, das ist euch hoffentlich klar", unkte Domovoj weiter. „Er hat ausdrücklich verboten, dass jemand ohne seine Erlaubnis durch eine der Türen geht. Und beim Land Doman macht er sicher keine Ausnahme."

„Es reicht, Domovoj!", sagte Anguana. „Es ist zu spät. Reg dich ab."

„Seid doch vernünftig", plapperte der Kobold weiter. „Ihr wolltet wissen, was hinter der Tür ist. Nun wisst ihr es: Nichts als Erde und ein paar Kratzer im Holz. Noch kann ich die Explosion wieder rückgängig machen und die meisten Staub- und Steinpartikelchen an ihren Platz zurückbefehlen. Aber sobald ihr das Land der Domaner betreten habt und ich die Tür und die Wand hinter euch wieder magisch verschließe …"

„Wir gehen!", bestimmte Tobbs, obwohl ihm vor Angst und Aufregung ganz flau im Magen war. Er blickte sich nach Anguana um. Ihre blauen Augen leuchteten in dem staubigen Gesicht, sie versuchte sich an einem Lächeln und nickte ihm ermutigend zu. Doch daran, wie ihre Hände zitterten, während sie eine kleine Öllampe und ein Päckchen Zündhölzer aus ihrem Reisebeutel holte, sah Tobbs, dass auch ihr die ganze Sache nicht geheuer war.

Nicht gut!

Wenn schon magische Geschöpfe wie Anguana sich fürchteten, hatte er doppelten Grund dazu.

Doch jetzt gab es kein Zurück mehr. Vor über dreizehn Jahren waren seine Eltern wahrscheinlich durch genau diese Tür in die Taverne spaziert und ohne ihn wieder fortgegangen. Er konnte jetzt unmöglich aufgeben und wieder in seine Schlafkammer über den Ställen zurückkehren, als wäre nichts gewesen!

„Also los!“, sagte Anguana und rückte näher an Tobbs heran.

Wieder einmal war er erleichtert und unendlich froh, eine Freundin wie Anguana an der Seite zu haben, auf die er sich blind verlassen konnte.

„Uhrenvergleich“, forderte er den Hausgeist auf und schob seinen rechten Ärmel zurück. An seinem Handgelenk prangte eine echte Kostbarkeit, die er erst vor einer Woche beim Pokern gewonnen hatte: die Armbanduhr der rusanischen Hexe Baba Jaga. Sie bestand aus winzigen Knochen und Mäusezähnchen, die sich bei jedem Sekundenticken klackernd ineinander verzahnten und drehten. Ein Meisterstück rusanischer Uhrmacherkunst mit Datumsanzeige – und außerdem absolut stoßfest und wasserdicht.

„Heute ist der 30. September, 4 Uhr 20 und … 37 Sekunden“, sagte er zu Domovoj.

Der Hauskobold konsultierte mit einem raschen Blick die abenteuerlich aussehende Wanduhr, die direkt über der Tür zur Kellertreppe hing. Sie war ein Souvenir aus dem Land Lumenai und bestand aus warziger Krötenhaut und sechzig im Kreis angeordneten Krötenaugen, die sich im Sekundentakt nacheinander öffneten und schlossen. Als Zeiger dienten die mumifizierten Finger einer Moorleiche. Zu allem Überfluss pulsierte das ganze Ding ab und zu, als würde es Luft holen.

Merkwürdigerweise liebte Dopoulos, Tobbs' Ziehvater und Wirt der Taverne am Rand der Welten, diese Scheußlichkeit jedoch sehr. Und selbst Tobbs konnte ihm nicht widersprechen, wenn er argumentierte, dass in der Taverne gute Uhren gebraucht wurden.

„Hast du alles verstanden oder sollen wir es noch einmal durchgehen?“, fragte Tobbs.

Domovoj richtete sich kerzengerade auf und sah ihn beleidigt an. „Sehe ich aus, als hätte ich Motten im Hirn?“, zischte er.

„Du meine Güte, krieg dich wieder ein!“, sagte Anguana. „Er wollte dich nicht beleidigen. Wir müssen nur sichergehen, dass alles nach Plan verläuft und bei unserer Rückkehr das Timing stimmt.“

„In genau zwanzig Tagen zur selben Zeit öffne ich das Tor wieder“, giftete Domovoj. „Was soll daran schwer sein? Das könnte sich ja sogar dieser dämliche, vergessliche Geist des Bades merken.“ Der Kobold schien wirklich ziemlich eingeschnappt zu sein. „Aber ich kann nicht garantieren, dass ich die Tür lang genug offen lassen kann. Besonders, wenn die Herrschaften sich verspäten. Also seht gefälligst zu, dass ihr pünktlich seid!“

Verstohlen warf Tobbs einen letzten Blick auf den langen Wirtshausflur. Unzählige Türen befanden sich dort.

Jede von ihnen führte in ein anderes Land und manchmal auch in andere Zeitzonen:

Im Lande Lumenai herrschte gerade tiefster Winter. Auf den gefrorenen Sümpfen, in denen die maullosen Kröten schliefen, liefen die Moorgeister Schlittschuh.

In Sylvanien bei den Werwölfen brach dagegen in diesen Minuten ein wunderschöner Sommermorgen an. In manchen Ländern lief die Zeit schneller, in anderen langsamer.

Und hier, in der Taverne, war es Nacht. Die Eingangstür zum großen Wirtsraum, in dem Tobbs so viele Jahre als Schankjunge gearbeitet hatte, lag im Schatten.

In wenigen Stunden würde der Wirt Dopoulos zur Theke schlurfen, die Halbglatze blass und spiegelnd im fahlen Morgenlicht. Er würde sich die Schürze umbinden und nach Tobbs rufen. Aber diesmal würde Tobbs nicht da sein. Dopoulos' rundes, müdes Gesicht würde sich vor Besorgnis zu einer Grimasse verziehen, er würde im Stall suchen, im Keller, auf den Fluren und in den kleineren Gaststuben. Schließlich würde er Wanja, die Schmiedin, rufen und auch Mamsie Matata, die im Spiegel wohnte, über Tobbs' Verschwinden informieren. Alle würden sie nach ihm suchen und sich Sorgen machen. Kummer und Chaos wären perfekt.

Eigentlich hätte Tobbs bei dieser Vorstellung ein schlechtes Gewissen haben müssen, aber stattdessen war er auf eine grimmige Art zufrieden.

Geschieht Dopoulos ganz recht, dachte er. Sollte er sich ruhig Sorgen machen, schließlich war es auch seine Schuld, dass Tobbs auf eigene Faust nach Doman gehen musste. Er wusste viel mehr über Tobbs' Herkunft, als er zugeben wollte, so viel war klar, aber jedes Mal, wenn Tobbs nachbohrte, tischte ihm Dopoulos irgendein Märchen auf. So als wollte er mit allen Mitteln verhindern, dass Tobbs die Wahrheit erfuhr. Nun, ab jetzt würde er sich nicht mehr verschaukeln lassen!

Anguana drückte seine Hand.

„Bereit?", fragte sie leise.

Ihr kräftiger Händedruck tat gut und machte ihm Mut. Tobbs schluckte den Kloß in seinem Hals hinunter und nickte entschlossen. „Bereit!"

„Na dann: Gute Reise!", meinte Domovoj mit einem Kopfschütteln. „Beeilt euch, bevor der dicke Wirt kommt und den ganzen Schlamassel hier entdeckt!"

Er hob beide Hände in die Luft wie ein Jahrmarktmagier und fuchtelte theatralisch in der Luft herum.

Tobbs und Anguana wechselten einen langen Blick. Ihr Lächeln schickte einen vertrauten warmen Schauer durch sein Zwerchfell. Und er wusste, dass er mit keinem Wesen auf der ganzen Welt lieber in das Land Doman gehen würde.

Seite an Seite traten sie mit einem großen Schritt über die Schwelle. Einen Augenblick lugte dabei unter dem Saum von Anguanas langem Kleid ein gespaltener Ziegenhuf hervor, den sie immer sorgfältig vor den Blicken der Leute versteckte. Doch Tobbs verwunderte dieser Anblick schon lange nicht mehr. Schließlich war auch er selbst nur zu einem Teil menschlich, zumindest das hatte er in den vergangenen turbulenten Wochen herausgefunden. Im Gegensatz zu Anguana allerdings, die von den Nixen und Quellnymphen der Berge abstammte, hatte er keine Ahnung, was der nichtmenschliche Teil an ihm war.

In der Höhle umfing sie ein kühler Hauch. Es roch nach lehmiger Erde und ein wenig nach Hundehütte. Im flackernden Licht der kleinen Öllampe, die Anguana hochhielt, schienen die Kratzspuren an den Wänden bedrohlich zu tanzen.

„Von da vorn kommt ein Luftzug", wisperte Anguana.

Von da vorn hieß: aus dem schwarzen, tiefen Tunnelloch, das das Ende des Ganges einfach verschluckte und wer weiß welchen Kreaturen Unterschlupf gewährte.

„*Nazad!*", hörten sie hinter sich den leise gemurmelten Zauberspruch des Hauskobolds. Gleich darauf flog ihnen Staub um die Nase, Holzsplitter erhoben sich wie eine wirbelnde Wolke und setzten sich in Windeseile wieder zu einer Tür zusammen.

Der Rückweg war versperrt und es war finsterer denn je. Nur Anguanas winziges Öllämpchen flackerte verloren und schüchtern vor sich hin, als wollte es sagen: „Ich bin gar kein richtiges Licht, also verlasst euch nicht auf mich."

Und dann pustete ein überraschend starker Luftzug, der von oben kam, die Flamme in der Lampe ganz aus. Dunkelheit fiel so schwer und endgültig über sie wie eine erstickende Decke.

„Was zum ...", schimpfte Anguana, dann machte sie „Ups!" und Tobbs spürte, wie ihm mit einem Ruck ihre Hand entglitt. Es rumpelte und klirrte und der stechende Geruch von Lampenöl stieg ihm in die Nase.

Anguana fluchte leise. „Aua, verdammt, mein Knie!",

beschwerte sie sich im Flüsterton. „Ich bin gestolpert. Hier liegt überall Geröll.“

Tobbs tastete in der Luft herum, fand Anguanas weiches Haar und ihre Schultern und half dem Mädchen auf die Beine.

Hinter seiner Stirn tobten die Gedanken wie eine Horde wild gewordener Affen in einem Käfig, die ihm schreckliche Befürchtungen zukreischten: Jeden Moment würden sich die raubtierähnlichen Krieger Domans in der Dunkelheit auf sie stürzen, tödliche Bestien mit messerscharfen Krallen und gierigen Mäulern schlichen sich gerade unbemerkt an sie heran und …

Etwa Haariges streifte Tobbs’ Knöchel.

Er schrie auf und machte einen Satz zur Seite. Dort traf er mit dem anderen Fuß wieder auf Fell, doch diesmal war es Anguanas Ziegenfuß, auf dem er gelandet war.

„Au, spinnst du?“, fauchte das Mädchen.

„Da war etwas!“, japste Tobbs. „Irgendein haariges Tier! Wir sind nicht allein! Etwas ist hier und schleicht um uns herum!“

Ein Zündholz flammte direkt vor seiner Nase jäh auf und erschreckte ihn beinahe zu Tode. Anguanas schmerzverzerrtes Gesicht erschien im Licht der winzigen Flamme. Sie rieb sich den Ziegenfuß und sah sich um.

„Niemand hier“, bemerkte sie trocken. „Aber der Luftzug kommt von da vorn.“

Und als hätte der gehässige Geist der Höhle beschlossen, ihr diese Vermutung sogleich zu bestätigen, verlosch auch diese Flamme. Der Windstoß fuhr Tobbs durch die Haare.

„Am besten, wir folgen dem Luftzug“, bestimmte Anguana. „Wo Wind geht, muss auch ein Ausgang sein.“

Im Grunde war es ganz gut, dass Anguana nicht sah, wie sehr seine Knie zitterten, als er die nächsten zaghaften Schritte in absoluter Dunkelheit machte. Hand in Hand stolperten sie weiter, lauschten schaudernd dem Scharren von Insektenbeinen und spürten immer wieder den Wind, der wie ein neugieriger Begleiter über ihre Wangen strich und ihnen das Haar zerzauste.

Nach und nach gewöhnten sich Tobbs' Augen an die Dunkelheit und er konnte schemenhaft ein paar Umrisse ausmachen. Irrte er sich oder zeichneten sich ganz weit vorne am Ende des Tunnels einige hauchdünne Lichtlinien ab? Ganz so, als würde Sonnenlicht durch die Ritzen einer Tür fallen.

Je weiter sie vorankamen, desto stärker wurde auch der Luftzug. Es roch nicht länger nur nach modriger Höhle, sondern auch nach .... frischem Gras und regennassem Laub!

„Da vorne geht's nach draußen!“, flüsterte Anguana. „Aber irgendwie scheint der Weg blockiert zu sein ... huch!“

Polternd geriet eine ganze Ladung scharfkantiger Steine in Bewegung und schrammte über Tobbs' Knöchel.

„Autsch, zum Höllenkreiselkuchen, schon wieder ein Steinhaufen“, fluchte er. „Jemand hat den Ausgang damit versperrt. Wenn wir hier rauswollen, müssen wir erst das ganze Geröll wegräumen.“

„Dann räumen wir eben!“, sagte Anguana, unerschrocken wie immer.

Die Arbeit brachte Tobbs schnell ins Schwitzen. Das Fuchsfell auf seinen Schultern wärmte ihn so sehr, dass er es schließlich abnahm, zusammenrollte und an den Gürtel band.

Eine ganze Weile hörte er nichts als sein eigenes Keuchen und das Klack, Klick, Klunk der Steine, die sie beide hinter sich in den Gang warfen. Doch das unbehagliche Kribbeln in seinem Nacken sagte ihm, dass sie in der Höhle nicht allein waren. Was, wenn sich in der Nähe wirklich ein pelziges Ungeheuer befand, das gerade über sein Frühstück nachdachte? Tobbs verdoppelte seine Anstrengungen. Allmählich verwandelte sich der Staub auf seinem Gesicht in einen klebrigen Schmierfilm. Bestimmt sah er aus wie ein Zombie. Egal, je nachdem, was sie hinter dem Eingang erwartete, war es vielleicht nicht einmal das Schlechteste, einen möglichst furchterregenden Anblick zu bieten. Vielleicht warteten schon die schwer bewaffneten Krieger vor dem Höhleneingang auf die Eindringlinge?

„Fasst du mal mit an?", forderte er Anguana auf. „Hier ist der Spalt so breit, dass man mit den Fingern durchkommt. Wenn wir drücken und nach rechts schieben …"

Doch das Ziegenmädchen war schon längst dabei, sich mit aller Kraft gegen den Stein zu stemmen. Tobbs staunte nicht schlecht: So zerbrechlich und zart Anguana auch wirkte, sie war zweifellos ein waschechtes magisches Wesen.

Der flache Stein, der den Eingang versperrte, ächzte und schabte, als würde er sich mit allen vieren gegen den Druck stemmen, doch schließlich fühlte Tobbs, wie er von ihm fortglitt, erst langsam und zögerlich, schließlich immer schneller. Er kippte nach außen!

Ein azurblauer Himmel klappte vor ihnen auf, und mit einem gewaltigen „RUMMMS!“ kam die Steinplatte auf dem Boden auf, wo sie sofort in tausend Stücke zerbrach.

Anguana und Tobbs zuckten zusammen und sprangen instinktiv in den Höhlenschatten zurück. Unendlich scheinende Sekunden warteten sie mit klopfendem Herzen, doch niemand kam, aufgeschreckt durch den Lärm, auf sie zu.

„Auweia“, sagte Anguana schließlich und blinzelte. „Ich weiß ja nicht, wer diesen Eingang versperrt hat, aber er braucht jedenfalls kein Genie zu sein, um zu erkennen, dass jemand in seiner Höhle war.“

Mit der Hand am Axtgriff wagte sich Tobbs zwei Schritte vor und betrachtete die Steintrümmer. Zwischen ihnen leuchtete es rot und orange und gelb und golden: Herbstlaub. Die ganze Wiese vor der Höhle war mit einem Teppich bunter Ahornblätter bedeckt. Tobbs und Anguana befanden sich auf einer kleinen, kreisförmigen Lichtung. Die Blätter, die der Herbstwind noch nicht von den Bäumen geholt hatte, flimmerten und zitterten. Das Licht tauchte alles in einen Schleier von Rot und Gold und die Stimmen der Vögel hörten sich gedämpft und seltsam fern an.

Tobbs war irritiert. Er hatte erwartet, mitten in einer Stadt zu landen, mitten im Chaos, vielleicht in einem Kerker, einer Burg, zumindest einem Stall, an irgendeinem Ort eben, der ihn verstehen ließ, warum Dopoulos diese Tür hatte zumauern lassen, warum er sich vor dem Land Doman so sehr fürchtete, dass er keine Nacht ruhig schlafen konnte. Das hier dagegen war …

„Ein magischer Herbstwald“, flüsterte Anguana andächtig. „Hast du schon einmal so wunderschöne Farben gesehen? Sie leuchten wie Zauberblüten!“

„So schön es ist, wir dürfen nicht vergessen, dass wir uns im Land Doman befinden“, antwortete Tobbs. „Du weißt, was die roten Krieger drüben im Land Tajumeer angerichtet haben.“

Anguana nickte und presste die Lippen zusammen.

Nein, an die niedergebrannten Hütten und die grausam hingerichtete Nixe brauchte Tobbs sie wohl wirklich nicht zu erinnern.

Vorsichtig machten sie ein paar Schritte, indem sie wie auf einem Gartenpfad von Steinstück zu Steinstück sprangen. Schließlich aber betraten sie den Teppich aus knisterndem Laub. Tobbs sah sich nach dem dunklen, gähnenden Schlund des Höhleneingangs um. Für einen Augenblick glaubte er Raubtieraugen zu erkennen, die die beiden Fremden argwöhnisch betrachteten, aber schon im nächsten Moment waren sie wieder mit dem schwarzen Höhleninneren verschmolzen. Tobbs schauderte bei der Erinnerung an das haarige Ding, das ihn gestreift hatte. Was auch immer sie da vorhin aufgeschreckt hatten, es hatte offenbar beschlossen, sich wieder im Dunkeln zu verkriechen. *Zum Glück*, dachte Tobbs erleichtert.

„Dort drüben ist ein Weg“, sagte Anguana. „Und ich höre Wasserrauschen wie von einem Bach. Da können wir uns zumindest schon einmal den Staub abwaschen. Ich fühle mich wie eine Puderquaste."

Keine schlechte Idee, fand Tobbs. So, wie sie jetzt aussahen, wirkten Anguana und er ziemlich fehl am Platz: triste Schwarz-Weiß-Figuren auf einem glühenden, farbenprächtigen Gemälde.

Auf dem Weg begleitete sie ein ganzer Schwarm libellenartiger Insekten. Mit feinen, flirrenden Flügeln glitten sie im Herbstsonnenschein dicht über dem Boden dahin, fanden sich zu Gruppen und Formationen und lösten sich wieder auf. In der Ferne rief ein Kuckuck. Unwirklich klang der Laut, fast wie ein Echo.

Schlangen und Frösche

Hier im Land Doman hatte Tobbs jegliches Zeitgefühl verlassen. Er hätte nicht sagen können, ob sie Stunden oder Minuten unterwegs waren. Und die ganze Zeit über sträubten sich ihm die Nackenhaare. Auch Anguana wirkte beunruhigt. Sie war näher an ihn herangerückt und sah sich immer wieder um.

„So schön es hier auch aussieht, ich finde es unheimlich“, sagte sie leise. „Als wäre der Wald verhext.“

Unheimlich? Das war untertrieben. Tobbs hätte schwören können, dass sie von unsichtbaren Augen beobachtet wurden. Zweige bewegten sich, obwohl gerade kein Wind wehte, Laub raschelte, als würden unsichtbare Wesen hinter ihnen herschleichen. Und manchmal klang das Rascheln wie ein Flüstern.

„Hoffentlich gibt es im Bach Nixen oder wenigstens eine Quellnymphe“, fuhr Anguana fort. „Sie haben das beste Informationsnetzwerk und könnten uns sicher sagen, wo wir nach deinen Eltern suchen können. Vielleicht ist in der Nähe des Waldes eine Stadt. Und bestimmt wissen die Nixen etwas über die Krieger von Doman.“

Der Wasserlauf, auf den sie bald darauf stießen, entpuppte sich als schäumender Strom, der nach und nach ruhiger wurde und schließlich in eine Perlenkette von spiegelglatten Staubecken mündete. Kaulquappen flitzten erschrocken davon, als Tobbs' Schatten auf die Oberfläche eines solchen Beckens fiel. Von einer Nixe war jedoch weit und breit nichts zu sehen, zumindest, soweit Tobbs das beurteilen konnte.

Anguana kniete sich ins Schilfgras am Ufer und tauchte den Kopf ins Wasser. Staubwolken lösten sich aus ihrem langen Haar und trübten das klare Wasser. Während sich das staubige Grau auswusch, kam allmählich Anguanas seltsames Haar wieder zum Vorschein. Normalerweise war es von einem goldenen Blond, aber seit dem Unfall mit einem giftigen Riesenkraken vor einigen Wochen hatte es einen neongrünen Farbstich. Luftbläschen stiegen auf, als Anguana unter Wasser nach Nixen und Nymphen rief.

Tobbs lauschte in den Wald. Bäume und Blätter schienen den Atem angehalten zu haben, sogar die Insekten schwirrten nicht mehr, sondern verharrten mit zitternden Flügeln auf Ästen und Grashalmen.

Ein Tropfenschauer traf Tobbs, als Anguana wieder auftauchte und ihr nasses Haar zurückwarf.

„Niemand da", sagte sie bedauernd. „Aber im Wasser habe ich die Vibration von Hufschlägen gespürt. Irgendwo hier am Bachufer sind Pferde unterwegs."

Tobbs spähte in das Dickicht. Sein Herz hämmerte in seiner Brust. *Reiter!*, dachte er. *Was, wenn sie längst wissen, dass wir hier sind?*

„Hinter den Baum!“, flüsterte er. Das brauchte er Anguana nicht zweimal zu sagen, sie sprang sofort auf und versteckte sich mit ihm unter den hängenden Zweigen einer ausladenden Trauerweide. Eng zusammengedrängt lauschten sie.

Tobbs konnte Anguanas Anspannung fühlen. Vorsichtshalber umklammerte er den Griff der Axt, die in seinem Gürtel steckte, und legte sich blitzschnell einige Strategien zurecht:

Plan A: über den Bach springen und an der schattigen Stelle zwischen zwei Zedern ins Unterholz verschwinden.

Plan B: auf den nächsten Baum klettern.

Plan C: mit der Axt einen Überraschungsangriff starten.

Zugegeben, Plan C war reiner Selbstmord, falls das, was sich ihnen gerade näherte, wirklich rote Krieger waren.

Doch das Stampfen, das Tobbs bald darauf vernahm und das immer lauter wurde, wirkte nicht im Entferntesten wie der Galopp einer Reitertruppe. Vielmehr erinnerte es an das träge Dahinschlendern gelangweilter Huftiere, die von Grasbüschel zu Grasbüschel trotteten, unschlüssig, ob sie stehen bleiben und fressen oder doch lieber weitergehen sollten. Und als ein Wiehern ganz in der Nähe erklang, sahen sie beide gleichzeitig, wie sich etwas Rotes auf der anderen Seite des Baches bewegte.

Durch den Vorhang aus Weidenzweigen erkannte Tobbs dunkelrote Pferde, die durch den Wald schlenderten. Die Reittiere der Krieger aus Doman! Zum Glück ohne die Krieger. Tobbs schielte zu den Hufen. Und richtig: Statt Fellbüscheln hatten diese Tiere kleine rote Schlangen an den Beinen, die sich wanden und zischten. An diesen schauderhaften Anblick erinnerte Tobbs sich leider besser, als ihm lieb war.

„Tobbs!"

Er war so versunken in den Anblick der Kampfpferde, dass er Anguanas leise Stimme zunächst nicht wahrnahm. Erst als sie ihn energisch am Ärmel zupfte, wandte er sich um.

Wenige Schritte von ihnen entfernt stand ein mondgesichtiger Mann am Bachlauf. Misstrauisch spähte er zu ihrem Versteck unter den Zweigen der Weide. Sein schwarzes Haar hing ihm wirr in die Stirn, er hatte O-Beine und trug eine Schaffellweste, die schon bessere Tage gesehen hatte. Der Rest seiner Kleidung sah aus, als hätte sich ein Lumpensack von selbst in Bewegung gesetzt. Offenbar war er ein Hirte, denn er stützte sich auf einen langen Holzstab. Dieser unterschied sich von einem gewöhnlichen Hirtenstab allerdings dadurch, dass sich eine lebendige, weiße Schlange an der Spitze ringelte. Im Augenblick züngelte das Tier verdächtig interessiert in Richtung Trauerweide.

„Stillhalten", flüsterte Anguana.

„Danke für den Tipp", knurrte Tobbs.

Der Mann hatte schräge, schmale Augen, die sich nun zu noch schmaleren Schlitzen verengten. Mit schleichenden Schritten kam er näher. Der Wind trug den Geruch von Branntwein und Pflaumen vor ihm her.

„Donata desu ka?", rief er in der kehligen, fremden Sprache der Domaner, die in Tobbs eine ganze Reihe schrecklicher Erinnerungen wach werden ließ.

„Donata desu ka?“, wiederholte der Mann und klopfte mit dem Stock auffordernd auf den Boden. Tobbs hätte schwören können, dass die Schlange diesen Augenblick zur Flucht nutzte, doch genau sehen konnte er es durch die Zweige nicht. Dennoch betete er, dass das Kriechtier im Fall des Falles nicht auf die Idee kam, sich ausgerechnet unter der Weide in Sicherheit zu bringen.

Das Gebet wurde nicht erhört.

Im nächsten Augenblick stießen die Weidenzweige klappernd gegeneinander. Laub raschelte. Pferde schnaubten ganz in der Nähe. Aus den Augenwinkeln sah Tobbs gerade noch, wie etwas Helles, Schnelles durch das Gras unter die Weide glitt, dann schoss schon der Kopf der weißen Schlange direkt vor ihnen in die Höhe. Das Vieh musste mindestens einen Meter lang sein! Gelbe Augen starrten Tobbs an, eine dunkelblaue, gespaltene Zunge bog sich in die Luft, und das Maul klappte auf. An den Spitzen der mörderischen Zähne blitzten zwei winzige Gifttropfen auf. Das Ungeheuer stieß zu.

Es war einer dieser Momente, in denen der nicht menschliche Teil von Tobbs das Ruder an sich riss, ohne zu fragen. Eben noch war er ein dreizehnjähriger Junge gewesen, der sich vor den Giftzähnen einer Schlange fürchtete, nun aber verwandelte er sich in etwas Dunkles, instinktiv Handelndes und übermenschlich Flinkes.

Er schnellte nach hinten und riss Anguana mit, während seine rechte Hand von ganz allein nach vorn schoss und das Reptil aus der Luft pflückte. Bevor die Schlange auch nur daran denken konnte, sich um seinen Arm zu winden, packte er fest zu. Es machte leise Knack!, dann erschlaffte ihr schuppiger Körper. Irgendeine Erinnerung sagte ihm, dass frisches Schlangenfleisch köstlich schmeckte und dass er nicht zögern sollte, die Zähne in die Beute zu schlagen, aber der andere Tobbs – der, der mit Messer und Gabel aß – meldete sich wieder zurück und starrte das erlegte Tier angewidert an.

„Hebi, doko ka?“, rief der Hirte aufgeregt.

Die Weidenzweige teilten sich wie der Vorhang in einem Kasperletheater und gaben den Blick frei auf das fassungslose Gesicht, das aus der Nähe betrachtet ein wenig an einen Breitmaulfrosch erinnerte. Tobbs staunte, wie groß und rund die schmalen Augen des Hirten vor Entsetzen wurden. Nun, er konnte sich bestens vorstellen, wie sie beide auf den Mann wirken mussten: ein grünhaariges Mädchen und daneben ein staubiger Golem, der sein Haustier auf dem Gewissen hatte. Zur Sicherheit fletschte Tobbs nun auch noch die Zähne und knurrte.

„Yôkai!“, kreischte der Mann aus voller Kehle. Angst ließ seine Stimme überschnappen. „Yôkai!“

Er fuchtelte mit den Armen, warf seinen Stock weg und rannte davon – mitten in eine Gruppe von Pferden, die inzwischen den Bach an der schmalsten Stelle übersprungen hatten. In seiner Aufregung rammte er eines der Tiere. Ein trockenes Klock! erklang, als Menschenkopf und Pferdestirn gegeneinanderstießen, Tobbs hörte ein empörtes Schnauben und Quieken. Und dann war plötzlich die Hölle los.

„Weg hier!“, rief Anguana.

Gemeinsam brachen sie durch die Weidenzweige – und standen einer Front von rabiaten roten Rössern gegenüber. Die winzigen Schlangen an den Pferdefesseln zischten, als die Gäule voller Wut ausschlugen und bockten. Schreiend brachte sich der Hirte mit einem Satz in den Bach in Sicherheit.

Die Pferde donnerten los. Tobbs hätte sich gewünscht, Schweife und Hinterhufe zu sehen, aber die Stampede, die nun auf sie zukam und auf ihrem Weg alles niederwalzte, bestand leider aus messerscharfen Vorderhufen, weit aufgerissenen Augen und schaumbedeckten Mäulern. Im Wind peitschende Mähnen fetzten Herbstblätter von den tief hängenden Zweigen. Gewöhnliche Pferde wären geflohen, aber diese höllischen Mähren hier hatten eindeutig ganz andere Pläne. Und wahrscheinlich fraßen sie auch kein Gras, sondern hatten rein gar nichts gegen frisches Hackfleisch einzuwenden.

Tobbs und Anguana drehten sich beide gleichzeitig um und rannten. Zweige fitzten ihnen schmerzhaft über Stirn und Wangen. Gemeinsam sprangen sie über bemooste Steine und hasteten Haken schlagend durch Gebüsch und unter hängenden Mistelbüschen hindurch. Hinter ihnen kam das Stampfen immer näher. Ein bösartiges Wiehern zerschellte in einem eiskalten Kribbeln an Tobbs' Genick, schon spürte er den schnaubenden Atem in seinem Haar. Es war nur noch eine Frage von Sekunden, bis das Untier ihm den Kopf abbeißen würde. Klebrige Hände schienen seine Schuhe festhalten zu wollen, schmatzende Geräusche erklangen und Tobbs begriff, dass sie die ganze Zeit am

Bach entlanggelaufen waren. Anguana hatte ihn in die Richtung des Wassers gezogen.

„Da rüber“, schnaufte sie und zerrte mit aller Kraft an seiner Hand. Er stolperte. Pferdezähne klackten knapp neben seinem linken Ohr in der Luft zusammen. Dann spritzte Wasser an seinen Knien hoch und durchnässte seine Hosenbeine.

„Doch ... nicht ... ins ... Wasser!“, keuchte er.

„Wasser oder Pferdefutter, such es dir aus“, zischte Anguana. Ehe er sichs versah, hatte ihn das Ziegenmädchen auch schon um die Taille gepackt und ihn mit ihrem ganzen Gewicht mit sich gerissen. Er verlor die Balance, stolperte – und fiel.

Für den Bruchteil einer Sekunde sah er auf der Wasseroberfläche sein Spiegelbild: ein einziges Durcheinander von Armen und Beinen und erschrocken aufgerissenen Augen.

Dann traf er auf dem Wasser auf und das Bild zersplitterte in tausend Tropfen und Wellen. Eiskalte Nässe kroch ihm unter die Kleidung und in die Nase. Und mit jedem Schwimmzug von Anguana wurde der Druck in seinen Ohren größer. Wenn er eines noch mehr hasste als blutrünstige Pferde aus Doman, dann war es Wasser!

Doch das Mädchen hielt ihn eisern umklammert und zog ihn unbarmherzig zum Grund des Beckens. Schleimige Wasserpflanzen strichen über seine Wangen und Hände. Als er erschrocken die Augen aufriss, sah er über sich nur die glatte Haut der Wasseroberfläche und die unscharfen Umrisse der glotzenden Pferde, die wie in einem Zerrspiegel waberten. Der Zerrspiegel entfernte sich, ein Sog zog an seinen Hosenbeinen, und er begriff, dass Anguana dem Bachlauf folgte.

Das Gewässer war erstaunlich tief und verbreiterte sich unterirdisch zu einem richtigen Strom, der unter steinernen Beckenschwellen hindurchführte. Tobbs spürte, wie Anguana ihn unter einem solchen Felsdurchgang ins nächste Becken zog. Allmählich wurde ihm die Luft knapp. Sein Herz hämmerte so stark in der Brust, dass er dachte, er müsste damit Wellen schlagen. Verzweifelt zupfte er an Anguanas Ärmel. Sie verstand und schoss sofort nach oben. Prustend durchbrach Tobbs die Wasseroberfläche.

„Schnell, hol Luft!", befahl Anguana. Schon tauchten sie weiter an Wäldern von Wasserpflanzen und erstaunt dreinblickenden, rotweißen Karpfen vorbei, sie wirbelten Wasserspinnennester auf und streiften kiesigen Grund. Doch endlich, als Tobbs sich schon fragte, ob er wohl zuerst ertrinken oder erfrieren würde, spürte er Ufergrund unter den Füßen. Anguana ließ ihn los. Tobbs tauchte auf, stolperte hustend an Land und ließ sich auf ein Polster von Moos fallen.

„Wolltest du mich ertränken?", japste er. Anguana grinste und zog sich ebenfalls die Uferböschung hoch. Mit geübten Fingern drehte sie ihr Haar zu einem langen Strang und wrang das Wasser aus.

„Das war nun mal die einzige Möglichkeit, den Biestern zu entkommen. Der Hirte hat es uns doch vorgemacht. Tut mir leid, dass du nass geworden bist."

Tobbs bemerkte erst jetzt, dass er noch immer die tote Schlange umklammerte. Angewidert ließ er das Reptil auf das Moos fallen, wo es weiß schimmernd liegen blieb, als würde es nur zusammengeringelt schlafen.

Dann vergewisserte er sich, dass sein größter Schatz noch da war und atmete erleichtert auf. Zu einem Bündel verschnürt, war das Fuchsfell immer noch sicher an seinem Gürtel befestigt. Das half ihm, den Verlust des Proviantbeutels, den er unter Wasser verloren hatte, besser zu verschmerzen.

Ohne große Hoffnung sah er sich am Ufer um für den Fall, dass der Beutel angeschwemmt worden war. Doch er war nirgends zu sehen. Stattdessen …

„Alles in Ordnung?“, fragte Anguana.

Tobbs hätte gerne den Kopf geschüttelt, aber dazu war er viel zu erschrocken. Seiner Kehle entwich nur ein fiepsender, warnender Laut, der ganz und gar nicht menschlich klang. Anguana folgte hastig seinem Blick.

Auf einem runden, moosbewachsenen Stein am gegenüberliegenden Ufer saß ein Monster und funkelte sie an. Auf den ersten Blick hätte man es für einen Frosch mit Perücke halten können. Wenn es Frösche gegeben hätte, die so groß wie Menschen waren. Die Schwimmhäute zwischen den langen Zehen und Klauen glänzten nass.

Tobbs ließ seinen Blick nach oben wandern. Zwischen zotteligen schwarzen Haarsträhnen blitzten wütende Augen hervor, das froschähnliche Maul verzog sich zu einem Fletschen und gewährte Tobbs einen erstklassigen Blick auf eine Reihe spitzer Fangzähne.

Anguana wich vorsichtig einen Schritt zurück.

„Das ist bestimmt sein Bach“, flüsterte sie. „Und er sieht

aus, als könnte er besser schwimmen als rennen. Ich zähle bis drei, dann laufen wir los. Eins, zwei …"

„Warte!" Tobbs fasste nach ihrer Hand.

Er kannte sich gut genug mit Dämonen aus, um beurteilen zu können, wann es besser war, sich nicht vom Fleck zu rühren. An der angespannten Haltung erkannte er, dass das Wesen nur darauf wartete, über den Bach auf ihre Seite zu springen. Das grässliche Maul umspielte ein Lächeln. Nun knurrte das Biest heiser, was die Karpfen und Kaulquappen in der Nähe des Ufers sofort zu einer überstürzten Flucht in tieferes Wasser veranlasste.

„Und was sollen wir dann machen?", wisperte Anguana kaum hörbar. „Hier stehen bleiben, bis es uns anfällt?"

Gute Frage. Tobbs versuchte so unauffällig wie möglich nach seiner Axt zu greifen, aber das Monster fauchte und richtete sich bedrohlich auf. Es stand nun auf den grün gefleckten Hinterbeinen, schwankend, als würde ihm die aufrechte Haltung Unbehagen bereiten.

Und in dem Dreieck zwischen den Beinen und dem bemoosten Grund, auf dem das Monster stand, entdeckte Tobbs etwas, was ihre Rettung sein konnte. Einen Fuchs!

Mit seinem orangefarbenen Fell hob er sich kaum vom Herbstlaub ab, nur das ungläubige Blinzeln seiner goldenen Augen verriet ihn. Vorsichtig machte er einige Schritte auf das Ufer zu und legte den Kopf schief.

Bitte hilf uns!, flehte Tobbs ihn in Gedanken an. Er wusste nicht warum, aber Füchse mochten ihn und hatten ihm schon mehrmals aus der Patsche geholfen. Und auch mit diesem hier schien es nicht anders zu sein. Tobbs konnte beinahe sehen, wie es hinter der Stirn des Tieres fieberhaft arbeitete. Der Fuchs taxierte das Flussmonster kritisch und nickte Tobbs zu. Das Froschwesen knurrte, streckte die klauenartigen Finger aus und spannte die Schwimmhäute wie ein Ringer vor dem Kampf.

„Was machen wir?", drängte Anguana.

„Warte noch!"

Der Fuchs stand jetzt genau hinter dem Ungeheuer. Tobbs konnte sein kluges Gesicht in allen Einzelheiten sehen: die feinen, weißen Härchen am Bart, die dunkleren um die Nase. Nun hob er eine Vorderpfote, zog sie anmutig unter den Bauch … und verneigte sich! Dann blickte er Tobbs auffordernd an.

„Er meint, wir sollen uns verbeugen", flüsterte Tobbs ungläubig.

Anguana schnaubte. „Klar, gute Idee! Verbeuge du dich, wenn du Lust hast, ich lasse das Monster nicht aus den Augen."

Tobbs leckte sich nervös über die Lippen, nickte dem Fuchs, der ihm mit herrisch erhobener Pfote befahl, endlich zu gehorchen, kurz zu und blickte dann in die bösartigen Glupschaugen. Dann verneigte er sich so tief, dass sein Haar seine Zehen streifte.

„Das gibt es doch nicht!", flüsterte Anguana.

Tobbs schielte durch seine Haarsträhnen.

Das Monster verbeugte sich ebenfalls! Das war schon seltsam genug. Aber noch seltsamer war das, was nun auf dem Kopf des Monsterfrosches passierte: Dort, wo der Scheitel sein sollte, befand sich eine flache Mulde. Während sich das Wesen verbeugte, floss eine klare Flüssigkeit aus der Mulde und tropfte in den Fluss. Das Monster richtete sich wieder auf, bemerkte den Verlust der Flüssigkeit und fauchte wie ein Tiger, dem jemand auf den Schwanz getreten hatte. Dann sprang es in die Hocke, stieß sich mit den Froschbeinen ab und schnellte hoch. Für einige kurze Sekunden sah Tobbs den gefleckten, grünen Körper durch die Luft segeln, bevor er mit einem glucksenden Blutsch! im Wasser verschwand.

Wie erstarrt blickten Anguana und er dem Monster nach, das sich unter Wasser mit schnellen Schwimmzügen entfernte.

„Es hat uns verschont“, sagte Anguana. „Weil du dich verbeugt hast. Offenbar legt es einfach Wert auf Höflichkeit.“

Tobbs nickte nur und versuchte zu ignorieren, dass seine Knie sich immer noch anfühlten wie transtatanischer Gumminusspudding.

Der Fuchs auf der anderen Seite des Baches sah ausgesprochen zufrieden aus. Er stieß einen keckernden Laut aus, kletterte auf einen Ast, der weit über das Wasser reichte, federte wie auf einem Sprungbrett und setzte mit einem eleganten Hechtsprung auf Anguanas und Tobbs' Seite über. Dort bellte er auffordernd und verschwand vor ihren Augen mitten im Dickicht.

Inaris Tempel

Es erforderte viel Konzentration, dem Fuchs auf der Spur zu bleiben. Manchmal verschmolz sein Fell mit dem Herbstlaub zu einer einzigen orangerot gefleckten Fläche und Tobbs musste die Augen zusammenkneifen, um ihn wieder wahrzunehmen.

Das Tier führte sie im Laufschritt über geheime Fuchspfade und durch dichtestes Unterholz, wo sie nur auf Knien kriechend vorankamen, sie überquerten sonnendurchflutete Lichtungen und kletterten über bewachsene Hänge. Endlich, als Tobbs schon Seitenstechen hatte und nur noch japste, blieb der Fuchs stehen und stieß ein zufriedenes Jaulen aus. Tobbs vergewisserte sich, dass Anguana ihm noch folgte, und als er das nächste Mal nach dem Fuchs sah, war dieser verschwunden.

„Wohin hat er uns geführt?“, keuchte Anguana und blieb neben Tobbs stehen.

„Zu einem Haus“, antwortete Tobbs. „Zumindest ist da drüben ein Tor.“

Anguana drückte ihren Reisebeutel an sich und kniff misstrauisch die Augen zusammen. Ein Sonnenstrahl fiel auf ihr Haar und ließ es grünblond leuchten. „Und wenn es eine Falle ist?“

„Wenn ich in den vergangenen Wochen eines gelernt habe, dann dieses: Den Füchsen kann ich immer trauen“, erwiderte Tobbs im Brustton der Überzeugung.

„Ich hoffe, du hast Recht“, sagte Anguana zögernd. Aber immerhin gab sie sich einen Ruck und folgte ihm durch das hölzerne Tor. Dieses bestand im Grunde nur aus zwei Holzstämmen, die in den Boden gerammt worden waren, und einem weiteren Balken, der quer darübergelegt worden war. Sobald sie das erste Tor passiert hatten, kam ein weiteres in Sicht und dann noch eines, immer im Abstand von einigen Dutzend Schritten. Der Zedernwald um sie herum wurde stiller und das Licht weicher. Und schließlich, als sie das achte Tor durchschritten hatten, standen sie vor einem kleinen tempelartigen Gebäude mit weißen Wänden. Sie bestanden aus einem faserigen papierartigen Material und bildeten einen auffälligen Kontrast zum schwarzen Lack ihrer Holzrahmen. Rechts und links von der quadratischen Eingangstür schimmerten zwei Fuchsstatuen aus poliertem Alabaster im Sonnenlicht.

Tobbs musste den Kopf einziehen, um sich nicht am Türrahmen zu stoßen. Im Inneren des Häuschens befand sich nicht viel: eine Pfanne mit Kohlen, zwei geflochtene Matten und einige irdene Schüsseln, die sich neben einer Art Hausaltar stapelten. Reiskörner lagen auf dem Boden verstreut.

„Niemand da!“, rief Tobbs Anguana zu und drehte sich in dem quadratischen Raum um sich selbst. „Ich weiß nicht, ob das wirklich ein Tempel ist. Aber an einer Wand hat jemand zwei Füchse verewigt. Von dem einen erkennt man nur noch eine Hinterpfote, der andere ist noch ganz. Er sitzt im Mondlicht.“

Die feine Zeichnung war mit hellgrauer Tusche und wenigen Strichen hingezaubert worden. Beim Anblick der energischen Striche, mit denen der Maler das Wesen eines Fuchses so formvollendet eingefangen hatte, musste Tobbs lächeln. Es konnte gar nicht anders sein: Hier musste ein Freund wohnen!

Anguanas Schatten fiel auf die Kohlenpfanne, als sie nun ebenfalls den Wohnraum betrat. Schwungvoll lud sie ihr Gepäck ab, aus dem immer noch Wasser tropfte.

„Schön“, sagte sie. „Wir sind im Land Doman. Wir haben einen Ort, an dem wir uns ausruhen können und wohl einigermaßen sicher sind. Jetzt müssen wir überlegen, wie wir weiter vorgehen. Vielleicht sollten wir wirklich nach einer Siedlung suchen, in der Menschen wohnen. Ich bin sicher, dass es hier auch Leute gibt, die nicht bewaffnet sind. Möglicherweise erfährst du dort etwas über deine Eltern. Morgen machen wir einen Plan!“ Sie gähnte. „Aber im Augenblick tun mir nur die Füße weh.“

Sie schob ihren Reisebeutel mit dem Fuß auf eine der Matten, setzte sich hin und streckte die Beine aus.

Tobbs musste lächeln. Anguana mochte zwar schneller schwimmen als ein Hai, lange Fußmärsche waren jedoch nichts für sie. Und schon gar kein Fuchsgalopp durch den Wald. Aber auch ihm tat eine Pause gut.

Nach einer Weile wrang Anguana ihren Reisebeutel aus

und hängte die nasse Kleidung zum Trocknen an einen Baum vor dem Tempel.

Tobbs sammelte den Reis vom Boden auf, doch mehr als eine mickrige Handvoll der winzigen grauweißen Körner brachte er nicht zusammen. Für ein Abendessen entschieden zu wenig. Sein Magen knurrte so laut, dass ein paar Jungfüchse, die am Tempel spielten und ihn verstohlen beobachteten, erschrocken ins Dickicht flohen. Warum nur hatte er den Proviantbeutel verloren?

Zu allem Überfluss ergoss sich von einem Augenblick zum nächsten ein kalter Herbstregen über das Land. Wind fegte nasses Laub vor sich her und trieb Tobbs und Anguana in ihren Unterschlupf zurück. Innerhalb weniger Augenblicke hatten Gewitterwolken den Himmel so verdunkelt, als wäre es Nacht.

„Ich komme um vor Hunger“, murrte Tobbs nach einer Weile, während sein Magen mit dem Donnergrollen um die Wette rumpelte. Anguana hatte die Kohlen entzündet und schürte mit einer verrosteten Eisenzange die Glut.

„Warum habe ich den Proviant nicht auf zwei Taschen verteilt?“, fuhr Tobbs fort.

Anguanas Lächeln wirkte im schwachen Licht der Kohlenglut geheimnisvoll und gefährlich zugleich.

„Wir haben doch etwas zu essen“, meinte sie und griff nach ihrem Beutel. „Du hättest sie am Ufer glatt vergessen, aber ich habe sie mitgenommen.“

Tobbs sah etwas Schuppiges, Helles aufschimmern, das reichte jedoch schon, um ihm den Appetit gründlich zu verderben.

„Die Schlange? Das ist nicht dein Ernst! Da kann ich mir ja gleich draußen ein paar Regenwürmer suchen und runterwürgen, das ist genauso widerlich."

Anguana hob gleichgültig die Schultern und zückte ungerührt ihr Messer. „Fleisch ist Fleisch."

Wenig später lief Tobbs wider Willen das Wasser im Mund zusammen. Saftige Würfel von weißem Schlangenfleisch rösteten an Zedernholzstecken über der Glut. Leise zischte das Fett, das aus dem Fleisch triefte. Es duftete nach Hühnchen und Rindersteak und salzigem Würzspeck.

„Hmm!", sagte Anguana und nahm einen Spieß aus dem Feuer. „Das hier ist fertig." Ohne zu zögern, biss sie ein großes Stück Schlangenfleisch ab und schloss genießerisch die Augen. „Köstlich!", sagte sie mit vollem Mund. „Viel besser als Seeschlangen oder Aale. Probier doch wenigstens!"

Tobbs griff zögerlich nach einem Zedernstecken. Der würzige Duft stieg ihm in die Nase. Es war ein seltsames Gefühl, das Reptilienfleisch zu kosten. Überrascht kaute er und fiel dann gierig über den Rest des gerösteten Würfels her.

„Das ist das beste Fleisch, das ich je gegessen habe!", murmelte er mit vollem Mund. „Das schmeckt nach Huhn und Speck und nach Rosmarin und Honig und ..."

„Nein, es schmeckt nach Zahnbrasse und Berglachs, nach süßem Alpenkraut und Bergrosensamen", erwiderte Anguana.

Die Dunkelheit des Gewitters ging in die Abenddämmerung über. Tobbs beobachtete, wie rasch der Mond über den Wipfeln aufging. In dem magischen Wald verging die Zeit offenbar ein wenig schneller als daheim in der Taverne.

Schließlich versuchten sie, es sich auf den Matten einigermaßen gemütlich zu machen. Tobbs lag im Dunkel und lauschte auf die Stimmen des Waldes. Er vernahm Piepsen und Knurren, Bellen und Zischen – doch gleichzeitig bildete er sich ein, ab und zu Stimmen zu hören, die sich etwas zuflüsterten. Gespenster des Waldes mussten es sein, vielleicht die Geister von verirrten Wanderern, die im Wald umgekommen waren.

Dicht neben sich hörte er Anguanas gleichmäßiges Atmen, das zeigte, dass sie längst eingeschlafen war.

Tobbs hob die Hand und tat etwas, was er sich in der Taverne niemals getraut hätte: Behutsam strich er über das glatte, seidige Haar. Echtes Nixenhaar! Und wieder war er überrascht, wie glatt und weich es war. Es fühlte sich an, als würde man in fließendes Wasser greifen. Tobbs mochte kein Wasser, aber Anguanas Haar gefiel ihm gut.

Tobbs träumte.

Er kannte diesen Traum gut: Wieder einmal hetzte er im Wald auf allen vieren einem Eichhörnchen hinterher, begierig darauf, es mit seinen Zähnen zu fassen. Einige weiße Füchse sahen ihm amüsiert dabei zu. Seine Vorderpfoten zuckten im Galopp, doch sosehr er sich auch bemühte, er kam nicht von der Stelle. Ärgerlich kämpfte er sich aus dem

Traum zurück in das wache Leben und spürte, dass seine Hände tatsächlich ruderten, als würde er laufen.

Und die weißen Füchse waren immer noch da.

Tobbs fuhr hoch. *Kein Traum!*, schoss es ihm durch den Kopf. „Anguana!", flüsterte er. Möglichst unauffällig versuchte er, das Mädchen anzutippen, doch es murmelte im Schlaf und drehte ihm den Rücken zu.

Das Mondlicht fiel durch die Ritze zwischen den Türflügeln und Tobbs sah, dass auch die Augen der vier Geisterfüchse weiß waren.

„Sieh an, sieh an", sagte der Fuchs, der links saß, mit näselnder Stimme. „Unglück im magischen Wald. Und die weiße Schlange schleicht sich in unser Haus."

Das schien sie allerdings eher zu amüsieren, statt sie zu ängstigen, denn die drei anderen Füchse grinsten.

Sie sprechen tatsächlich mit mir!, dachte Tobbs, doch er brachte keinen Ton heraus.

„Stummes Unglück offenbar", sagte der Fuchs rechts. „Erst Schlange gefressen, dann Zunge verschluckt?"

„N... nein!", stammelte Tobbs. „Ich ... bin aber kein Unglück."

„Kein Unglück!", sagten die beiden mittleren Füchse wie aus einem Mund. Dann kicherten sie alle vier gleichzeitig los – ein keckerndes, füchsisches Lachen, das in einem hechelnden Japsen endete.

Tobbs spürte, wie sich die Härchen im Nacken aufstellten. Das gespenstische Flüstern vor dem Gebäude wurde lauter, er verstand einige Wortfetzen, die durch das geöffnete Fenster hereinwehten.

„Schwarz und weiß …“ – „Inari muss ihn verjagen!“ – „… Geister! Hast du gesehen, was für Haare sie hat?“

Zu seinem Schreck erhoben sich die Füchse jetzt und trotteten direkt auf ihn zu. Der linke – er schien der Wortführer zu sein – kam so dicht an ihn heran, dass sie Nase an Nase saßen, und schnupperte. Doch seltsamerweise spürte Tobbs den Fuchsatem nicht und er roch auch nichts anderes als die regennasse Luft. Und als er in die weißen Augen blickte, sah er mitten durch sie hindurch! Schemenhaft schimmerte der Eingang der Hütte durch die milchige Fuchsgestalt.

„Wer … seid ihr?“, fragte er.

„Das ist nicht die richtige Frage“, echoten die mittleren Füchse. „Die richtige Frage würde lauten: *Wer bin ich?*“

Erneutes Kichern.

„Du bist in einem Tempel“, raunte Fuchs Nummer eins. „Und wir sind das Orakel. Also stelle die richtige Frage!“

Tobbs fröstelte und beobachtete nur, wie die vier sich anmutig wie Synchronschwimmer gleichzeitig hinlegten und die Pfoten übereinanderschlugen.

„Warum könnt ihr sprechen?“, fragte Tobbs. „Oder ist das alles nur ein Traum?“

„Die Schlange hat viele Zungen, doch nur ein Herz“, sagte Fuchs Nummer vier, als wäre damit alles erklärt.

Anguana regte sich wieder und murmelte im Schlaf einige verwaschene Worte, aber sie erwachte nicht. Die Füchse kümmerten sich nicht um sie, sondern glotzten Tobbs an wie eine Jury einen Kandidaten. Tobbs hatte plötzlich das dringende Bedürfnis, sich mit dem Fuß verlegen am Ohr zu kratzen. Doch dann dachte er nach: Füchse mochten ihn. Füchse halfen ihm, Füchsen hatte er bisher in jedem Land vertrauen können. Vielleicht sollte er auch diesmal ihrem Rat folgen?

„Also ... gut“, sagte er nach einer Weile. „Dann stelle ich eben die Frage: *Wer bin ich?*“

Nummer zwei und drei kicherten.

„Wassertropfen in siedendem Öl“, sagte Nummer eins. „Schwertspitze mit schwarzem Unglücksblut. Sandergiftholz, noch zu grün.“

Aha.

„Hm, das ist keine besonders genaue Angabe“, meinte Tobbs. „Und was bedeutet das?“

Nummer vier grinste. „Geh zu einem Haus mit einem grünen Dach und goldenen Fenstern. Da wirst du es erfahren.“

„Ein Haus mit grünem Dach? Wo finde ich es?“

Eins bis vier sahen plötzlich sehr zufrieden aus.

„Ene mene mu, Augen zu!“, sagte Nummer eins.

Tobbs zwinkerte gegen seinen Willen, und als er die Augen das nächste Mal öffnete, fiel ein Sonnenstrahl ihm mitten ins Gesicht. Von den Füchsen keine Spur mehr. Und das Dach war verschwunden!

„Guten Morgen!“, krächzte eine heisere Stimme.

Es war nicht Anguana. Denn Anguana regte sich gerade erst und streckte sich. „Morg’n“, sagte sie verschlafen und setzte sich neben Tobbs auf. Dann blickte sie an ihm vorbei und ihre Augen wurden groß. Tobbs fuhr hoch.

Ein dürrer alter Mann saß vor der Kohlepfanne und stocherte in der Glut. Nun hob er den Kopf und grinste seine Gäste an. Seine dünnen, langen Arme und die großen Ohren, die von seinem fast kahlen Schädel abstanden, ließen ihn wie einen Affen aussehen. Doch noch viel seltsamer als die Anwesenheit des alten Mannes war, was mit dem Tempel passiert war.

Tobbs und Anguana saßen in einer Ruine, die nur noch das jämmerliche Skelett des Tempels war! So, als hätten sie viele Jahre im Dornröschenschlaf verbracht. Anstelle der lackierten Holzrahmen der Wände staken nur noch verwitterte, bleiche Pfähle im Boden. Regenverschmierte Fetzen Wandpapier flatterten im lauen Morgenwind. Auf einem davon glaubte Tobbs die Fuchszeichnung erkennen zu können. Allerdings hätte er schwören können, dass der Fuchs auf der Zeichnung gestern noch nicht gelächelt hatte. Der Steinaltar war verwittert und von einer dicken Schicht Herbstlaub und Erde bedeckt, als hätte der Wind viele Jahre lang seine Schätze in den Tempel getragen. Und die weißen Füchse aus Alabaster? Tobbs streckte sich, doch er konnte nur graue, verwitterte Statuen sehen. Was sie einst dargestellt hatten, war kaum mehr zu erkennen.

„Was ist hier passiert?“, flüsterte Anguana.

„Der Tempel ist alt“, meldete sich der Greis zu Wort. „Und die Zeit hat an ihm genagt wie ein hungriger Hund an einem alten Knochen. Ich dachte, ich wäre der Einzige, der diesen verlassenen Ort noch besucht. Seit über zehn Jahren ist hier kein Mensch mehr vorbeigekommen. Umso mehr freue ich mich, dass ich heute Gäste antreffe! Fleisch kann ich euch nicht anbieten …“ Mit dem verrosteten

Schüreisen, mit dem er die Kohlen zurechtrückte, tippte er auf die Reste der Schlangenhaut, die noch auf dem Boden lagen. Es zischte und stank, als das heiße Eisen einige Schuppen versengte. „Aber wenn ihr etwas Reis möchtet?“

Mit diesen Worten hob er den Deckel einer kleinen, blauen Schale. Köstlicher Dampf stieg ihnen in die Nase und hätte Tobbs beinahe vergessen lassen, dass er sich eigentlich wundern sollte.

„Du sprichst unsere Sprache?“, fragte er.

Der Mann lachte so breit, dass er noch mehr an einen Affen erinnerte.

„Ich spreche sie doch gar nicht! Ihr seid es, die die Sprache von Doman sprecht. Auch wenn ihr offenbar nicht von hier seid. Seid ihr Touristen oder Pilger?“

„Pilger“, sagte Tobbs.

„Touristen“, antwortete Anguana gleichzeitig.

„Und wo kommt ihr her?“

„Olitai“, log Tobbs.

„Berg... äh ...hausen“, sagte Anguana im selben Moment.

Der Mann lachte. „Pilgernde Touristen aus Nirgendwo und Überall also. Einen Rat gebe ich euch: Wenn ihr in Doman weiterkommen wollt, solltet ihr euch wenigstens auf eine gemeinsame Geschichte einigen. Aber jetzt esst erst einmal!“ Er schaufelte etwas Reis in eine weitere Schüssel.

Anguana und Tobbs wechselten einen schnellen Blick. Tobbs spürte fast schmerzhaft, wie sich seine Nackenhaare erneut sträubten. Dieser Ort war so durchdrungen von Magie, dass die Luft beinahe knisterte.

„Nun nehmt schon!“, forderte der Mann sie freundlich auf. „Es ist schon nicht vergiftet, ich esse auch mit, seht her!“

Anguana beobachtete aufmerksam, wie ein Klumpen Reis im zahnlosen Mund verschwand, dann nahm sie die Schüssel höflich entgegen.

„Danke“, sagte sie. „Und wer bist du?“

„Ich? Oh, ich bin Niemand. Einen anderen Namen werde ich euch nicht nennen, denn wir befinden uns hier im Niemandsland zwischen der Geister- und der Menschenwelt. Selbst ich wage mich nur selten in dieses Gebiet. Nur dann, wenn ich auf dem Weg in die Stadt eine Abkürzung nehmen will. Ich verkaufe dort auf dem Markt den besten Reis, seht ihr?“ Er deutete auf einen prall gefüllten Sack, der neben dem verwitterten Altar stand. „Und ihr? Was führt euch hierher?“

„Verlaufen“, meinte Anguana. „Wir sind Reisende und suchen die nächste Stadt. Leider haben wir … ähm … unseren Kompass verloren.“

Ein verständnisvolles Nicken war die Antwort.

„Verlaufen. Das passiert schnell. Die Geisterpfade rufen nach Beinen, die den Weg nicht kennen. Seht zu, dass ihr bald wieder in die Menschenwelt kommt und nehmt euch in Acht vor den Geistern des Waldes.“

Augen blinkten neben dem Türpfosten auf und Tobbs erkannte drei junge rote Füchse. Als der Mann die Hand ausstreckte, kamen sie näher, hechelten vor Aufregung und überschlugen sich fast vor Begeisterung, wagten sich jedoch nicht ganz zu seiner Hand heran.

„Traut nur den Füchsen“, sagte der Alte und lächelte sein gütiges Affenlächeln. „Die Füchse sind gut!“

Tobbs atmete erleichtert auf. Der Mann war ein Freund der Füchse! Dankbar machte er sich über den Reis her, der leicht salzig und angenehm klebrig war.

„Von welchen Geistern des Waldes sprichst du?“, wollte Anguana wissen.

„Oh, da gibt es viele. Den Flusskobold Kappa zum Beispiel! Er ist der Grund, warum niemand es wagt, weiter in den Wald zu gehen. Auch ich halte mich vom Bach fern. Der Kappa saugt die Menschen aus wie eine Spinne die Fliegen. Niemand, der ihn sieht, kommt lebendig aus dem Wald. Außerdem munkelt man von den roten Geisterpferden, die Menschenfleisch fressen. Von den anderen Yôkai ganz zu schweigen!“

Tobbs hörte auf zu kauen. *Yôkai?* So hatte der Hirte mit dem Schlangenstab sie genannt. Er hatte Anguana und ihn also für böse Geister gehalten. Nun, einem Flussmonster entronnen, Geisterpferde überlebt und als Yôkai gefürchtet zu werden – das war kein schlechter Start in einem gefährlichen Land.

„Und Geisterfüchse?“, fragte er. „Die gibt es doch sicher auch?“

Der Mann lachte. „Inaris Füchse!“ Er deutete auf die verwaschene Zeichnung. „Schneeweiß und geschwätzig. Oh ja, sicher. Habt ihr nicht von ihnen geträumt?“

Tobbs schluckte und überlegte, ob er dem Fremden von seinem seltsamen Traum erzählen sollte, als Anguana ihm zuvorkam.

„Sie haben zu mir gesprochen", sagte sie leise. „Heute Nacht, in meinem Traum."

Seltsamerweise wurde sie bei diesen Worten rot wie Radieschenpudding und senkte verlegen den Blick.

„Das überrascht mich nicht. Dies ist das Orakel der Göttin Inari", sagte Niemand. „Früher strömten die Menschen aus allen Teilen Domans hierher in ihren Tempel. Merkt euch die Worte der Geisterfüchse gut! Sie weisen euch den Weg."

Tobbs stellte die leere Reisschale auf dem Boden ab und warf einen Blick auf die Fuchszeichnung.

Ein Haus mit grünem Dach und goldenen Fenstern.

Dorthin hatten die Füchse ihn geschickt. Angestrengt dachte er nach. Es musste ein Rätsel sein. Also gut, er hatte schon viele Rätsel gelöst. Goldene Fenster hatten nur reiche Leute. Und reiche Leute lebten gewöhnlich dort, wo sie mit ihrem Reichtum Eindruck schinden konnten – in einer Stadt, wo auch andere Reiche ihre Paläste hatten. Es war eindeutig: Inaris Füchse hatten ihm gesagt, dass er die Antwort auf die Frage, wer er war, irgendwo in der Stadt finden würde.

„Wir wollen den Wald verlassen", sagte er. „Kannst du uns sagen, wie wir zur nächsten Stadt kommen? Oder nimmst du uns mit? Du bist doch ohnehin auf dem Weg zum Markt?"

Der alte Mann musterte sie zweifelnd. „So, wie ihr jetzt ausseht, kommt ihr nicht einmal durch das nächste Dorf. Du, mein Junge, gehst mit deinen schwarzen Haaren und den schrägen, dunklen Augen zwar als Domaner durch, aber ein Mädchen mit blauen Augen, grünen Haaren und einem Ziegenhuf? Außerdem ist es in Doman für Frauen absolut inakzeptabel, das Haar offen zu tragen." Er beugte sich zu Anguana vor und fuhr flüsternd fort: „Nur die Yôkai tragen wirres, loses Haar. Und die Menschen glauben, dass Frauenhaar, das nicht gebändigt ist, sich in Schlangen verwandeln kann. Schlangen sind Wassertiere, die den Drachen verwandt sind. Sie stehen für Eifersucht und Gefahr. Möchtest du, dass die Menschen in diesem Land dich fürchten?"

Ja, dachte Tobbs. *Fürchten ist gut!*

„Natürlich nicht!", rief Anguana. „Ich werde mir ein Kopftuch umbinden. Und mein Rock ist lang genug, um den Ziegenhuf zu verbergen."

„Ein Kopftuch allein genügt nicht", sagte Niemand streng. „Du brauchst einen Haarknebel, wie er bei uns üblich ist. Einen Kôgai. Lass sehen, vielleicht hat jemand hier vor langer Zeit eine Opfergabe hinterlassen!"

Erstaunlich flink sprang er auf die dürren Beine und war schon beim Altar. Seine Finger scharrten zielsicher im halb verotteten Laub um die Opferstelle herum und förderten kurz darauf einen schmutzverkrusteten Gegenstand zutage. Es sah aus wie ein bleicher Rippenknochen, doch nachdem der Mann den Gegenstand gereinigt hatte, entpuppte er sich als kunstvoll geschnitzter Haarschmuck aus Elfenbein.

„Damit müsste es gehen! Fasse dein Haar zu einem Knoten zusammen und steche den Kôgai waagrecht hindurch. Und darüber breitest du ein Kopftuch, wie es die Bäuerinnen tragen."

Tobbs beobachtete, wie Anguana ihr wallendes Nixenhaar bändigte und zusammensteckte.

„Wunderbar!“, rief Niemand und lächelte anerkennend. „Schon mit offenem Haar bist du eine Schönheit, aber mit dem Kôgai leuchtest du wie ein Sonnenfalter!“

Tobbs staunte darüber, dass das Anguana das Lächeln erwiderte, als hätte ein schöner junger Mann ihr dieses Kompliment gemacht. Plötzlich sah sie sehr erwachsen aus. Tobbs war sich nicht sicher, ob ihm das gefiel oder nicht.

„So könnt ihr euch unter die Menschen wagen“, sagte Niemand und stand auf.

„In welche Stadt gehst du?“, fragte Anguana.

„In eine andere als ihr“, antwortete Niemand geheimnisvoll lächelnd. „Ihr beiden geht nach Norden – nach Katuro, in die Stadt der Leuchtkäfer!“

Tobbs kniff die Augen zusammen. Er mochte den alten Mann, aber es passte ihm nicht, dass er einfach so bestimmte, welchen Weg sie nehmen sollten.

„Warum sollten wir ausgerechnet nach Katuro gehen?“, fragte er. „Du weißt doch gar nicht, was wir in Doman suchen – oder wen.“

„Und ihr werdet es mir sicher auch nicht verraten“, erwiderte Niemand prompt. Tobbs fühlte sich ertappt. „Sicher, ihr könntet auch nach Süden gehen, in die Stadt der Steinfelder, oder nach Osten, wo es nur Baumdörfer gibt, aber davon würde ich euch abraten: Für Ausländer ist Katuro nun mal der sicherste Ort in Doman. Der Fürst der Stadt ist ein Schöngeist, interessiert sich mehr für Dichtung als für das Militär und lässt viele Feste feiern. Die meisten

Ausländer leben in den Vergnügungsvierteln seiner Stadt. Dort bekommt ihr auch noch mitten in der Nacht ein Quartier. Und was noch wichtiger ist: Dort seid ihr auch sicher vor den Himmelhunden der Nacht. Denn die Stadt ist der Göttin Amaterasu geweiht und schläft nie."

„Was für eine Göttin ist das?", wollte Anguana wissen.

„Das weißt du nicht? Amaterasu ist die Sonne selbst! Ohne sie gäbe es kein Licht in Doman."

„Und die Himmelhunde?", fragte Tobbs.

Niemand hob die Schultern. „Lange Nasen und nichts Gutes im Sinn. Glücklicherweise fürchten sie das Licht, also seht auf jeden Fall zu, dass ihr vor Sonnenuntergang die Stadt erreicht!"

Ein warnendes Jaulen ertönte von außen. Gleich darauf fegte ein Fuchs aus dem Wald und blieb hechelnd vor dem zerfallenen Eingang stehen. Die Art, wie er zum Wald zurückblickte und dann besorgt Tobbs und Anguana musterte, schickte Tobbs einen Schreckschauder über den Rücken. Das Flussmonster fiel ihm wieder ein.

„Die Füchse haben ganz Recht", murmelte Niemand. „Es ist höchste Zeit für euch, den Wald zu verlassen. Man hat eure Anwesenheit bemerkt. Aber ihr habt genug Vorsprung. Kommt, ich zeige euch noch den Weg."

Tobbs und Anguana sprangen auf und rafften hektisch ihre Sachen zusammen. Sobald sie die Schwelle übertreten hatten, waren sie umhüllt von den Geräuschen des Waldes: Knacken, Rascheln, Zirpen – und entferntes Donnern von Hufen.

„Geht nun!", flüsterte der Alte.

Offenbar spielte der Wald mit Tönen und Lauten, denn die Stimme des alten Reishändlers bekam einen seltsamen Doppelklang, fast so, als würde ein helleres Echo die krächzende Stimme überlagern, und für einen Augenblick war sich Tobbs nicht mehr sicher, ob er einem alten Mann oder einer jungen Frau zuhörte.

„Haltet euch immer in Richtung Norden", sagte die gespenstische Doppelstimme. „Wenn ihr nicht weiterwisst, fragt die Füchse. Aber wohin ihr auch kommt, hütet euch vor den Tanukis."

Bevor Tobbs weiterfragen konnte, verpasste ihm der Alte einen erstaunlich kräftigen Schubs. Anguana packte seine Hand und bewahrte ihn mit einem entschiedenen Ruck davor, im Schlamm der Länge nach hinzuschlagen. Im nächsten Augenblick stolperten sie auf den matschigen Weg entlang. Füchse huschten an ihnen vorbei und forderten sie mit bellenden Rufen auf, ihnen zu folgen. Der Hufschlag wurde lauter.

„Tun wir, was sie gesagt hat!", flüsterte Anguana und rannte los. Tobbs zögerte nur kurz, dann folgte er dem Ziegenmädchen. *Wieso „sie"*?, schoss es ihm durch den Kopf. Im Laufen blickte er über die Schulter zurück. Die Tempelruine lag einsam und verlassen da, von dem alten Mann zeugten nicht einmal mehr Spuren im Schlamm. Nur ihre eigenen Spuren waren auf dem Weg zu sehen: drei menschliche Fußabdrücke und ein Ziegenhuf.

Himmelhunde

Am Anfang waren sie noch gerannt, voller Angst, dass die roten Pferde sie bereits gewittert hatten. Sie stolperten über Wurzeln und rutschten auf dem schmierigen Untergrund aus. Doch je weiter sie nach Norden kamen, desto wirklicher wurden Wege und Wälder. Das magische Flirren verschwand, die Kuckucksrufe klangen nicht länger wie die klagenden Rufe verirrter Seelen und die Steine am Weg wurden spitz und grob und schienen mit hämischem Grinsen zu sagen: „Willkommen in der Wirklichkeit!"

Anfangs hatte eine ganze Gruppe von Füchsen ihnen den Weg gewiesen, doch nach und nach blieben immer mehr von ihnen zurück, bis sie nur noch einem einzigen Tier folgten. Und schließlich, auf einer Straße, auf der breite Wagenräder tiefe Abdrücke hinterlassen hatten, verschwand auch dieses, als hätte es beschlossen, dass sein Auftrag nun erfüllt sei.

„Na endlich!" Anguana atmete erleichtert auf. „Da drüben ist ein befestigter Weg. Er führt bestimmt direkt in die Leuchtkäferstadt."

„Wollen wir da wirklich hin?", meinte Tobbs mürrisch.

„Es passt mir nicht, dass Niemand uns einfach in der Domaner Weltgeschichte herumschickt."

„Oh, du möchtest also lieber in der Dunkelheit herumstolpern und dich mit den Himmelhunden anlegen?", fragte Anguana spöttisch. „Na ja, mit Dämonen kennst du dich ja bestens aus."

„Und was, wenn Niemand uns Märchen erzählt hat?", beharrte Tobbs.

„So wie das Märchen vom Flussmonster und von den roten Pferden?" Anguana schüttelte den Kopf. „Sei nicht so misstrauisch, Tobbs. Wir können ihr vertrauen!"

„Ihr? Du meinst wohl *ihm*."

Das Mädchen blickte ihn verwundert an. „Von wem sprichst du?"

„Na, von dem alten Reishändler! Niemand! Von wem denn sonst?"

Anguana runzelte verwundert die Stirn. „Wenn das ein alter Reishändler war, bin ich eine Wurzelhexe! Niemand war eine wunderschöne junge Frau! Sie trug ein gelbes Seidenkleid mit weiten Ärmeln."

Tobbs blieb stehen. „Ich wusste doch, dass mit dem Mann was nicht stimmt! Er sprach so seltsam – und dann verschwand er so plötzlich. Er ist ganz bestimmt selbst ein Geist!"

„Und wenn schon", erwiderte Anguana ungeduldig. „Wir können Niemand vertrauen! Die weißen Füchse in meinem Traum haben gesagt ..."

Sie verstummte abrupt und errötete, als hätte sie sich soeben verplappert.

„Was denn?“

Anguana schlug die Augen nieder und zupfte sich einen nicht existierenden Fussel vom Kleid.

„Ach nichts“, murmelte sie und wurde noch eine Spur röter. „Nichts Wichtiges jedenfalls. Aber die Frau im Tempel wollte uns nur helfen, da bin ich mir ganz sicher.“

„Tolle Hilfe, uns nur die Hälfte zu sagen!“, maulte Tobbs. „Wer sind die *Tanukis*? Wie sollen wir uns vor ihnen in Acht nehmen, wenn wir nur ihren Namen kennen?“

Anguana schwieg eine ganze Weile. Erst als sie schon ein ganzes Stück Weg hinter sich gebracht hatten, fragte sie leise: „Was haben die weißen Füchse denn zu *dir* gesagt?“ Gespannt sah sie ihn von der Seite an.

„Sie sagten, ich solle zu einem Haus mit grünem Dach und goldenen Fenstern gehen. Da würde ich erfahren, wer ich bin.“

Anguana leckte sich über die Lippen. „Und haben sie … vielleicht … auch von mir gesprochen?“

„Von dir? Nein.“

„Oh, ach so“, sagte Anguana. Seltsamerweise klang sie ein wenig enttäuscht. „Na ja, jedenfalls sind wir jetzt auf dem richtigen Weg. Irgendwo in Katuro wird es ganz bestimmt ein Haus mit einem grünen Dach geben. Komm jetzt! Die Sonne steht schon tief!“

Anguana beschleunigte ihren Schritt so sehr, dass Tobbs beinahe rennen musste, um mit ihr mitzuhalten. Verstohlen betrachtete er sie von der Seite. Was hatte sie denn plötzlich? Ihre Lippen waren zusammengekniffen und sie wandte den Blick nicht mehr von der Straße ab. Zu gerne hätte er gewusst, was das Fuchsorakel zu ihr gesagt hatte, aber eine seltsame Scheu hielt ihn davon ab, Anguana damit zu bedrängen.

Längst hatten sie den Wald verlassen und wanderten durch eine hügelige Sumpflandschaft. Auf einigen verstreuten Erdinseln wuchsen krumme Krüppelkiefern. Der Herbstwind rauschte durchs Schilf und kräuselte das schwarze Tümpelwasser. Über das morastige Land führte leicht erhöht die Straße, mal mit Holzplanken belegt, mal aufgeschüttet mit Steinen und Kies.

Viel zu rasch senkte sich die Dämmerung über Doman. Als hätten sie sich abgesprochen, begannen Tobbs und Anguana, noch schneller zu laufen. Tobbs taten längst die Füße weh, und er widerstand nur mit Mühe dem Drang, ständig nach den Himmelhunden Ausschau zu halten.

Endlich, als sie mühsam eine Kuppe hochgeschnauft waren, sahen sie im Tal eine flackernde und flirrende Halbkugel aus Licht. Dahinter erhob sich ein mit Wald bedeckter Berg. Als der Wind drehte, wehte ihnen die Ahnung von Musikfetzen um die Ohren.

„Da ist die Stadt!", rief Anguana begeistert aus.

Im nächsten Moment vernahmen sie hinter sich ein dumpfes Rumpeln. Tobbs zuckte zusammen und drehte sich um. Auch Anguana blieb wie angewurzelt stehen.

Ein seltsames Gefährt holperte hinter ihnen die steinige Straße herauf. Auf den ersten Blick sah es aus wie ein voll beladener Ochsenwagen. Doch als das Ding näher kam, erkannte Tobbs, dass es sich eher um eine Art Kutsche handelte. Und gezogen wurde sie nicht von Ochsen, sondern von zwei schweren Pferden, die einen martialischen Kopfschmuck aus geschmückten Hörnern trugen. Klingende Glasperlenketten waren daran befestigt, Fransen und Silberplättchen funkelten im Dämmerlicht. Die Hufe der Pferde waren kunstvoll bemalt: Drachenaugen und Feuerzungen blitzten bei jedem Schritt auf.

Im Gegensatz zu dieser Pracht sah der Wagen aus, als brauchte der Zimmermann, der ihn angefertigt hatte, dringend eine Brille: Selbst wenn man über die eiförmigen Räder großzügig hinwegsah – hier stimmte kein einziger Winkel. Die Nägel standen zum Teil krumm aus dem Holz hervor und das Dach war nicht mehr als eine rohe Holzplatte, die jemand einfach auf den Wagen geworfen zu haben schien, in der vagen Hoffnung, sie würde die Insassen schon nicht erschlagen.

Anguana und Tobbs traten zur Seite, als der Wagen ihnen klappernd und knarrend entgegenrumpelte. Die Pferde schnaubten und verdrehten beim Anblick der beiden Wanderer angriffslustig die Augen.

Tobbs begann auf der Stelle zu schwitzen. Er hasste Ponys! Er hasste Pferde! Und Pferde mit Hörnern gehörten eindeutig zur Kategorie „Tiere, die die Welt nicht braucht“. Hilfe suchend hielt er nach einem Kutscher Ausschau, aber die Gäule waren offenbar auf Autopilot gestellt.

Ächzend erreichte der merkwürdige Wagen die Kuppe und rumpelte an ihnen vorbei. Tobbs spähte in die Kutsche und erhaschte einen Blick auf eine fein gekleidete Dame, die sich eben nach vorne beugte, um aus dem Wagen zu schauen. Als sie Anguana entdeckte, hob sie dic Hand. Die

Pferde schnaubten, schlitterten, warfen die Köpfe zurück und kamen so abrupt zum Stehen, als hätten unsichtbare Zügel sie mit aller Kraft gestoppt.

Anguana und Tobbs wichen zurück, als die knarzende Kutschentür aufschwang. Tobbs schielte zur Seite nach einem Fluchtweg, aber das nächste Waldstück war ziemlich weit entfernt. Die Dame trug ein Gewand aus blassblauer Seide, das im Halbdunkel der Kutsche wie der Mond leuchtete. Ihr Gesicht war kalkweiß geschminkt und wirkte freundlich, nur ihre Augen hatten etwas Reptilienartiges. Das lag wohl an den fehlenden Augenlidern. Ihr blauschwarzes Haar war zu einer kunstvollen Frisur hochgesteckt. Tobbs gönnte die Frau keinen Blick, aber Anguana schenkte sie ein umso herzlicheres Lächeln.

„Es ist gefährlich, in dieser Gegend noch so spät unterwegs zu sein“, sagte sie mit einer Stimme, die wie ein sanftes, melodisches Zischen klang. „Die Stunde der Tanukis bricht bald an und auch die Himmelhunde machen sich bereit zur Jagd. Du willst nach Katuro?“

Das bestätigte Tobbs' Vermutung, dass die Frau ausschließlich zu Anguana sprach.

Anguana nickte und versuchte sich an einem Lächeln.

„Danke für die Warnung, edle Dame“, sagte sie höflich und deutete einen Knicks an. „Wir werden uns beeilen.“

Die Dame lachte und enthüllte dabei eine Reihe schwarz eingefärbter Zähne. Dieser Anblick war alles andere als beruhigend. Tobbs war plötzlich mulmig zumute. Stammte er wirklich von hier? Sah seine Mutter vielleicht so aus wie diese Frau? Die Vorstellung gefiel ihm überhaupt nicht.

„Ach, meine Schöne, und wenn du den ganzen Weg rennen würdest, du kämst doch nicht vor Anbruch der Dunkelheit dort an", meinte die Dame amüsiert. „Die Wege in Doman täuschen fremde Wanderer nur zu gerne. Deine Augen haben die Farbe von hellem Wasser – sehr, sehr selten in Doman. Bist du eine Nixe?"

Tobbs spürte, wie Anguana zusammenzuckte.

„Nicht ... direkt", sagte sie zögernd. „Nur um ein paar Ecken mit ihnen verwandt."

„Steig ein!", rief die Dame. Musik schwang in ihrem Lachen mit, eine Melodie, die Tobbs wie Perlwein durch die Adern floss. „Freunde des Wassers sind auch meine Freunde. Ich nehme dich mit bis nach Katuro. Zufällig bin ich nämlich auch auf dem Weg dorthin."

Anguana und Tobbs wechselten einen zweifelnden Blick. *Trägt dieser Wagen drei Leute?* Tobbs stellte sich vor, wie sie mitten im schnellsten Galopp in einem Haufen von Holztrümmern begraben wurden. Andererseits war es tatsächlich erstaunlich schnell dunkel geworden. Irgendwo in der Ferne heulte ein Tier. Zumindest hoffte Tobbs, dass es nur ein Tier war.

Sollen wir?, bedeutete Anguana ihm mit einer Geste.

Tobbs tastete nach seiner Axt und nickte kurz entschlossen.

„Also gut", sagte Anguana laut. „Die Einladung nehme ich gerne an – aber nur, wenn mein Begleiter auch einsteigen darf."

Zum ersten Mal fiel der Reptilienblick auf Tobbs. Wenn Blicke sprechen konnten, dann sagte dieser ihm ganz eindeutig, dass er ein hässliches Häufchen Lehm war, nicht wert, einen Schuhabdruck darin zu hinterlassen.

„Wenn du unbedingt willst ...“, sagte die Dame so angewidert, als hätte Anguana sie gerade darum gebeten, einen Topf voll Schneckenschleim auf dem Sitz auskippen zu dürfen.

Es kostete Tobbs mehr Mut, in das fahrende Wrack zu steigen, als durch den magischen Wald zu gehen. Auf einen herrischen Wink der Dame setzten sich die Pferde in Bewegung. Mit einem knarzenden Ruck fuhr der Karren an. Nägel begannen im schlingernden Holz zu quietschen und zu wimmern. Über ihren Köpfen ächzte das Dach wie eine altersschwache Kuh kurz vor dem Kollaps. Tobbs zog unwillkürlich den Kopf ein.

Auf dem abschüssigen Weg ins Tal gewann die Kutsche schnell an Fahrt. Die Landschaft zog am Fenster vorbei, erst im Trab, dann immer schneller. Hufe trappelten ein beeindruckendes Schlagzeugsolo auf den Holzweg. Tobbs und Anguana wurden hin und her geworfen. Tobbs klammerte sich an den Knauf der Kutschentür – und hielt ihn gleich darauf in der Hand. Die Dame strafte ihn mit einem Blick abgrundtiefer Verachtung. Ihr Gewand wallte wie Wasser, und Tobbs bildete sich ein, in der Kutsche das Rauschen von Wellen zu hören.

„Was meintest du mit der ‚Stunde der Tanukis‘?“, rief Anguana gegen den Kutschlärm an.

„Das weißt du nicht?“, sagte die Dame und verbarg ihr Lachen hinter einer weißen Hand. „Die Tanukis sind die Herrscher der Geisterwälder! Ihnen gehört die Nacht. Natürlich sind sie für Menschen auch bei Tag gefährlich, aber bei Sonnenlicht lassen ihre Kräfte und ihre Magie deutlich nach. In der Stunde des Zwielichts können sie sich verwandeln und ihre Gestalt frei wählen: Mensch oder Tier. Bis zur nächsten Dämmerung müssen sie dann in der gewählten Gestalt verharren. Doch in der Dunkelheit sind sie mächtig, egal in welcher Gestalt, mächtiger als jeder Menschenkrieger."

„Und wie sehen sie als Tiere aus?"

„Ihr werdet sie erkennen, wenn ihr sie in ihrer Tiergestalt seht", antwortete die Dame geheimnisvoll.

„Und in der Menschengestalt sind sie rote Krieger?", meldete sich Tobbs zu Wort. „Mit Silberwaffen und Helmen mit schmalen Sehschlitzen?"

Zum ersten Mal gönnte die Dame ihm einen gnädigeren Blick.

„Ihr wisst also doch etwas über sie", bemerkte sie. „Ja, es sind die gefährlichsten Krieger, die man sich vorstellen kann. Doch das ist kein Grund zur Sorge: Der Kaiser von Doman hat ein Abkommen mit ihnen geschlossen. Die Menschenstädte verschonen sie – auch bei Nacht."

Tobbs wollte noch weiterfragen, aber ein schrilles Wiehern fuhr ihm durch Mark und Bein. Der Wagen hopste mörderisch hart über einige krumme Wegplanken und beschleunigte schaukelnd die Fahrt. Langsam, aber sicher wurde Tobbs seekrank, und auch Anguanas Gesicht zeigte eine grünliche Blässe.

„Und die Himmelhunde?", fragte sie tapfer. „Was für Geschöpfe sind das? Ebenfalls Raubtiere?"

„Oh nein“, sagte die Dame. „Die Himmelhunde sehen so aus.“ Sie deutete auf das Fenster.

Tobbs blickte nach links und prallte mit einem Schrei zurück. Auf diese Weise riss ihm die rote Klaue, die sich durch das Fenster in den Innenraum streckte, nur ein kleines Büschel Haare aus. Ein rotes Gesicht grinste ihn mit gefletschten Zähnen an. Es gehörte einem bemerkenswert hässlichen Geschöpf mit einer wulstigen Nase, die so lang war, dass sie weit über die Lippen herausragte. Augen wie glühende Feuerkreise starrten in die Kutsche, und die riesigen Rabenflügel am buckligen Rücken hielten das Wesen in der Luft.

Im nächsten Moment gab die Kutsche Schub und das Wesen blieb zurück. Für ein oder zwei Sekunden. Dann schlugen Krallen in das Wagendach, Füße schleiften auf dem Holz, Nägel kreischten, während sie sich verbogen.

Die Dame lachte, steckte zwei Finger in den Mund und stieß einen schrillen Pfiff aus.

„Festhalten!“, rief sie.

Und dann gab der Karren richtig Gas.

Tobbs bekam kaum mit, wie das Dach wegflog, wie die Seitenwände brachen, wie ihm verblüffte Holzwürmer und Sägespäne um die Ohren flogen. Er wusste nur, dass er plötzlich auf dem Boden der Kutsche kniete – Anguana und er klammerten sich aneinander und duckten sich vor den geflügelten Ungeheuern, während die Kutsche um sie herum Stück für Stück zerfiel wie ein Kartenhaus, dessen einzelne Teile davonflatterten.

Die Dame hatte sich erhoben. Die langen Ärmel ihres

blauen Kleides flatterten und knatterten im Wind wie Banner. Im Gegensatz zu Tobbs hatte sie keinerlei Probleme, auf dem Höllengefährt die Balance zu halten. Aufrecht und völlig ruhig stand sie da und trotzte dem Wind.

Den Himmelhunden machte es offenbar einen Heidenspaß, das Gefährt auseinanderzunehmen. Sie tobten durch die Lüfte, spielten Fußball mit einzelnen Brettern, sprangen auf sie und surften darauf durch die Luft. Nun sah Tobbs auch, dass sie Gewänder trugen, die am ehesten zu Mönchen gepasst hätten.

Ein Schlag warf Tobbs und Anguana hoch, seine Knie fühlten sich an, als hätte jemand dagegengetreten. Schmerzblitze tanzten vor seinen Augen.

Dann brach der Boden weg.

Sie schrien auf und retteten sich im letzten Augenblick auf den Sitz. Unter ihnen sauste der Kutschenboden ins Nirgendwo. Anguanas Haar hatte sich gelöst und flatterte im Wind. Bei diesem Anblick stießen die Himmelhunde ein begeistertes Geheul aus und wurden noch wilder.

Tobbs tastete nach seiner Axt, doch bei dem Gerumpel wurde jeder Versuch, sich nur mit einer Hand festzuhalten, mit einem Schleudertrauma geahndet. Zwischen wehenden grünblonden Strähnen konnte Tobbs Anguanas kämpferisch funkelnde Augen erkennen.

„Zu … den … Pferden!“, befahl sie.

Dazu hätte Tobbs einiges zu sagen gehabt, aber in diesem Augenblick tauchte ein rotes Gesicht unter dem Wagen auf und grinste durch das Trümmerloch im Kutschenboden. Die Dame holte mit ihrem langen Ärmel aus und schwang ihn wie einen Schleuderriemen. Im nächsten Augenblick wurde das Wesen von einer schneidend scharfen Welle davongespült, die auch Tobbs um ein Haar vom Wagen geschwemmt hätte. Von einer Sekunde auf die andere war er völlig durchnässt. Nur Anguanas eisenharter Griff bewahrte ihn vor dem Absturz.

„Mir nach!“, schrie sie. „Gleich bricht der Sitz!“

Das musste sie Tobbs nicht zweimal sagen. Er spürte bereits, wie das Holz knirschte und nachgab. Er sprang in sein zweites Ich, ohne nachzudenken. Ein Knurren entrang sich seiner Kehle, unmenschlich flink stieß er sich von dem brechenden Holz ab und hechtete Anguana nach. Ein, zwei wackelige Schritte balancierte Tobbs auf dem schmalen Kutschsteg entlang, der zu den Pferden führte, dann machte er einen gewaltigen Satz und flog dem Ziegenmädchen hinterher.

Im selben Augenblick, in dem er hinter ihr auf dem Pferderücken landete, donnerten sie mit den letzten lummeligen Resten der Kutsche über ein Schlagloch. Mit einem wehleidigen Krachen brach die Achse. Was einmal eine Kutsche gewesen war, verwandelte sich endgültig in einen armseligen Haufen Sperrmüll, der sich gleichmäßig auf der Straße verteilte. Nun rasten nur noch die Pferde Kopf an Kopf dahin.

„Gleich haben wir es geschafft!“, rief die Dame und lachte. Ihr Gewand wallte über den Pferderücken. Voller Erstaunen sah Tobbs, dass auch sie auf eines der Kutschtiere gesprungen war. Und Anguana – seine sanfte, zurückhaltende, vernünftige Anguana – stieß einen markerschütternden Triumphschrei aus und gab dem Pferd, auf dem sie beide saßen, die Sporen. Tobbs hielt ihre Taille umklammert und spürte, wie das Mädchen lachte!

Zähne schnappten in der Luft nach ihnen, die Klauen der Himmelhunde streckten sich nach ihnen aus, ohne sie zu fassen zu bekommen.

Und auf einmal flutete ihnen gleißendes Licht entgegen. Als Tobbs die Augen wieder öffnete, sah er Hunderte von kleinen Glaslampen vorbeihuschen. Enttäuscht heulten die Himmelhunde auf und blieben hinter ihnen zurück.

Dann verlor er das Gleichgewicht und fiel. Reflexartig drehte er sich in der Luft und kam mit einem ganz und gar nicht menschlich klingenden Jaulen auf dem Boden auf. Mehrmals überschlug er sich, rollte und schlitterte, bis ihn endlich ein Schlammwall bremste. Tobbs prallte mit voller Wucht gegen das Hindernis. Ein einzelnes Rad schlingerte an ihm vorbei wie ein erschöpfter Olympialäufer, der mit letzter Kraft über die Ziellinie torkelt.

Tobbs lag einfach nur da und zählte seine Knochen. Die Nummerierung schien nicht mehr zu stimmen, ansonsten aber waren sie wohl vollzählig. Zum Glück war der Untergrund weich gewesen. Und das Allerwichtigste: Seine Axt und sein Fuchsfell waren noch da!

Vorsichtig hob er den Kopf.

„Anguana?“, flüsterte er und blinzelte in das Licht.

Der Anblick, der sich ihm bot, verschlug ihm den Atem. Wohin er auch sah, standen und hingen Laternen und Lampions! Doch anstelle von Flammen flatterten darin leuchtende Insekten – Motten verströmten blassblaues Licht, prächtige Schmetterlinge glommen rosa und gelb. Glänzende Käfer strahlten so hell, dass sie Tobbs blendeten. Aus einer Laterne, die unter den Pferdehufen zerbrochen war, erhoben sich gerade sieben Monsterglühwürmchen von Meerschweinchengröße und ergriffen die Flucht in den Nachthimmel.

Nicht weit von den Trümmern der Laterne entfernt standen die beiden Pferde. Sie schnaubten wie nach einem Wettkampf, schüttelten die Köpfe, stiegen auf die Hinterbeine – und begannen sich zu verformen! Tobbs traute seinen Augen nicht: Die Hinterbeine wurden dicker, die Vorderbeine kürzer, die Nasen schrumpften, der Brustkorb wurde flacher und breiter. Und schließlich standen zwei martialisch aussehende Männer vor ihm – der gehörnte Kopfschmuck war zum Helm geworden, Kummet und Riemen zu einem schwarzen Lederpanzer, auf dem die farbigen Zeichnungen von Drachenköpfen prangten.

„Tobbs, alles in Ordnung?“ Anguana stürzte auf ihn zu. Ein erleichtertes Lächeln huschte über ihr Gesicht, als er nickte. Ihre Augen funkelten unternehmungslustig.

„Wir sind direkt vor dem Stadttor!“, flüsterte sie ihm zu und zwinkerte. Und dann ließ sie ihn einfach liegen!

Tobbs war viel zu verdattert, um ihr hinterherzurufen. Er beobachte nur, wie sie zu der Dame trat und sich anmutig vor ihr verbeugte.

Das Gewand der Dame hatte nicht einmal einen Schlammspritzer abbekommen, kein Härchen war bei dem wilden Ritt aus der Frisur gerutscht. Anguana sah deutlich zerzauster aus, aber ihr Gesicht strahlte, als wäre sie ein

Kind auf einem Rummelplatz, das soeben aus der Achterbahn kam.

„Das hat Spaß gemacht!“, rief sie und schüttelte sich die Haare aus dem Gesicht. „Danke, dass du uns mitgenommen hast!“

Die Dame lachte, dass ihre schwarzen Zähne glänzten wie dunkle Perlen.

„Du reitest besser als eine Akrobatin“, sagte sie anerkennend.

Anguana wurde rot vor Stolz über das Kompliment. „Och, eigentlich nicht“, widersprach sie bescheiden. „Im Grunde kann ich viel besser schwimmen als reiten.“

„So? Nun, umso besser. Wenn du Interesse daran hast, mich einmal zu besuchen …“

Jetzt strahlte Anguana wie ein Kind, das nach der Achterbahnfahrt auch noch Zuckerwatte und eine Runde in der Geisterbahn spendiert bekam.

„Und wenn du jemals Hilfe oder Unterstützung brauchst, dann wende dich bitte vertrauensvoll an mich“, fuhr die Dame fort. „Wir Freunde des Wassers halten schließlich zusammen.“

Ärger wallte in Tobbs auf. Diese Vertrautheit zwischen den beiden passte ihm überhaupt nicht. Schließlich waren sie nicht zum Vergnügen hier, sondern um seine Eltern zu finden!

„Wir müssen gehen!“, rief er Anguana zu und rappelte sich auf.

Die Fremde griff in eine Falte ihres Gewandes und zückte ein goldenes Kärtchen. Ein sehr seltsames Kärtchen, denn es klappte ganz von selbst zusammen und begann dann zu flattern, als wollte es sich aus ihren langen Fingern befreien. „Halte das Falterblatt stets gut fest“, raunte die Frau Anguana zu. „Wenn du zu mir willst, lass es einfach fliegen und folge ihm.“

Anguana nahm das flatternde Ding so ehrfurchtsvoll an sich, als würde sie eine Ehrenurkunde erhalten. Die Dame wandte sich um und ging, gefolgt von den beiden Leibwächtern, auf das Stadttor zu. Im zitternden Licht von Tausenden von Laternen glänzte das elegant geschwungene goldene Satteldach.

„Ach … und noch etwas!“, sagte die Dame und wirbelte herum. „Das hast du während der Fahrt verloren!“ Bei diesen Worten schleuderte sie etwas Spitzes in Anguanas Richtung. Tobbs zuckte vor Schreck zusammen. Doch es war gar kein Messer, sondern nur Anguanas Haarknebel, den das Mädchen geschickt auffing.

„Gute Reflexe!“, bemerkte die Dame zufrieden und verschwand samt ihren Wächtern durch das Tor.

Tobbs stürzte zu Anguana. Das Mädchen starrte immer noch auf seine Hände. In der rechten hielt es den Haarknebel, in der linken das flatternde Ding. Je heftiger es sich zu befreien versuchte, desto heller leuchtete sein Licht. Ein goldener Widerschein fiel auf Anguanas Gesicht.

„Sieh mal!“, flüsterte das Mädchen. „Ein Falter!“

Tobbs betrachtete das Ding argwöhnisch. Es war tatsächlich ein flacher, rechteckiger Schmetterling. Statt einer Tupfenzeichnung schmückten leicht verwischte schwarze Schriftzüge seine Flügel. Und so, wie Tobbs seit diesem

Morgen mit einem Mal die Sprache Domans verstand, erschlossen sich ihm plötzlich auch die verschnörkelten Zeichen:

„Camera Cabuki“
Illusionsshow – Akrobatik – Aquariumtheater
Geschäftsführerin
Ger Ti Benten

„Das ist ihre Visitenkarte“, hauchte Anguana tief beeindruckt. „Und sie ist Geschäftsführerin eines Theaters!“

„Na wenn schon“, knurrte Tobbs. „Lass uns in die Stadt gehen und eine Unterkunft suchen.“

Nur widerwillig riss sich Anguana von den Schriftzeichen los. Sie holte aus einer Falte ihres Kleides einen kleinen Spinnenkokon hervor, faltete die Flügel sorgfältig so, dass sie das Insekt nicht verletzte, und schob es in den Kokon, als wäre dieser ein Schlafsack für Schmetterlinge.

Lichter der Grossstadt

Gegen die Lichter in der Stadt waren die Laternen vor dem Tor nur schwindsüchtige Funzeln. Alles glühte und blinkte! Ein Meer aus Leuchtballons tauchte die Straßen in taghelles Licht. Lampiongirlanden zogen sich wie Weihnachtslichterketten unter den geschwungenen Häuserdächern entlang, die mit Holzfratzen und Fabeltieren verziert waren. Überall wimmelte es nur so von Menschen – Tobbs sah Herren mit lackierten Masken und Frauen, die ähnlich prächtige Gewänder trugen wie Ger Ti Benten. Aber er sah auch Handwerker in zerschlissenen Baumwollgewändern, Bettler und andere abgerissene Gestalten, die sich in den spärlichen Schatten der Stadt herumdrückten. Beunruhigt hielt er nach Raubtieraugen Ausschau, aber zum Glück schienen hier nur ganz gewöhnliche Menschen unterwegs zu sein. Menschen allerdings, die sich um jeden Preis amüsieren wollten.

„Ah, Gäste aus dem Ausland! Willkommen!“, rief ein Mann mit einer Kranichmaske ihnen zu. „Tretet näher und tanzt mit der achtarmigen Frau den Spinnentanz!“

Aufdringlich zupfte er an Tobbs’ Ärmel und deutete auf

ein riesiges Werbeschild, auf dem Hunderte von wimmelnden Leuchtmaden die blinkende Aufschrift *„Katziguros Arachnorama“* bildeten.

„Gegrillte Grillen, knusprige Kakerlaken“, schrie ein Händler und streckte Anguana ein frittiertes Insekt am Spieß hin. „Spezialität des Landes. Woher kommst du, hübsches Mädchen?“

„Los, weiter“, zischte Tobbs Anguana zu und zog sie mit sich.

„Nette Perücke!“, rief der Grillenverkäufer ihnen hinterher.

Hastig schob Anguana die verrutschte Haarsträhne wieder unter ihr Kopftuch.

Sekunden später ließen sie sich inmitten einer Gruppe singender Leute durch die Straße treiben, die als Suppenschüsseln verkleidet waren und lautstark singend für *„Alisakas Restaurant“* warben.

„Wir sollten uns auch Masken und andere Kleider besorgen“, flüsterte Anguana Tobbs zu. „Sonst werden wir sofort als Fremde erkannt.“

„Papiere und Siegel!“, schnarrte eine Stimme neben ihnen. Tobbs machte vor Schreck einen Satz nach hinten. Vor ihnen stand ein Mann mit einem rasierten Viereck auf dem Schädel. Er trug eine grüne Uniform und einen breiten Seidengürtel. Seine Hamsterbacken wackelten, während er Anguana von Kopf bis Fuß musterte. „Na, wird's bald, Mädchen?“

Es dauerte einige Sekunden, bis Tobbs begriff, dass der Mann ihn nicht ansprach, weil er ihn für einen Städter hielt. Kein Wunder, schließlich sah Tobbs mit seinem glatten schwarzen Haar und den leicht schrägen Augen aus wie ein ganz normaler Domaner.

„Papiere?“, fragte Anguana verdutzt. „Was denn für Papiere?“

„Du bist Gast in Katuro, das sieht ein Blinder! Und jeder Ausländer muss sich ausweisen – mit gültigen Papieren und dem Siegel vom Stadtbüro!“

„Stadtbüro?“ Jetzt war Anguana noch ratloser.

Tobbs wusste, was in ihr vorging: Der Kontrolleur hätte genauso gut eine Katze fragen können, wie die Quadratwurzel aus 487 lautete. Anguana hatte noch nie etwas von Ausweispapieren gehört. Sie kam aus den Bergen, ihre Welt waren Quellen und magische Bäche. Und sie hatte noch nie im Leben so viele Leute auf einem Haufen gesehen.

„Sie ist gerade erst angekommen und hat noch keine Papiere“, erwiderte Tobbs schnell. „Aber ich wollte sie eben zum Büro bringen.“

Der Beamte kniff misstrauisch die Augen zusammen. „Dann lauft ihr aber in die falsche Richtung, Junge. Man könnte meinen, ihr wolltet direkt ins Vergnügungsviertel.“

Er rückte unangenehm nah an Tobbs heran und schnupperte, als wollte er feststellen, ob Tobbs ein faules Ei sei. „Bah! Du stinkst nach Wald!“, rief er. „Bist du etwa ein Magischer?“

Die letzten Worte waren von einem Piksen seines Zeigefingers an Tobbs’ Brustbein begleitet.

„He!“, sagte Tobbs warnend. „Finger weg! Ich bin kein ‚Magischer‘!“

„Wirklich?“ *Piks.* „Deine Fratze gefällt mir aber trotzdem nicht!“ *Piks, piks.* „Vielleicht sollte ich dich in die Kammer der Ketten werfen lassen?“ *Piks.* „Da lernst du vielleicht ein bisschen Höflichkeit!“ *Bohr.*

„*Wer* ist hier unhöflich?“, erwiderte Tobbs empört. „Nimm gefälligst deine Pfoten von mir!“

„Da seid ihr ja!“ Eine kräftige Hand packte ihn von hinten und zog ihn ein Stück von dem Beamten weg. „Wir suchen dich schon die ganze Zeit!“ Völlig verdattert ließ Tobbs es zu, dass er von einem ... Goldfisch? ... umarmt wurde wie ein lange vermisster Freund. Rote Seide mit Schuppenmuster knisterte, ein Fischgesicht mit schielenden Glubschaugen glotzte ihn an.

„Und die neue Tänzerin für die Prozession des Fürsten hast du auch mitgebracht! Guter Mann!“, setzte ein zweiter Mann in der Verkleidung eines achtarmigen lila Kraken hinzu. Seine Stimme klang dumpf und hohl, als stammte sie aus einem Grab.

„Hier, unsere Papiere!“, sagte der Goldfisch und zückte ein Kuvert. Darauf prangte ein Siegel in Form einer Blüte. „Die zwei gehören zu uns – *Theater der Gezeiten.* Die Frau ist unser ausländischer Gaststar aus ... äh ... Kandara. Der Fürst kann kaum erwarten, sie schwimmen zu sehen.“

Der Beamte runzelte die Stirn und studierte die Papiere. Die Aussicht, dass der Fürst persönlich Anguana kennenlernen wollte, schien ihn zu beeindrucken.

„Für die Prozession am Festtag, ja?“, knurrte er. Sein Zeigefinger schoss hoch und zielte direkt auf Tobbs' Nase. „Der da sieht aber nicht so aus, als könne er schwimmen!“

„Ihr habt Recht, Herr! Ihr habt Recht, gut erkannt, wie klug von Euch, Herr!“, schleimte der Goldfisch und machte einen tiefen Bückling.

Ein kriecherischer Goldfisch, dachte Tobbs. *Ich stamme aus einem seltsamen Land.*

„Aber wir brauchen ihn“, fuhr der Fisch fort. „Für das Aquarium der tausend Wunder, er muss …“

Ein schriller Pfiff des Beamten unterbrach ihn. „Wache!“, rief er zwei bulligen Kerlen mit verquollenen Schlitzaugen zu. „Den Kerl da ohne Kostüm. Festnehmen!“

„Los, mach hin, Schankjunge!“, zischte der Krake, hakte Tobbs und Anguana einfach unter und zog sie mit sich in eine Seitengasse. „Und jetzt rennt!“

Tobbs raste los, während er leise vor sich hin fluchte. Fünf Minuten in der Stadt und schon kamen sie mit dem Gesetz in Konflikt! Na wunderbar.

Wenigstens schien Krake zu wissen, wo er hinmusste. Seine acht Arme wippten bei jedem Satz auf und ab, was ihm das Aussehen einer aufgeregt wedelnden alten Tante gab. Trotzdem flitzte er erstaunlich schnell die schmale Gasse entlang, dicht gefolgt von Tobbs und Anguana. Hinter ihnen ertönten Rufe und Getrappel. Verirrte Motten klatschten gegen Tobbs' Stirn und puderten sein Gesicht mit leuchtendem Flügelstaub. Passanten sprangen zur Seite, als sie den wild gewordenen Tintenfisch herandonnern sahen. Und mitten unter den Gesichtern, die vorüberhuschten, fiel Tobbs ein schmales Gesicht auf.

Ein junges Mädchen mit goldfarbenen Augen starrte nicht den Kraken an, sondern ihn! Und sein Anblick schien die Fremde zu verblüffen, denn ihr klappte regelrecht die Kinnlade nach unten.

Schon waren sie vorbei. Keuchend folgte Tobbs dem Kraken in eine noch schmalere Gasse. Dort riss der Krake eine Klapptür auf. „Los, hier durch!", befahl er. „Wartet auf den Fisch!"

Im nächsten Augenblick standen sie in einem schäbigen Innenhof, während die Schritte des Kraken auf der anderen Seite der Tür verhallten. Kurz darauf stürmte die Meute der Verfolger vorbei.

Erst als die trappelnden Schritte leiser wurden, wagten Tobbs und Anguana aufzuatmen.

„Puh", sagte Anguana. „Das war knapp. Ab jetzt brauchen wir wirklich Masken!"

Tobbs schluckte und sah sich um: schäbige Holzwände, die über und über mit Werbeschildern und Bannern behangen waren. Plötzlich klappte auf der anderen Seite des Hofes ein breites Holzbrett aus der Mauer und schwang auf wie ein Tor. Mühsam zwängte sich der Goldfisch hindurch und klappte das Brett wieder hinter sich zu.

„Gerade noch mal gut gegangen!", flüsterte er. „Von allen Kontrolleuren der Stadt ist dieser Grünkittel eindeutig der mieseste!"

„Wer bist du?", fragte Tobbs.

Der Fisch griff sich an den Kopf und nahm die Maske ab. Zum Vorschein kam ein hageres, hübsches Gesicht. Der junge Mann hatte rotbraune Locken, umschattete grüne Augen und einen schicksalhaft-wehmütigen Mund.

„Na, Tobbs?", fragte er verschmitzt. „Klingelt es?"

Tobbs wurde heiß und kalt. Der Mann kannte seinen Namen! Und nicht nur das, er kam Tobbs auch vage bekannt vor. Diese Augen …

„Keine Sorge“, beruhigte ihn der Mann. „Ich verrate euch nicht. Bin doch selbst illegal hier. Und ihr verpfeift mich gefälligst auch nicht, klar?“

Endlich fiel der Groschen.

„Du bist Ankou aus Tinadin!“, rief Tobbs. „Der entflohene Friedhofswächter! Du warst doch eine Zeit lang Mitglied im Schachclub der Todesfeen. Und jetzt hängt dein Steckbrief in der Taverne. Die haben ein Kopfgeld auf dich ausgesetzt!“

„Hol erst mal Luft!“, unterbrach ihn Ankou lachend und deutete auf sein Goldfischkostüm. „Musste untertauchen, ganz recht“, sagte er dann. „Bin jetzt eine lebende Reklame für eines der vielen Theater der Stadt. Die beste Art, inkognito zu bleiben.“

„Bist du wirklich vom Friedhof weggelaufen?“, wollte Anguana wissen. „Obwohl du wusstest, dass sie dich dann suchen werden?“

Ankou seufzte tief. „Darauf kannst du wetten! Und ich würde jederzeit wieder türmen! Habt ihr schon mal eine Nacht auf einem Friedhof verbracht? Ich sage euch, ich wäre vor Angst beinahe gestorben.“

„Wie denn? Du bist doch schon ein lebender Toter“, gab Tobbs zu bedenken.

„Na und? Gegen einen Spaziergang mit anderen Verstorbenen hätte ich ja auch gar nichts gehabt, aber ich bin dazu verdonnert worden, alle Gräber zu bewachen und

Eindringlinge fernzuhalten! Ausgerechnet ich!“ Mit einem ironischen Grinsen deutete er auf seine hagere Gestalt, die sich unter dem Fischkostüm abzeichnete. „Sehe ich aus wie ein Kickboxer? Als ich zehn Jahre alt war, hat mich meine kleine Schwester immer verprügelt. Und was glaubt ihr wohl, wieso ich den Löffel abgegeben habe? Duell mit einem Sylvanier. Weil sein Mädchen mich in einem Nebensatz als ‚süß‘ bezeichnet hat. Erwähnte ich schon, dass ich auch kein guter Schütze bin? Na ja, egal. Und ausgerechnet ich werde zack, zack! aus meinem Grab gejagt und auf den Friedhof über Tage abkommandiert. Und ausgerechnet ich soll die Ghouls und die Vampire, Dämonen und das ganze andere untote Gesocks von den Gräbern fernhalten! Ankou Arnold, der Friedhofsterminator! Ein echter Witz.“

Er lachte bitter auf und schüttelte den Kopf. „Da, seht her!“

Eifrig raffte er sein Goldfischgewand hoch und entblößte eine bleiche Wade. Grün leuchtend zeichneten sich darauf vier Kratzspuren ab. „Ich habe es mit Karate versucht, aber vertreibt ihr mal einen Dämon, der die Seele des verstorbenen Bürgermeisters rauben und zum Nachtisch verspeisen will. Nein danke, ich hab lieber gemacht, dass ich wegkam!“

„Du Armer“, sagte Anguana. „Und dann bist du ausgerechnet hierher geflohen?“

„Warum nicht?“, meinte Ankou achselzuckend. „Nach Doman führt keine Tür in der Taverne am Rand der Welten, also kann mich schon mal keiner so einfach verfolgen. Hab über einen Monat für die Reise durch fünf Länder gebraucht, aber keiner wird mich bei den Tanukis suchen. Hoffe ich jedenfalls. In der Verkleidung erkennt mich keiner – und eine falsche Identität habe ich auch. Hier heiße ich einfach Arnold Fisch." Ein Lächeln breitete sich über sein Gesicht. „Und wovor lauft ihr weg?"

Anguana und Tobbs wechselten einen kurzen Blick.

„Wir … suchen jemanden", sagte Tobbs. „Möglicherweise sind es zwei Leute."

Das Brett klappte wieder auf und ein reichlich zerzauster Krake wälzte sich in den Hof. Er hatte nur noch fünf Arme und sah aus, als hätte er eben einen Wettkampf im Schlammcatchen verloren.

„Ah, Vurvolak!", rief Ankou Arnold aus. „Darf ich euch meinen Freund vorstellen? Ebenfalls ein Totengeist. Er stammt aus Lumenai. Tragisches Schicksal. Früher war er Bestattungsunternehmer. Doch als er selbst starb, sprang dummerweise eine Katze über sein Grab. Deswegen muss er herumwandern und findet keine Ruhe. Alter Lumenai-Fluch."

„Angenehm", sagte Vurvolak mit dumpfer Stimme. Mit einem Ächzen befreite er sich von dem lächerlichen Kostüm. Zum Vorschein kam ein grauhaariger Mann in einem schwarzen Anzug, der sich eine Fliege umgebunden hatte. Eine Kadavergestalt, der man die schlechte Laune vieler untoter Jahrzehnte nur zu deutlich ansah. Seine Haut schimmerte schneckenschleimgrün und passte ausgezeichnet zu seinem verdrossenen Gesichtsausdruck.

„Wir Auswanderer halten in dieser Stadt zusammen", erklärte Ankou Arnold mit einem Augenzwinkern. „Also, ihr braucht erst einmal Papiere, was? Und am besten auch gleich eine neue Identität. Kein Problem. Ich kenne einen prima Fälscher, der …“

„Als Erstes brauchen wir eine Unterkunft“, unterbrach ihn Tobbs. „Sicher könnt ihr uns sagen, wo wir ein Gasthaus finden.“

Ankou und Vurvolak wechselten einen verschwörerischen, hochzufriedenen Blick.

„Bingo!“, rief Ankou und stülpte sich den Fischkopf auf. Dämlich grinste der Goldfisch Tobbs an. „Da gibt es nur eins: die beste Kneipe der Stadt – das *Cho-Babadoo*!“

Das *Cho-Babadoo* hatte weder ein grünes Dach noch goldene Fenster. Es lag ganz am Rande des Vergnügungsviertels und wirkte alles andere als vertrauenswürdig. Vor der Tür lungerte eine rot-weiß-schwarz gefleckte Katze herum.

„Die sieht aus wie unsere Wirtshauskatze!“, flüsterte Anguana.

Tobbs nickte. „Nur, dass Neki ungefähr zehnmal dicker ist“, sagte er. „Aber vielleicht stammt sie ja auch aus Doman!“

Und das bedeutet, dass wir wirklich auf dem richtigen Weg sind!, fügte er in Gedanken hinzu. Unwillkürlich musste er lächeln.

„Verschwinde!“, brüllte Vurvolak. Die Katze legte die Ohren an, fauchte und schoss davon, als hätte Vurvolaks Befehl sie wie ein Fußtritt getroffen.

„Ich hasse diese Biester“, brummte der Totengeist mit seiner Grabesstimme und trat über die Schwelle.

Das war eine Taverne! Flotte Flamencomusik hallte ihnen entgegen, es duftete nach Kirschholz und schwerem Wein, nach Öllampen und Räucherkerzen – kurz: Es roch genauso wie zu Hause in der Taverne am Rand der Welten. Und so wie dort war auch hier eine kunterbunte Gesellschaft versammelt: Tobbs erkannte blonde Männer aus Sylvanien, vier Werwölfe und mehrere Wüstengeister. Bei Tobbs' Anblick sprangen einige Gäste erschrocken von den Sitzen.

„Keine Panik!“, rief Ankou. „Der sieht zwar aus wie ein Domaner, ist aber einer von uns.“

Dann trat Anguana ein und ein begeistertes Raunen ging durch den Raum. Die jungen Männer begannen zu lächeln und die Musiker strengten sich doppelt so sehr an.

Kurz darauf saß die kleine Gruppe schon vor einigen Gläsern wohlriechendem Pflaumenwein, eingezwängt zwischen übereifrigen Gitarristen und drei Werwölfen.

„Gute Musik!“, meinte Anguana und wippte mit dem Fuß mit. Unternehmungslustig sah sie sich um. „Bis jetzt haben wir Glück gehabt, was?“

„Das stimmt.“ Tobbs strahlte sie an. „Und morgen gehen wir in die Stadt und finden heraus, wo das Haus mit dem grünen Dach ...“

„Willst du tanzen?“ Ankou drängelte sich einfach an Tobbs vorbei und verbeugte sich vor Anguana. Ohne das Goldfischkostüm sah er aus wie ein netter, etwas zu blasser Mann mit Schaffellweste und schwarzem Hemd.

„Gerne!“, rief Anguana und sprang auf. Tobbs blieb völlig verdattert zurück.

„Tja“, bemerkte Vurvolak trocken. „Jetzt hast du wohl verloren. Herzlich willkommen in Ankou Arnolds wunderbarer Welt der lächelnden Frauen!“

Und zu Tobbs' Ärger hatte er leider Recht. Das Mädchen beachtete ihn gar nicht mehr! Stattdessen lächelte es diesen windigen Ankou zuckersüß an und folgte ihm auf die Tanzfläche.

Zehn Minuten später hatte sich die Kneipe in *Anguanas-&-Ankou-Arnolds-Sensationsshow* verwandelt. Sämtliche Werwölfe waren auf die Tische gesprungen und klatschten begeistert mit, Pfiffe und Rufe durchschnitten die Luft, während das Mädchen und der Friedhofsgeist über die Tanzfläche tobten. Na ja, Tobbs fand, sie wirkten eher wie hopsende Wahnsinnige.

Noch nie hatte er Anguana so ausgelassen gesehen! Ihr Kopftuch war längst in die Ecke geflogen und den Haarknebel hatte sie sich bei einer temperamentvollen Drehung aus der Mähne geschüttelt. Sie wirbelte herum und achtete nicht einmal mehr darauf, dass ihr Ziegenfuß immer wieder hervorblitzte und für Tuscheln und Raunen sorgte. Es war, als tränke sie die Luft der fremden Stadt wie einen berauschenden Wein, der ihr viel zu schnell zu Kopf stieg. Und Tobbs hatte sie völlig vergessen.

Wütend stand Tobbs auf und stapfte zur Treppe, die zu den Gasträumen führte. Niemand sah sich nach ihm um.

Die Kammer war karg und hatte als Fenster nur eine schmale Scharte, damit nicht zu viel Licht in das Zimmer fiel. Missmutig ließ Tobbs sich auf eine harte Matte aus Reisstroh fallen, die wohl sein Bett darstellen sollte, und atmete tief durch. Aus dem Wirtsraum drang begeisterter Applaus zu ihm hoch, kurz darauf setzte die Musik wieder ein.

Tobbs blickte auf die Uhr an seinem Handgelenk. Dort tickte immer noch die Zeit seiner Taverne. Jetzt war es schon ein Uhr nachts, doch Tobbs wusste, dass zu Hause niemand ein Auge zutun würde. Dopoulos hatte wahrscheinlich bereits Suchtrupps aufgestellt, die Schmiedin Wanja hatte sicher jeden Winkel des Hauses durchforstet. Obwohl Tobbs immer noch eine Riesenwut auf Dopoulos hatte, wurde ihm das Herz schwer. Warum hatte der Wirt ihn angelogen und ihm verboten, nach Doman zu gehen? Es schien ein Land wie jedes andere zu sein – und längst nicht so gefährlich wie das Dämonenland Olitai oder wie Yndalamor, wo die grausame Göttin Kali herrschte. Konnte Dopoulos nicht verstehen, dass er einfach nur sein Zuhause finden wollte?

Tobbs seufzte, streifte sich sein Hemd über den Kopf und schleuderte es in die Ecke. Nachdenklich betrachtete er seinen rechten Oberarm, auf dem ein Tatau prangte. Ein Künstler aus dem Land Tajumeer hatte die Ornamente mit schwarzer Farbe in seine Haut gestochen. In verschlüsselter Form erzählten die Zeichen etwas über Tobbs selbst. Sie erzählten davon, dass Tobbs nur zur Hälfte menschlich war. Doch mehr verrieten auch sie ihm nicht.

Tobbs fasste einen festen Vorsatz: Morgen würde er das

Haus mit dem grünen Dach finden! Beim Gedanken daran begann sein Herz schneller zu schlagen.

Wie mochten seine Eltern aussehen? Sicher hatten sie dunkles Haar wie alle Domaner. Doch da war noch dieser andere Teil – der knurrende Teil von ihm, der gerne auf vier Beinen laufen würde …

Seltsamerweise fiel ihm in diesem Augenblick die junge Frau ein, die ihn in der Gasse angestarrt hatte. Goldene Augen und schwarzes, glattes Haar. Sie hatte ihn angesehen, als wären sie sich schon einmal begegnet. Aber wo? Tobbs konnte sich jedenfalls nicht daran erinnern.

Der Steckbrief

Bei Tag sah die Stadt farblos und ein bisschen schäbig aus. Die Falter schliefen in den Lampen, nur einige Glühwürmchen wiesen blinkend auf Imbissbuden am Straßenrand hin. Erstaunlich viele Leute mochten frittierte Insekten.

Hatte man die richtigen Papiere, erschien die Stadt wie ein riesiger harmloser Vergnügungspark. Es gab zwar auch vornehme Villenviertel mit breiten sauberen Straßen und elegant geschwungenen Laternen, in denen hochgezüchtete Importfalter schwirrten, aber selbst die Soldaten und Adligen, die dort lebten, ließen sich am liebsten in den winzigen Kaschemmen und Nachtclubs unterhalten.

Es gab Bürger, es gab Händler, und vor allem gab es unzählige Stoffverkäufer und Schneider. Die Mode in Katuro wechselte, so schien es Tobbs, im Tag- und Nachtrhythmus. In den Warenhäusern – große Hallen aus Holz – hingen die neuesten Modelle der Gewänder von den Decken. Münzen klimperten tagaus, tagein über die Ladentische.

Doch sosehr Tobbs auch suchte und fragte, in der ganzen Stadt gab es kein einziges Haus mit grünem Dach. Und immer wieder spürte er auf seinen Streifzügen ein unangenehmes Kribbeln im Nacken, so, als würde er beobachtet. Drehte er sich dann blitzschnell um, erkannte er nur noch die goldenen Augen des fremden Mädchens, das sofort darauf im Schatten eines Gebäudes oder hinter einem Schild verschwand.

Abends fiel er dann erschöpft auf die schmale Reisstrohmatte und träumte davon, nie wieder zur Taverne zurückzufinden. Und wenn er morgens aufwachte, galt sein erster Blick der Uhr. Nur noch wenige Tage bis zum Ablauf ihrer Frist, und er hatte immer noch keinen brauchbaren Hinweis!

Anguana dagegen blühte auf. Wenn Tobbs morgens verschlafen aus seiner Kammer kroch, übte sie bereits in der Gaststube mit den Flamencospielern die neuesten Schritte. Nacht für Nacht tanzte sie – und zwar keineswegs nur im *Cho-Babadoo*. Immer öfter verschwand sie mit Ankou Arnold im taghellen Nachtleben von Katuro. Zur Wahrung ihrer falschen Identität trug sie inzwischen eine schwarze Perücke und ein domanisches Kleid mit breitem Seidengürtel. Inzwischen bewegte sie sich so sicher durch die Stadt wie eine Einheimische. Kaum zu glauben, dass sie in den einsamsten aller Berge groß geworden war.

Niemand sprach von den Tanukis oder dem magischen Wald, es war, als wäre Katuro von der Welt abgeschnitten, als versuchten die Bewohner, unter ihrer Glocke von Licht alles Unangenehme zu verdrängen. Nur manchmal, tief in der Nacht, hörte Tobbs in der Ferne das bedrohliche Heulen der Himmelhunde und fröstelte.

Eines Nachts träumte er von Inaris Füchsen und der weißen Schlange. Sie zog sich um seine Handgelenke zusammen wie eine Fessel. *„Du bist ein Wassertropfen in siedendem Öl"*, hörte er die Stimme von Orakelfuchs Nummer eins. *„Schwertspitze mit schwarzem Unglücksblut. Sandergiftholz, noch zu grün."*

Erschrocken fuhr er hoch und blinzelte. Es war bereits Morgen, die Flamencogitarren schrubbelten einen dramatischen Akkord. Und im selben Takt klopfte etwas mit viel Nachdruck gegen seine Stirn.

Tobbs schlug danach und erwischte einen orangeroten Leuchtfalter, der sofort zu Boden taumelte. Seine Flügel klappten zu und wieder auf. Goldene Augenflecken blickten ihn an. Und darunter zeichneten sich in spinnendünner Schrift einige Worte ab:

Gefahr! Verlasse die Stadt, solange noch Zeit ist!

„Das hat sicher nichts zu bedeuten", meinte Anguana und beschleunigte ihren Schritt. Sie waren auf dem Weg zur Festprozession. „Arnold hat erzählt, dass es Verrückte gibt, die den ganzen Tag nur Drohfalter verschicken. Manche versenden sogar Kettenmotten, die man füttern soll, bis sie sich vermehren, und dann weiterschicken muss, sonst drohte Unglück. Arnold sagt, die Stadtleute sind sehr abergläubisch ..."

„Arnold! Arnold! Seit Tagen geht es nur noch darum, was er sagt!", brauste Tobbs auf. „Du lachst über seine

Witze, du tanzt in jeder freien Minute mit ihm – und glaube nicht, ich hätte nicht mitgekriegt, dass ihr heute Abend ins *Arachnorama* gehen wollt. Hast du vergessen, warum wir hier sind?"

„Scht!", warnte ihn Anguana. „Wir sollen doch nicht auffallen."

Tatsächlich drehten sich einige Leute nach Tobbs um. Rasch senkte er den Blick.

Die Menschenmenge drängte sie weiter, immer die Hauptstraße entlang in Richtung des Fürstenpalasts, wo heute die große Prozession zu Ehren der Göttin Amaterasu stattfinden sollte.

„Reg dich nicht auf, Tobbs", murmelte ihm Anguana versöhnlich zu. „Ich habe überhaupt nichts vergessen! Was meinst du, warum ich mit Arnold in die Stadt gehe? Wir forschen nach dem Haus mit dem grünen Dach. Er kennt so viele Leute, und alle suchen mit." Sie hakte sich bei ihm unter und schenkte ihm ein Lächeln, das ihn wieder ein wenig besänftigte. Unter der Verkleidung war sie offenbar immer noch die Anguana aus den Bergen. Und dennoch – irgendetwas hatte sich verändert.

„Anguana?"

„Hm?"

„Hat dein Orakel ... hat es etwas über Arnold gesagt? Ich meine ..."

Die Art, wie Anguana errötete und zu lächeln begann, trieb Tobbs die Galle in die Kehle.

„Vielleicht, wer weiß", meinte das Mädchen nur.

Missmutig überlegte Tobbs, was mit dieser Antwort anzufangen war, und stutzte. Für einen Augenblick bildete er sich ein, wieder das goldene Augenpaar in der Menge aufleuchten zu sehen. Doch gleich darauf war es schon wieder verschwunden.

„Mach dir keine Sorgen, wir finden das Haus!“, sagte Anguana. „Aber erst einmal gehen wir zum Palast zur großen Festprozession. Und vielleicht können wir auf dem Rückweg ja bei Ger Ti Benten vorbeischauen. Bisher hatte ich noch keine Zeit, sie zu besuchen. Ich würde zu gerne endlich mal dieses Wassertheater sehen!“

Tobbs setzte zu einem empörten Protest an, aber Anguana hatte sich bereits von ihm abgewendet. Sie war völlig hin und weg von zwei Gauklern, die auf Stelzen durch die Menge liefen und dabei mit sechzehn Orangen jonglierten.

„Wow!“, sagte sie fasziniert. „Das will ich auch können! Die sind unterwegs zum Palast des Fürsten! Los, komm!“

Tobbs wollte widersprechen, doch Anguana raffte ihren Rock und lief in Richtung der Gaukler davon. Tobbs hatte alle Mühe, sie nicht aus den Augen zu verlieren. Das Klack-Klack ihrer Stiefel trappelte voraus. Noch so eine geniale Idee von Arnold, dem Angeber: Die Stiefel verbargen Anguanas Ziegenfuß ganz wunderbar.

Der Palast war ein großes, flaches Holzgebilde, das auf einem Podest thronte, violett lackiert mit einem ausladenden Silberdach. Treppen führten hinauf, die von Soldaten mit finsteren Mienen bewacht wurden. Den Fürsten selbst konnte Tobbs von hier aus kaum erkennen. Er wirkte wie ein kleines, dickes Männchen vor einem viel zu großen

Puppenhaus. Eine Prozession von Akrobaten, Gauklern und Tanzmädchen zog vor der Treppe vorbei.

Tobbs verrenkte sich den Hals, um die Gebäude rund um den Platz zu betrachten: Er sah rote, blaue und sogar schwarzgelb gestreifte Dächer, doch ein grünes war nicht darunter.

Allmählich verlor Tobbs die Geduld. Vielleicht befand sich dieses grüne Dach ja auch in einer völlig anderen Stadt und sie verschwendeten hier nur ihre Zeit …

Ein Kribbeln in seinem Nacken ließ ihn herumfahren. Nichts. Niemand schien ihn zu beobachten. Seine anfängliche Angst, Kontrolleur Piksfinger in die Arme zu laufen, hatte sich in den letzten Tagen verflüchtigt: Nicht nur Anguana war gut verkleidet, auch seine eigene Tarnung war ziemlich überzeugend. Er trug ein schlichtes, graues Baumwollgewand wie ein Handwerker, sein Fuchsfell und die Uhr hatte Anguana in einen Stoffgürtel eingenäht und sein Haar so tief ins Gesicht gekämmt, dass er sich selbst kaum wiedererkannte.

Etwas Raschelndes verfing sich in Tobbs' Stirnfransen, und als er reflexartig seinen Kopf schüttelte, fiel ein orangefarbener Falter in seine Hand.

Ich sehe dich, graue Maus!
Wieso bist du noch hier?

Erschrocken blickte er sich um. Ein Meer von faszinierten Gesichtern umgab ihn. Doch niemand beachtete ihn, alle bewunderten die Darbietung einer Tänzergruppe.

Anguana hatte sich bereits vor die Treppe gedrängt und winkte ihm ungeduldig zu.

Tobbs folgte ihr. Immerhin konnte er jetzt den Fürsten besser erkennen: ein müde blinzelnder, dicklicher Mann mit einem schwarzen Schnurrbart und einem Gesicht, das prall und aufgedunsen war wie ein Wasserballon. Anscheinend machte es keinen Spaß, der Fürst von Katuro zu sein.

Als der nächste Falter mit voller Wucht seine Oberlippe rammte, schrie Tobbs vor Schreck auf. Der Schmetterling flatterte so aufgeregt um ihn herum, dass es eine ganze Weile dauerte, ihn zu fangen. Und die Worte, die Tobbs dann las, jagten ihm einen eisigen Schauer den Rücken hinunter.

Flieh, du Narr! Sie sind dir auf der Spur!

Ein metallisches Sirren erklang und endete in einem dumpfen „Tock!“. Die Leute schrien entsetzt auf, die Musiker kamen aus dem Takt, der Fürst sprang erschrocken auf.

Ein roter Pfeil steckte zitternd von der Wucht des Einschlags in der goldenen Rückenlehne des Throns. Innerhalb eines Augenblicks wurde es über der Stadt sturmdunkel, als hätte jemand einen schwarzen Fächer vor der Sonne aufgeklappt.

„Die Tanukis!“, heulte eine Frau laut auf. „Die Tanukis kommen!“

Panik brach aus.

Die Akrobaten kletterten blitzschnell an Häuserwänden hoch und brachten sich auf den Dächern in Sicherheit.

„Anguana!“, rief Tobbs. Das Mädchen kämpfte sich durch die zurückweichende Menge zu ihm durch. Tobbs packte sie an der Hand.

„Ich ... höre Hufgetrappel!“, rief sie und wurde weiß wie ein Blatt Papier. „Da drüben! Die ... die roten Reiter!“

Menschen rempelten gegen Tobbs, er fluchte und versuchte Anguana mit sich zu ziehen, doch sie wurde von ihm fortgerissen.

Und dann waren sie schon da.

Tobbs’ Knie wurden weich, als hätten sich seine Knochen in Mehlpudding verwandelt. Von einem Augenblick zum nächsten brach ihm der Schweiß aus. Seine Kopfhaut kribbelte vor Entsetzen, als die Horde der roten Reiter viel zu dicht an ihm vorbei auf den Platz preschte. Er ertappte sich sogar dabei, wie er drohend die Zähne fletschte. Zum Glück beachtete ihn niemand.

Die Reiter sahen genauso aus wie die, die vor einigen Wochen Tobbs und die Tavernenschmiedin Wanja im verschneiten Land Rusanien durch den Wald gejagt hatten. Auch heute ritten sie die roten Pferde mit den Schlangen an den Beinen, ihre gepanzerten Rüstungen leuchteten rot im Schein der Fackeln. Und in den schmalen Augenschlitzen der roten Helme blitzten Raubtieraugen. Kaum vorstellbar, dass sich unter diesen Rüstungen menschenähnliche Wesen verbargen. Im Augenblick wirkten sie nur wie blutrünstige Dämonen.

Über ein paar Dutzend Köpfe hinweg erhaschte Tobbs einen Blick auf Anguana. Ihre Perücke war ein wenig verrutscht, aber ansonsten sah sie noch ganz in Ordnung aus.

Sie winkte ihm zu und tauchte wieder in der Menge unter. Tobbs presste sich ans Treppengeländer und versuchte, sich so klein wie möglich zu machen.

Die Tanuki-Krieger kamen direkt vor der Treppe zum Stehen. Das Pferd des Anführers war so nah, dass Tobbs den Geruch von Fell und Sattelleder wahrnehmen konnte. Die Wachleute des Fürsten stellten sich den Reitern in den Weg. Schweiß rann einem Wachmann über das blasse Gesicht. Eindeutig ein Spitzenkandidat in der Rangliste der Berufe, die Tobbs um nichts in der Welt haben wollte.

„Ich will zum Fürsten!“, rief eine grollende, knurrende Stimme. „Macht den Weg frei oder …“

Die Wachen warfen ihrem Herrscher einen flehenden Blick zu und er gebot ihnen mit einer Geste, die unheimlichen Gäste durchzulassen. So schnell hatte Tobbs noch nie einen Wachmann zur Seite treten sehen.

Der Anführer der Tanukis trieb sein Pferd an und es erklomm mit einigen klappernden Galoppsprüngen die steile Treppe. Direkt neben dem Fürsten blieben Pferd und Reiter stehen.

Der Fürst bemühte sich, Haltung zu bewahren, obwohl Tobbs sogar aus der Entfernung sehen konnte, wie sehr ihm die Knie schlotterten.

„Willkommen, König Tanuki!“, sagte er mit einer erstaunlich hohen, sanften Stimme. „Wie kann Katuro Euch dienen? Was … äh … führt Euch in die Stadt?“

„Haben wir euch nicht in Frieden gelassen?“, sagte der rote Reiter gefährlich ruhig. „Haben wir unser Abkommen je verletzt?“

„Nein, Ihr habt Katuro jede Ehre erwiesen und wir sind Euch zu Dank verpflichtet …"

„Dann frage ich mich, warum ihr Mörder und Verräter beherbergt!" Der rote Reiter griff zu seiner Satteltasche und zog eine versengte Schlangenhaut heraus, die er hochhielt.

„Oh nein! Die weiße Schlange des Wächters!", flüsterte eine Frau voller Entsetzen.

Tobbs wurde ganz heiß. Das war eindeutig die Schlange, die Anguana und er verspeist hatten! Und der Mörder des Tieres war … nun … Tobbs selbst. Er schluckte.

„Jemand hat unerlaubterweise den magischen Wald betreten!", donnerte der Reiter. „Zwei Menschen, die sich als Yôkai verkleidet hatten, um den Wächter zu erschrecken! Dann haben sie die Schlange ermordet! Und anschließend waren sie im verbotenen Heiligtum der Inari. Augenzeugen haben sogar Unaussprechliche gesehen! Voller Hohn haben die Mörder dann schließlich die Überreste der Wächterschlange im alten Tempel zurückgelassen. Als wollten sie uns zeigen, dass sie uns nicht fürchten und unsere Gesetze nicht achten. Das kommt einer Kriegserklärung gleich."

Fürst Katuro wurde noch eine Spur blasser. Beschwichtigend hob er die Hände. „Ich möchte Euch nicht widersprechen, König Tanuki. Doch erlaubt mir zu sagen: Die Täter können unmöglich aus Katuro stammen! Niemand würde es wagen …"

„Ihre Spuren führen aber nach Katuro", grollte der Reiter.

„Warum ist das Heiligtum der Inari eine verbotene Stätte?", fragte Tobbs die Frau, die neben ihm stand.

Sie sah ihn mit großen Augen an. „Das weißt du nicht?"

„Ich ... äh ... war lange krank", sagte er entschuldigend. „Kopf angeschlagen. Retrograde Amnesie. Meine Erinnerung kommt nur Stück für Stück zurück."

„Inaris Tempel ist die Stätte der Unaussprechlichen", sagte sie leise. „Selbst die Tanukis können an dieser Stelle ihre Magie nicht brechen."

„Und wer sind die Unaussp...", fuhr Tobbs fort, doch in diesem Moment richtete sich König Tanuki zu voller Größe auf dem Pferd auf.

„Wir geben euch eine Frist von drei Tagen", rief er. „Eher wird die Sonne nicht mehr auf Katuro scheinen. Und wenn wir dann keinen Schuldigen haben, knipsen wir die Lichter der Stadt endgültig aus!"

Ein Aufschrei ging durch die Menge, der Fürst musste sich an der Thronlehne abstützen.

„Seht her, seht euch die Schuldigen genau an!", brüllte der rote Reiter in die Menschenmenge und stieß mit dem Speer in die Luft.

Ein tausendfaches Klirren ertönte, Scherben prasselten zu Boden, überall erhoben sich Falter, Käfer und Glühwürmchen aus zerbrochenen Lampen und ballten sich vor dem schwarzen Himmel zu einer gewaltigen leuchtenden Wolke. Dunkle Insekten fanden zu dunklen, helle zu hellen und nach und nach formierte sich ein ... riesiger, summender Steckbrief am Himmel!

Anguana war ziemlich gut getroffen. Giftgrünes Haar wallte um ihr Gesicht. Tobbs dagegen war zum Glück völlig unkenntlich. Er wirkte schlichtweg wie ein Trottel aus

Lehm. Auf dem Steckbrief hatte er den Mund offen und schaute wie eine begossene Katze in die Gegend.

„Drei Tage!“, wiederholte König Tanuki drohend. „Liefert ihr diese Mörder bis dahin nicht aus, wird von eurer Menschenstadt nichts übrig bleiben als eine Handvoll Flügelstaub!“ Dann gab er seinem Pferd die Sporen und preschte die Treppe hinunter.

Die Menge spritzte nach allen Seiten davon, als die Reiter in gestrecktem Galopp über den Platz jagten und über die breite, dunkle Hauptstraße davongaloppierten. Nur der flimmernde Steckbrief blieb in der Luft stehen.

Du bist ein Wassertropfen in siedendem Öl. Der Orakelspruch hallte dumpf in Tobbs' Kopf wider. Und wie recht Nummer eins damit gehabt hatte! Das war schlimmer als alles, was er je zuvor verbrochen hatte. Dagegen war der Streitwagen, den er der Göttin Kali gestohlen hatte, ein alberner Kinderstreich gewesen. Er war tatsächlich ein wandelnder Unglücksbringer – genauer gesagt das personifizierte Todesurteil für eine ganze Stadt. Plötzlich war ihm todübel.

„Razzia!“, befahl der Fürst mit schriller Stimme. „Überprüft alle Bewohner der Stadt! Geht in die Kaschemmen. Filzt alle Akrobaten! Ruft die Wahrsager! Ich will die Schuldigen haben!“

Tobbs schoss hoch. Wo war Anguana? Gerade wollte er in Panik ausbrechen, als er ein Zupfen an seinem Handgelenk spürte. Anguanas magischer Faden! Tatsächlich, das Mädchen hatte ihm vorhin im Gewühl eine Schlaufe des magischen Zwirns übergeworfen, ohne dass er es bemerkt hatte. Das bedeutete, sie waren miteinander verbunden. Niemand anders sah oder fühlte den Faden, er existierte nur für sie beide.

Tobbs begann damit, das blaue Garn aufzurollen. Es führte ihn vom Hauptplatz weg in die Seitenstraßen, im Zickzack durch das Vergnügungsviertel, direkt in Richtung des *Cho-Babadoo*.

Endlich, nach einer Ewigkeit, bog Tobbs in die dunkle Straße ein. Der Faden straffte sich, führte ihn scharf nach links … und dann zog ihn Anguana in eine Nische.

„Scht!" Warnend legte sie einen Zeigefinger über die Lippen. Ihre blauen Augen waren weit aufgerissen. Tobbs hielt die Luft an und schielte vorsichtig um die Ecke.

Mit erhobenen Händen standen Ankou Arnold, Vurvolak und drei der Flamencospieler vor der Kneipe, während Soldaten die Wirtsräume durchsuchten.

„Nie gesehen!", beteuerte Arnold. „Hier war kein Mädchen mit grünen Haaren. Oder, Vurvolak?"

„Kein Mädchen", ertönte die Grabesstimme.

„Und was ist das?", brüllte ein Wächter. Er pflückte etwas von der Gitarre eines Musikers. Im Licht eines Käfers glänzte deutlich ein langes, grünblondes Haar.

„Ge… gefärbt", stotterte Ankou Arnold. „Meine Freundin, sie …"

Freundin? Tobbs stutzte.

„Ketten her!", donnerte der Wächter. „Alle festnehmen! Auch die Musiker!"

„Wir haben nichts damit zu tun!", beteuerte Ankou Arnold verzweifelt. „Das schwöre ich …"

„Sie ist vor einer Stunde in die Stadt gegangen!“, platzte ein Musiker heraus. „Zum Festumzug. Trägt eine schwarze Perücke und ein gelbes Kleid. Hat blaue Augen. Ich wusste von Anfang an, dass mit ihr etwas nicht stimmt.“

Anguana schnappte fassungslos nach Luft.

„So viel zum Thema: Wir Auswanderer halten zusammen“, knurrte Tobbs.

„Gelbes Kleid, schwarze Perücke, blaue Augen. Schick eine Nachricht mit der Beschreibung an die anderen!“, befahl der Wächter. „Wir schwärmen sofort aus.“

„Komm, weg hier!“ Tobbs fasste nach Anguanas eiskalter Hand. Nun zählte jede Sekunde.

Es wäre leichter gewesen, in einer nachtdunklen Stadt unterzutauchen, aber inzwischen waren die Leuchtfalter, die tagsüber schliefen, erwacht und beleuchteten mit irritiertem Blinken die Straßen. Anguana hielt ihre Perücke fest und senkte den Kopf, damit niemand ihre blauen Augen sah. Ein Schwarm blitzschneller, schwarzer Falter überholte sie – vermutlich überbrachten sie die Nachrichten an die anderen Wachen. Und richtig: Als sie wenige Minuten später um eine Ecke bogen, entdeckten sie im Schein einer Leuchtfalterlaterne zwei Wächter, die eine Frau in einem gelben Kleid festhielten und an ihrer Frisur zupften.

„Wir sitzen in der Falle“, stellte Tobbs gehetzt fest.

„Noch nicht!“ Blitzschnell holte Anguana den Spinnenkokon hervor, zog das geflügelte Visitenkärtchen hervor und ließ es frei.

„Ger Ti Benten?“, flüsterte Tobbs. „Und wenn sie uns verrät?“

„Freunde des Wassers helfen einander“, sagte Anguana bitter. „Anders als die Menschen.“

„Ach wirklich? Dann gehört zu den Freunden des Wassers auch der Kappa?“, fragte Tobbs gereizt.

„Hast du eine bessere Idee?“, fuhr Anguana ihn an.

Nein, hatte er nicht. Der Falter taumelte in der Luft, als müsse er erst einmal feststellen, wo er sich befand, dann hatte er seine Navigation offenbar neu justiert und schoss davon. Er flog gen Osten, über menschenleere Marktplätze, und von dort aus in die Randbezirke des Vergnügungsviertels.

Staunend betrachteten die Leute den Steckbrief am Himmel. Anguana und Tobbs hetzten dem Schmetterling nach und kamen schließlich keuchend vor einer schmalen Tür zum Stehen. *Camera Cabuki* stand auf einem verwitterten Schild. In zwei Aquariensäulen auf der Veranda wanden sich gleißend weiße Leuchtaale. Irgendetwas roch seltsam stechend, aber Tobbs konnte diesen Geruch nicht zuordnen.

„Tobbs!“, flüsterte Anguana. „Sieh mal!“

Er folgte ihrem Blick und erstarrte. Ein grünes Dach! Und goldene Fenster.

„Das hätten wir auch früher haben können!“, sagte Anguana triumphierend und trat zur Tür.

Tobbs wurde schwindlig vor Aufregung. Ger Ti Benten? Wusste sie, wer seine Eltern waren? Oder war er sogar … selbst mit ihr verwandt? Diese Vorstellung machte ihn völlig fertig.

Ein kleiner, roter Falter umflatterte ihn hartnäckig. Im

selben Augenblick, als die Tür aufschwang, flog er Tobbs ins Auge.

„Au!", entfuhr es ihm. Unwillig schnappte er sich das aufdringliche Insekt und versteckte es in seiner hohlen Hand. Sein Auge tränte, deshalb erkannte er Ger Ti Benten nur verschwommen.

„Endlich!", sagte sie herzlich zu Anguana. „Ich habe dich schon erwartet!"

Sie streckte ihre Hand aus, die Anguana erleichtert ergriff, und zog das Mädchen ins Haus. Tobbs schaffte es gerade noch, über die Schwelle zu springen, bevor die Tür ihm die Nase amputieren konnte.

„Du tust gut daran, dein Haar zu verbergen", sagte die Theaterchefin anerkennend. „Wie ich höre, steckst du in Schwierigkeiten. Und dein ... *Begleiter* ebenfalls."

So abfällig, wie sie das Wort *„Begleiter"* betonte, hätte sie ebenso gut *diese menschliche Fußmatte* sagen können. Tobbs schluckte. Falls sie tatsächlich miteinander verwandt waren, würden die nächsten Familienfeste wirklich interessant werden.

„Das mit der Schlange war keine Absicht", sprudelte Anguana heraus und riss sich die Perücke vom Kopf. „Tobbs hat sie in Notwehr umgebracht. Wir wussten doch nicht, dass sie ..."

Ger Ti Benten hob beschwichtigend die Hand.

„Hier bist du in Sicherheit! Komm, schau dich erst einmal um. Willst du mein Nixarium sehen?"

Tobbs sah Anguana deutlich an, dass sie noch eine ganze Menge zu Ankou Arnold, den Wachen und den Tanuki-

Kriegern zu sagen gehabt hätte, aber das Wort „Nixe" setzte sie wie immer auf der Stelle schachmatt.

„Du meinst, bei dir wohnen Nixen?"

Ger Ti Benten lächelte geheimnisvoll und schnippte mit den Fingern. Wie von Geisterhand öffnete sich eine breite, mit blauem Papier bespannte Schiebetür.

„Das gibt es doch nicht!", rief Anguana aus und verstummte andächtig. Und auch Tobbs musste zugeben, dass er sprachlos war. Die Wände des quadratischen Raums bestanden aus dickem Glas – und dahinter sprudelte und gluckste es. Langes Haar wallte, Fischschwänze schlugen hin und her. Nixen aus den verschiedensten Ländern tummelten sich in den Aquarien und blickten den Besuchern neugierig entgegen. Tobbs entdeckte eine rusanische Nixe mit blauer Haut, doch noch viel mehr faszinierten ihn einige fremdartige Wassergeschöpfe, halb Goldfisch, halb Mensch, und Wesen, die sich ständig gefährlich verfärbten wie Drachenfische und lange, spitze Zähne hatten wie Vampire.

„Sie sind die besten Akrobaten, die ich habe. Sieh sie dir ruhig aus der Nähe an!", lockte Ger Ti Benten.

Anguana rannte in den Raum, legte die Hände an die Glasscheibe und starrte in das Aquarium. Die Nixen lachten lautlos, kamen an die Scheibe und klopften dagegen, als wäre Anguana die Sehenswürdigkeit. Dann gaben sie ihr eine kleine Extravorstellung, machten Saltos und schossen pfeilschnell durch das Wasser.

Tobbs schielte zu Ger Ti Benten. Die Theaterchefin betrachtete Anguana zufrieden. Und irgendwie hatte Tobbs das dumpfe Gefühl, dass sie fest mit ihrer Ankunft gerechnet hatte. Nur von ihm war sie offensichtlich nicht begeistert.

Was, wenn ihn seine Familie wirklich nicht haben wollte? Was, wenn sie ihn absichtlich in der Taverne ausgesetzt hatten, damit er nie wieder zu ihnen zurückfand?

„Äh, Ger Ti Benten?“, wandte er sich schüchtern an sie. „Ich muss dich etwas fragen. Es geht um mich und …“

„Die Antwort auf all deine Fragen findest du in dem Zimmer dort“, unterbrach sie ihn barsch.

Tobbs’ Herz machte einen Sprung. Das Orakel der Füchse hatte ihm den richtigen Weg gewiesen!

„Du weißt … wer meine Eltern sind? Du weißt, woher ich komme?“ Er ärgerte sich, dass seine Stimme vor Aufregung ganz hoch und kieksig klang.

Zum ersten Mal sah ihn Ger Ti Benten mit Interesse an. „Komm mit mir!“, sagte sie dann für ihre Begriffe relativ freundlich.

Tobbs warf einen Blick auf Anguana, doch das Mädchen war gerade in ein pantomimisches Gespräch mit einer sylvanischen Igelnixe vertieft. Die schwarz lackierte Schiebetür, auf die die Theaterbesitzerin nun deutete, war verführerisch nah. Nur zwei Schritte – nur einen Blick und er würde endlich wissen …

Der Falter zuckte und flatterte in seiner Hand, doch Tobbs achtete nicht darauf.

„Kommst du?“, fragte Ger Ti Benten und ging voraus.

Entschlossen überschritt er die Schwelle und fand sich in einem … Teezimmer? … wieder. Ein dicker Mann saß mit dem Rücken zur Tür auf dem Boden und schlürfte geräuschvoll Tee.

Tobbs war, als schwebe er losgelöst in diesem Raum, in dem Vergangenheit und Zukunft sich endlich trafen. Die Stille hatte etwas Feierliches, Würdiges. War der Mann dort sein Vater? Oder sein Großvater? Oder nur jemand, der Bescheid wusste, ein weiser Alter, der ihm dabei helfen würde, seine Eltern …

„Über deine Vergangenheit kann ich dir nicht viel sagen“, raunte ihm Ger Ti Benten im Hinausgehen zu. „Aber dort sitzt auf jeden Fall deine Zukunft!“

Als er das laute Zuschnappen der Schiebetür hörte, zuckte der Mann zusammen und wandte sich um.

Es war Kontrolleur Piksfinger.

Der Falter befreite sich aus Tobbs' schreckstarren Fingern und setzte sich auf den Kragen des Mannes. Im selben Augenblick ließ Anguanas Aufschrei Tobbs das Blut in den Adern gefrieren.

Die Flügel des Falters klappten auf und enthüllten die goldene Inschrift:

Falsches Haus, du Idiot!

Die Kammer der Ketten

Es gab nicht nur eine Kammer der Ketten, es gab Hunderte. Ganz am Rand der Stadt, in einem verlassenen Steinbruch, waren sie in die terrassenförmig abfallende Felswand gehauen wie ein gigantischer Bienenstock aus Stein. In jeder Wabe saß ein Gefangener, abgeschlossen von den anderen, schräg über sich nur ein schmales Loch, das den Himmel zeigte. Zu schmal für eine Flucht, breit genug für Nieselregen und einen nicht zu dicken Himmelhund. Das Schlimmste aber waren die schweren Ketten und die Eisenringe, die sich um Handgelenke, Fußknöchel und Hals schlossen, so fest, dass sie einem bei jeder Bewegung das Blut abschnürten. Es roch nach nassem Eisen, was Tobbs kaum ertragen konnte.

Noch nie hatte er sich so elend und verloren gefühlt. Sein Auge, das bestimmt ein prächtiges Veilchen zierte, pochte in dumpfem Schmerz. Immerhin war es ihm gelungen, Kontrolleur Piksfinger zu beißen und sich aus seinem Klammergriff zu befreien, doch gegen die Wachen, die gleich darauf in das kleine Teezimmer gestürmt waren, hatte auch ein tobender Tobbs keine Chance gehabt.

Allerdings waren sie sich offensichtlich keineswegs sicher, ob wirklich Tobbs der Mörder der Wächterschlange war. Soweit Tobbs aus den Gesprächen der Wachleute schließen konnte, verhafteten sie gerade jeden Ausländer, der kein lückenloses Alibi hatte. Schwacher Trost.

Das Schlimmste aber war die Ungewissheit, was mit Anguana geschehen war. Tobbs erinnerte sich nur, nach dem Schrei ein Platschen gehört zu haben, als hätte sich eine Nixe das Mädchen geschnappt.

Wasserwesen waren keinen Deut ehrlicher als Menschen, so viel stand jedenfalls fest. Und hier, in der trostlosen Gefängniskammer, wurde ihm plötzlich auch klar, was vor dem Haus so seltsam gerochen hatte. Frischer Lack. Die Fenster der *Camera Cabuki* waren frisch gestrichen gewesen. Golden. Von wegen Orakel!

Tobbs sackte noch mehr in sich zusammen. Es klirrte, als er die Beine an den Körper zog. Über ihm, am Rand der Scharte, hing eine kleine verrostete Lampe, in der ein altersschwaches Glühwürmchen seine Runden drehte, flackernd und kurz vor dem Verlöschen. Schräg hinter ihm befand sich eine schmale Tür. Der Berg musste mit so vielen Gängen durchlöchert sein wie ein Olitaier Käse. Wenn Tobbs den Kopf weit in den Nacken legte, erblickte er durch die Fensterluke genau das Stück Steckbrief am Himmel, das ihn selbst zeigte – beziehungsweise die Witzfigur, die ihn darstellen sollte. Nun, nicht jeder konnte seiner eigenen Dummheit ins Gesicht sehen.

Verzweifelt zerrte er an seinen Ketten, aber sie saßen festgeschmiedet an einem Ring, der mitten aus dem Felsgestein wuchs. Diesmal gab es kein Entkommen. Er würde den Tanukis ausgeliefert werden.

Tobbs schniefte und wischte sich mit dem Ärmel die Tränen vom Gesicht. Sein Fell fiel ihm ein. Vorsichtig löste er den Gürtelknoten und biss die Naht auf. Mit einem Klackern fiel die Uhr aus dem gepolsterten Gürtel. Dann öffnete sich der Stoff wie eine Kapsel und der schwarze Pelz quoll hervor.

Es knisterte, als Tobbs behutsam darüberstrich. Die Berührung hatte etwas Tröstliches.

Tobbs seufzte und blickte auf das Zifferblatt der Uhr. In der Taverne war es ganz genau achtzehn Uhr. Donnerstag. Stammtisch der Furien.

Und in zehn Stunden und zwanzig Minuten sollten Anguana und er wieder bei der geheimen Tür sein, die Domovoj für sie öffnen würde.

Tobbs drückte sein Gesicht in das Fuchsfell und begann zu schluchzen.

Er wusste nicht, wie lange er hier gelegen hatte. Als er seine verquollenen Augen öffnete, war es erstaunlich dunkel. *Das Glühwürmchen ist gestorben,* war sein erster Gedanke. *Jetzt holen mich die Himmelhunde,* sein zweiter. Doch als er den Kopf hob, sah er, dass etwas Dickes die Luke verstopfte. Etwas mit zwei glühenden, gelben Augen!

Tobbs schrie auf und drängte sich mit dem Rücken an den Felsen. Das fette Ding ächzte, quoll endlich durch die

Ritze und landete mit einem dumpfen Umpf! direkt vor seinen Füßen. Das Licht des Steckbriefs fiel auf das Wesen.

Es war eine schwarz-weiß-rot gefleckte Katze! Tobbs blinzelte ungläubig. Vier Rettungsringe, dreifaches Doppelkinn, Pfoten, so dick wie Hefeklopse – nein, das war nicht irgendeine Katze, das war ...

„Neki!"

Die Wirtshauskatze setzte sich umständlich hin, warf einen verärgerten Blick in Tobbs' Richtung und begann sich ausgiebig zu putzen. Sie sah ziemlich zerzaust aus, ihr Fell war verfilzt und ihr rechtes Ohr fehlte zur Hälfte.

„Auf dich ist wirklich Verlass, Tobbs!", schnarrte sie mit der Stimme einer tadelnden Tante. „Drei Tage in einer fremden Stadt und du verspeist die allerletzte der magischen Wächterschlangen, verdirbst es dir mit den Tanukis, wirfst Anguana einer windigen Nixenhändlerin in den Rachen, schickst die ganze Stadt in einen tödlichen Countdown und landest selbst im Gefängnis. Bravo!" Ihre letzten Worte klangen etwas genuschelt, da sie sich dabei die Pfote leckte.

Tobbs schluckte. Viel entgegenzusetzen hatte er Nekis Worten nicht. Vor lauter schlechtem Gewissen hätte er um ein Haar etwas höchst Wundersames übersehen.

„Du ... du sprichst ja!", rief er. „Seit dreizehn Jahren lebe ich in der Taverne, aber ich hab dich noch nie ein Wort sagen hören."

Neki nieste. Selbst das klang verärgert.

„Erstens sprichst du meine Sprache, nicht ich deine", meinte sie ungnädig. „Und zweitens musst du dich nicht wundern, dass du nun auch Kätzisch verstehst. Schließlich hast du die weiße Schlange aufgefressen. Welcher Dämon dich dabei auch immer geritten haben mag!"

„Soll das heißen, wegen der Schlange verstehe ich jetzt alle Sprachen?"

„Die der Domaner und die der Tiere", bestätigte Neki. „Wenn du nicht so nutzlose Menschenohren hättest, könntest du sogar das Gebrabbel des Glühwürmchens hören." Ihr heiles Ohr zuckte. „Nicht, dass du da viel verpasstest", setzte sie hinzu.

„Es war Notwehr", flüsterte er. „Die Schlange hätte uns getötet."

Neki rollte genervt mit den Augen. „Gebissen hätte sie euch, sonst nichts. Ihr Gift war ein Wahrheitsserum, ihr hättet auf jede Frage des Wächters ehrlich geantwortet. So entlarvt man Spione und Lügner, die nach Doman kommen, bevor sie Schaden anrichten können."

Tobbs brauchte einige Momente, um diese Neuigkeit zu verdauen. Die letzte Wächterschlange. Die Alarmanlage im magischen Wald. Langsam dämmerte ihm, warum die Tanukis so sauer waren.

„Und das mit Anguana wollte ich auch nicht", setzte er hinzu. „Ich wusste nicht, dass Ger Ti Benten eine Menschen… äh, Nixenhändlerin ist."

„Aber geahnt hast du, dass du ihr nicht trauen kannst, oder?"

Tobbs zuckte ertappt zusammen. Er wollte sich gar nicht genauer vorstellen, wo das Ziegenmädchen gelandet sein mochte.

„Bist du … hat Dopoulos dich geschickt?“, fragte er kleinlaut. „Ich meine, wissen die in der Taverne Bescheid?“

Neki schüttelte den Kopf, was bei einer Zweitonnenkatze ziemlich seltsam aussah.

„Nä“, meinte sie gähnend. „Dazu war keine Zeit. Ich bin euch gefolgt. War ganz schön knapp, habe es gerade noch so geschafft, bevor dieser Hauskobold die Tür wieder zurückmaterialisiert hat.“

„Dann warst du das haarige Ding in der Höhle! Ich wusste doch, dass da was war!“

„Tscha“, meinte Neki trocken. „Aber dummerweise seid ihr mir dann durch die Lappen gegangen. Untergetaucht. Ich habe eine Ewigkeit gebraucht, um euch zu finden. Dieser ganze Weg aus dem magischen Wald …“ Vorwurfsvoll zuckte das ramponierte Ohr. „Himmelhunde“, sagte die Katze verächtlich. „Die konnte ich noch nie ausstehen.“

„Du kommst aus Doman, nicht wahr? Es gibt viele dreifarbige Katzen hier.“

„Scharf beobachtet!“, entgegnete Neki spöttisch. „Und ich bin heilfroh, dass es den *Lucky-Cat-Club* in der Stadt noch gibt. Informationsnetz aller Glückskatzen aus dem Wirtshausgewerbe. Damals, als das noch eine richtige Stadt war und vom alten Fürsten regiert wurde …“ Sie seufzte, als würde sie sich an deutlich bessere Zeiten erinnern, und schüttelte den Kopf. „Na, egal.“

„Wie lange lebst du schon bei Dopoulos in der Taverne am Rand der Welten? Warum hast du Doman verlassen? Hat das etwas mit mir zu tun?“

„Dreizehn Jahre“, sagte Neki. „Dopoulos kann sehr

überzeugend sein, und ich bin ihm gefolgt. Mehr musst du nicht wissen."

Tobbs schluckte. Dreizehn Jahre! So alt war er selbst!

„Dopoulos war also in Doman!", flüsterte er. Plötzlich hatte er das Gefühl, ganz dicht vor dem Ziel zu sein. „Du weißt, wer meine Eltern sind!", sagte er Neki auf den Kopf zu. „Und Dopoulos hat mich angelogen! Er war hier! Kannte er ... kennt er meine Eltern?"

„Feuer und Wasser", schnurrte Neki. „Jedes für sich der Feind des anderen. Gemeinsam aber Blut, kostbar und gefährlich."

Tobbs platzte der Kragen.

„Was ist das denn jetzt für ein Quatsch? Wieso redet hier jeder in Rätseln?", schrie er, ohne daran zu denken, dass ein Wächter ihn möglicherweise hören konnte.

„Ich bin eine Katze", antwortete Neki mit gekränkter Würde. „Katzen drücken sich immer so aus." Erstaunlich flink für ihr Gewicht wandte sie sich um und kletterte an den schartigen Wänden hoch zur Luke.

„Bleib hier!", brüllte Tobbs. Er schnellte vom Boden hoch und machte einen Satz. Seine Finger berührten Nekis Nackenhaare, dann würgte ihm der Metallring am Hals die Luft ab. Eisen schnitt in seine Handgelenke. Tobbs fiel zurück und landete unsanft auf dem Fuchsfell.

„Verdammt!", krächzte er. „Du kannst mich doch nicht einfach allein lassen!"

Neki wandte sich um. In dem schwarzen Fleck, der das Gesicht der Katze wie eine Zorromaske bedeckte, blinkten die gelben Augen auf.

„Kann ich nicht?“, maunzte sie. Es klang wie ein Lachen. „Im Gegenteil: Ich bin heilfroh, dass du nun kein Unheil mehr anrichten kannst! Du bleibst jetzt schön hier und wartest, bis ich Hilfe aus der Taverne gerufen habe!“

„Du gehst zurück in den magischen Wald?“

Neki sah ihn an, als hätte er nicht mehr alle Tassen im Schrank.

„Quizfrage, Schlaukopf“, knurrte sie. „Will ich noch mein zweites Ohr verlieren? Nein, ich schicke eine Telegrammlibelle über Land. Ein Mensch braucht fünf Wochen für die Reise. Die Libelle schafft sie in drei Tagen.“

„Drei Tage? Dann ist es für Anguana zu spät!“ Tobbs’ Stimme überschlug sich. Doch Neki zwängte sich schon wieder durch die Luke und verdrängte für einen Moment alles Licht. Im nächsten Moment war die fette Katze verschwunden. Tobbs blieb fluchend zurück.

Es half nichts, wie ein Schlossgespenst mit den Ketten zu rasseln, auch Zerren und Treten konnte die Ketten nicht überzeugen. Schließlich fiel Tobbs erschöpft auf die Knie. Beinahe hätte er dabei einen lindgrünen Schmetterling erschlagen, der es sich auf dem Boden bequem gemacht hatte. Nun flatterte der Falter aufgeschreckt hoch und klammerte sich an die Lampe. Dort klappte er die Flügel auf.

Die goldenen Augenzeichen darauf schienen Tobbs anzublinzeln.

Umarme die Vergangenheit,
suche das Sanderholz!

„Sehr witzig", murmelte Tobbs. „Dazu müsste ich erst einmal hier rauskommen!" Und was sollte dieser Spruch mit der Vergangenheit? Er war ein Gefangener in Not, kein Dichter!

Das Einzige, was ihm von seiner Vergangenheit geblieben war, war das Fell. Tobbs nahm es an sich und umarmte es. Nichts geschah. Außer, dass ein heftiger Herbstregen einsetzte.

Das kalte Wasser kroch die Wände hinunter und sammelte sich schnell auf dem Boden. Der Wind stand so ungünstig, dass der Regen schräg durch die Luke geweht wurde. Innerhalb kürzester Zeit war Tobbs' bis auf die Haut durchnässt und klapperte vor Kälte mit den Zähnen.

Schließlich nahm er sein Fell und legte es sich als Regenschutz über Kopf und Schultern. Er krümmte sich zusammen, machte sich so klein wie möglich und wünschte sich nichts so sehr, als ganz und gar von dem Fell umhüllt zu werden. So war es immerhin auszuhalten. Die Kleidung klebte nicht mehr so an seinem Körper, und da war ein Gefühl, als würde ihm plötzlich ein warmer Schauer über das Rückgrat rieseln.

Einen Augenblick später jedoch wurde ihm schwindlig und schwach. Der Ring um seinen Hals wog so viel wie ein Mühlstein. Seine Haut kribbelte am ganzen Körper, doch mit seinen Armen war irgendetwas passiert. Es war plötzlich unmöglich, sich am Rücken zu kratzen. Stattdessen kippte er im Sitzen zur Seite. Dann klickte etwas erstaunlich laut neben seinem Ohr. Und da waren noch andere Geräusche: Das Trommeln des Regens wie Paukenschläge!

Und eine kleine, summende Stimme. „*Umarmedievergangenheitsuchedassanderholz*“, wiederholte sie immer und immer wieder.

Tobbs blinzelte irritiert und leckte sich über die Lippen. Spürte er da etwa einen langen Dolchzahn? Und im selben Augenblick zuckte sein Ohr! Nichts war mehr an der richtigen Stelle, selbst das Gefängnis war größer geworden.

Erschrocken fuhr er hoch. Die Handschellen waren so groß wie Halsketten und hielten ihn nicht länger. Der Eisenring rutschte mühelos über Hals und Kopf und kam mit einem ohrenbetäubenden Scheppern auf dem Boden auf. Tobbs versuchte aufzustehen – und verhedderte sich mit Armen und Beinen.

Ein Jaulen entrang sich seiner Kehle und auf seinem Rücken ... sträubte sich Fell! Zitternd kauerte er auf allen vieren. Als er sich einen Moment gesammelt hatte und vorsichtig den Kopf wandte, entdeckte er schwarze Pfoten und einen buschigen Fuchsschwanz. *Beweg dich*, dachte er. Und das Ding gehorchte!

Er wollte die Hand heben – und die schwarze Pfote schwebte gehorsam nach oben!

Die Erkenntnis traf ihn wie ein Schlag mit einem eiskalten nassen Handtuch: Er – war – ein – Fuchs!

Das Fuchsfell war nicht nur sein Erbe gewesen, sondern ein Teil von ihm! In diesem Augenblick ergab alles einen Sinn:

Mamsie Matatas magischer Spiegel hatte ihm sein wahres Selbst gezeigt, ein schwarzes Etwas mit Raubtieraugen: Fuchs.

Der andere Teil von ihm, der knurrte und auf allen vieren laufen wollte: wieder Fuchs.

Nachts träumte er davon, Eichhörnchen zu jagen und durch den Wald zu laufen.

Und in jedem Land halfen ihm die Füchse, wo sie nur konnten, klar, er gehörte ja zu ihnen! Warum war er nicht schon viel früher darauf gekommen?

„*Umarmedievergangenheit*", rezitierte das Stimmchen hastig, „*suchedassanderholzumarmedie…*"

„*Wir la-gään vor Ma-da-gas-kaaar*", grölte eine andere Stimme ein Seemannslied. „*Und hat-tään die Pest a-han Bord!*"

Tobbs blinzelte. Was er hörte, waren der Schmetterling und das Glühwürmchen! Sein Fuchsgehör war tatsächlich weitaus besser als das eines Menschen.

„He, ihr!", sagte er. In seiner Kehle grollte es und die Insekten verstummten auf der Stelle.

„Hi, du!", antwortete das Glühwürmchen in der Laterne mit sonorer Bassstimme. „Was geht?"

„Schmetterling?", fragte Tobbs. „Wer hat dich zu mir geschickt?"

„*Werhatdichzumirgeschicktwer*", wiederholte der Falter piepsend. „*Weißnichweißnich.*" Von seinen Flügeln verschwand die ursprüngliche Schrift, stattdessen erschien ein hübsches Muster aus verschnörkelten Fragezeichen.

„Erwarte nicht zu viel von so 'ner dämlichen, anonymen Postmotte", pöbelte das Glühwürmchen und lachte heiser. „Gib ihr 'ne Nachricht und schmeiß sie raus!"

Danach bekam es so einen üblen Hustenanfall, dass

Tobbs befürchtete, es würde gleich tot umfallen. Das Licht flackerte bedenklich.

„Ich kann Nachrichten hinterlassen?“, fragte er staunend. „Auf dem Falter?“

„*Aufdemfalteraufdemfalter*“, summte der Schmetterling und wechselte wieder die Schrift.

„Yep“, krächzte der Glühwurm, räusperte sich rasselnd und spuckte aus. „Aber ich würde dir nicht raten zu verschwinden. Die da draußen mögen keine wie dich.“

„Aber die hier drinnen schon, oder was?“, schnappte Tobbs. Dann beugte er sich über den Falter und sagte laut und deutlich: „Hallo, Neki. Ich suche Anguana. Tobbs.“

Die Schrift auf den Schmetterlingsflügeln wurde ziemlich klein, aber Neki würde es schon lesen können. Außerdem würde sie hören können, was der Falter vor sich hin plapperte.

Nun musste er mit seinen Pfoten nur noch die Uhr überstreifen, die bei seiner Jungfuchsgröße groß wie ein Halsband war, und sehen, wie er mit vier Beinen zurechtkam.

Moriko

Er hatte sieben Anläufe gebraucht, um zur Luke zu klettern. Es war gruselig, seine Krallen über den Stein schaben zu hören und zu wissen, dass er selbst dieses Geräusch verursachte. Das mit dem Gleichgewicht klappte auch noch nicht so ganz. Aber er war frei!

Lautlos kletterte er zwischen den Gefängniswaben nach unten. Sein schwarzes Fell war in der Dunkelheit eine ideale Tarnung. Ein Gefangener, der ihn über die Luke springen sah, deutete mit zitterndem Finger auf ihn und flüsterte heiser: „Ein Unaussprechlicher!"

Tobbs nahm sich vor, später darüber nachzudenken, was das genau zu bedeuten hatte. Mit einem Riesensatz erreichte er endlich den Boden unter der untersten Kammer und flitzte los.

Anfangs zählte er noch wie ein General die Schritte mit, um den Vierbeinertakt zu halten, doch als er seine Beine einfach laufen ließ, flog er plötzlich mühelos im Fuchsgalopp über den Boden. Es war unglaublich, wie schnell er vorankam! Und was das Beste war: Als Fuchs hatte er schärfere Augen, bessere Ohren, eine empfindlichere Nase.

Er roch die Wachen, lange, bevor er sie sah, und schlüpfte einfach an ihnen vorbei in die Stadt.

Eine Welle von Gerüchen und Geräuschen überschwemmte ihn. Er hörte Tausende von Faltern und Motten singen, plappern und wispern. Schuhe schlugen laut wie Hämmer auf den Boden. Er hörte sogar die Musik und das Geschirrgeklapper hinter verschlossenen Türen.

Und er staunte nicht schlecht, wie viele Verstecke und Geheimgänge so eine Stadt bot. Flink flitzte er zwischen Beinen hindurch, zwängte sich unter Handkarren, sprang über Zäune und schnürte ganz am Rand der Straßen entlang. Es war sehr nützlich, dass die meisten Menschen immer noch in den Himmel starrten, wo der Steckbrief summte. Unerkannt erreichte Tobbs das Vergnügungsviertel. Sein Fell begann sich zu sträuben, als er die leuchtenden Aale vor Ger Ti Bentens Theater sah. Und es sträubte sich noch viel mehr, als er sah, was sich in ihrem Lichtschein abspielte.

Gerade traten Ger Ti Bentens gehörnte Leibwächter über die Schwelle. Sie hatten eine Holzstange geschultert. Und daran hing ein triefendes Fischernetz. Tobbs konnte nicht erkennen, was sich darin wand wie ein großer Fisch, aber ein Duft nach Quellwasser, grauem Berggestein, Rosenhaut und Ziegenfell ließ keinen Zweifel daran, dass es Anguana war.

Lachend trat Ger Ti Benten aus dem Haus, gefolgt von einem Tanuki-Krieger.

Er hatte seinen Helm abgenommen, Tobbs erkannte ein kantiges Männergesicht mit braunen Raubtieraugen.

„König Tanuki wird sich freuen", sagte er. Mit diesen Worten überreichte er Ger Ti einen Beutel mit klimpernden Münzen.

„Immer eine Freude, mit König Tanuki Geschäfte zu machen", flötete Ger Ti Benten. Tobbs wurde vor Wut ganz schlecht. „Schick meine Wächter zurück, sobald ihr den magischen Wald erreicht habt!", sagte Ger Ti und verschwand wieder in ihrem Haus.

Der Tanuki schwang sich auf sein rotes Pferd und winkte den Leibwächtern, ihm zu folgen. Augenblicklich verwandelten sie sich, diesmal in Zentauren, und stürmten dem Tanuki nach. Im Takt ihrer Schritte wippte das Fischernetz auf und ab. Tobbs rannte hinterher.

Jetzt war es gar nicht mehr so einfach, unbemerkt durch die Stadt zu laufen, denn nun starrten die Leute nicht mehr in den Himmel, sondern auf den Gefangenentransport. Eine Wirtshauskatze entdeckte Tobbs und fauchte, doch Tobbs ließ sich nicht beirren. Auf gar keinen Fall durfte er Anguana aus den Augen verlieren!

Die Zentauren waren schnell, im Galopp preschten sie nun die Straße entlang, immer im Bogen auf das südliche Stadttor zu. Tobbs fegte ihnen hinterher und hätte um ein Haar einen Falter verschluckt, der ihm aufgeregt entgegenflatterte.

„*Nordtor!*", piepste die geflügelte Post und schoss davon.

„Ein Unaussprechlicher!", hörte Tobbs im nächsten Augenblick eine aufgeregte Frauenstimme.

„Wo?", bellte ein Wächter.

„Da hinten! Ein schwarzer, der Unglück bringt."

„Wache! Ihm nach!"

Das Trampeln von Soldatenstiefeln hinter ihm.

Nun, es war wohl kein Fehler, einen kleinen Umweg zu machen. Mit einem gewaltigen Satz schnellte er hoch, sprang auf einen Karren und von dort aus auf ein Satteldach. Pfeile zischten an ihm vorbei, als er über das Dach galoppierte und zum nächsten Dach sprang. Und schon war er außer Sichtweite. Genial! Warum war er nicht eher darauf gekommen? Hier hatte er freie Bahn – und brauchte nur dem Hufschlag zu folgen, der von der Straße zu ihm hochhallte.

Tobbs begann die wilde Jagd zu genießen. Und als er schließlich mit einem Riesensprung vom letzten Hausdach segelte und kurz nach dem Gefangenentransport durch das Südtor huschte – viel zu schnell für die Wachen – war er beinahe enttäuscht, dass es so einfach gewesen war.

„Nordtor! Nordtor, du Wahnsinniger! Suche das Sanderholz!", summte ihm ein aufdringlicher Schwarm Stechmücken ins Ohr, doch Tobbs schüttelte nur unwillig den Kopf und flitzte weiter.

Der Tanuki galoppierte über freies Feld auf den Wald zu, der sich als schwarze Silhouette am Horizont abhob. Vom Heulen der Himmelhunde sträubte sich Tobbs' Fell, aber die Geisterwesen wagten sich offenbar nicht an den Tanuki heran, sondern flogen nur in sicherer Entfernung neben ihm und den Zentauren her.

Je weiter sie sich von der Stadt entfernten, desto dunkler wurde es und Tobbs merkte, dass ihm seine füchsischen

Sinne hier noch mehr nützten. Er folgte Anguanas Fährte, sprang mühelos über Hindernisse und kam kaum aus der Puste, obwohl ihm die Zunge längst aus dem Maul hing. Fieberhaft überlegte er, wie er Anguana befreien könnte. Immerhin hatte er jetzt ein echtes Raubtiergebiss. Es sollte also keine Schwierigkeit sein, ein Loch in das Fischernetz zu beißen.

Kurz vor dem Wald am Fuße des Berges wurden die Zentauren langsamer, hielten schließlich abrupt an und ließen das Bündel einfach auf den Boden fallen. Tobbs blieb beinahe das Herz stehen, als das Fischernetz mit einem deutlichen Humpf! unsanft auf dem Boden landete. Doch Anguana schien sich nicht verletzt zu haben, denn Tobbs hörte wütendes Schimpfen, darunter einige Wörter, die sogar jeder Elfe die Schamesröte ins Gesicht getrieben hätten.

„Geht“, grollte der Tanuki den Wächtern zu.

Sofort kauerte sich Tobbs platt auf den Boden und legte die Ohren an. Doch seine Vorsicht war unnötig, die Zentauren schienen so schnell wie möglich wieder nach Katuro zu wollen. In einem Höllentempo galoppierten sie blindlings an ihm vorbei, dass der Boden erzitterte.

Der Tanuki ließ Anguana im Netz liegen. Ohne sich um ihr Fluchen zu kümmern, ging er zum Waldrand. Äste knackten, es raschelte, als würde sich dort etwas durch das Unterholz bewegen.

Das war Tobbs’ Chance! Leise huschte er zum Fischernetz hinüber.

„Anguana!“, knurrte er leise.

Das Schimpfen verstummte auf der Stelle. Durch eine

Netzschlaufe hindurch sah das Ziegenmädchen ihn fassungslos an.

„Tobbs?“, flüsterte Anguana ungläubig. „Bist du das?“

Tobbs war heilfroh, dass sie beide von der Schlange gegessen hatten und sie ihn trotz seiner Tiergestalt verstehen konnte.

„Ja“, japste er.

„Was hast du gemacht? Wer hat dich ...“

„Das erkläre ich dir später. Erst einmal hole ich dich hier raus.“

„Wie willst du das denn machen?“, zischte sie. „Nein, du musst sofort zur Taverne zurück! Sage den Quellnymphen Bescheid und richte ihnen aus, dass sie mich zu König Tanukis Palast bringen. Er liegt an einem von einer Quelle gespeisten Bergsee, der Mondsee genannt wird.“

„Woher weißt du das?“

„Habe ich aufgeschnappt, als Ger Ti Benten sich mit dem Tanuki unterhalten hat.“ Ihre Stimme bekam einen kummervollen Unterton. „Und beeil dich! Wenn ich es richtig verstanden habe, haben sie vor, Arnold als meinen Komplizen auszugeben. Die Tanukis sollen denken, dass er die Schlange getötet hat. Es passt dem Fürsten von Katuro gut in den Kram, ihn als Mörder zu präsentieren. Er würde alles tun, um seine Stadt zu retten. Er hat Arnold und das halbe *Cho-Babadoo* in die Kammern der Ketten sperren lassen, zusammen mit allen anderen Verdächtigen. Und er wird alle zum Palast von König Tanuki schaffen lassen. Wir müssen verhindern, dass sie Arnold als Sündenbock an die Tanukis ausliefern!“

Ankou Arnold! Tobbs würgte ein füchsisch-verächtliches Bjärks! hervor und schüttelte sich. Drei weitere Krieger waren am Waldrand erschienen und wechselten einige Worte. In der Dunkelheit konnte Tobbs den schwachen Schimmer ihrer Rüstungen sehen.

„Arnold soll sehen, wo er bleibt", knurrte Tobbs und machte sich daran, das Netz durchzubeißen.

„Tobbs, nein!", wisperte Anguana entsetzt.

Zu spät. Ein brennendes Ziepen fuhr ihm bis zur Spitze jeder einzelnen Zahnwurzel und ließ grelle Funken vor seinen Augen tanzen. Unwillkürlich jaulte er auf. Die Tanukis verstummten.

„Lauf!", flüsterte Anguana. „Zur Taverne!"

Keine Chance. Benommen torkelte Tobbs völlig orientierungslos ein paar Schritte vom Netz weg und fiel auf den Boden. Er hätte sich denken können, dass ein Netz, das Anguana hielt, magisch sein musste.

„War das ein Fuchs?", grollte einer der Tanukis. „Das war doch kein Fuchs, oder?"

Anguana versuchte sich ziemlich kläglich an einer Imitation von Tobbs' Jaulen, doch die Tanukis ließen sich nicht täuschen.

„Dort! Bei der Gefangenen!", brüllte einer der Krieger und sein Pferd erwiderte seinen Ruf als wieherndes Echo. „Königin Kitsunes Spion! Ich wusste doch, dass sich einer in der Stadt rumtreibt!"

„Los jetzt!", rief Anguana panisch.

Tobbs hatte nur eine Sekunde, um sich zu entscheiden. Als Gefangener würde er Anguana nichts nützen. Sein

Maul schmerzte immer noch höllisch, aber dafür funktionierten seine Beine wieder umso besser.

Die grässlichen Pferde stampften hinter ihm her. Immerhin bot sein schwarzes Fell ihm eine gute Tarnung. Vorausgesetzt, er erreichte die schattigen Flanken der hügeligen Wiese. *Nicht denken, rennen!*, ermahnte er sich.

Ein silberner Pfeil schlug neben ihm in den Boden ein und Tobbs lernte innerhalb einer Sekunde das Hakenschlagen. Es klappte sogar auf Anhieb ohne lästiges Beinverheddern. Mit angelegten Ohren schoss er auf eine schattige Mulde zu.

Es war seltsam – als Mensch wäre er längst in Panik ausgebrochen, aber sein Fuchsverstand ließ ihm nur Raum für das Naheliegendste: Wo ist es am dunkelsten, wie schlage ich den nächsten Haken, wie weit sind die Verfolger noch entfernt?

Tobbs wagte einen Blick zurück. Tatsächlich hatten sie ihn offenbar gerade aus den Augen verloren, denn sie blickten alle in unterschiedliche Richtungen. Schon wollte Tobbs triumphieren, als er stolperte. Instinktiv fing er sich ab und wollte wieder auftreten – aber seine Pfote trat ins Leere und zappelte panisch herum. Dann wurde ihm der Boden unter den Pfoten weggerissen und er strampelte hilflos in der Luft.

Das Gras unter ihm entfernte sich in rasender Geschwindigkeit. Vor Schreck brachte Tobbs nicht einmal ein Fiepen heraus. Sein Fell war mit einem Mal drei Nummern zu klein und würgte ihm am Hals die Luft ab. Und in seinen Rücken krallten sich – Hände? Klauen? Ihm wurde schwindlig und das Achterbahngefühl in seinem Magen machte es noch schlimmer.

Ein grinsendes knallrotes Gesicht tauchte vor ihm auf, ein zweites dicht neben ihm. Tobbs keuchte erstickt. Die Himmelhunde! Sie hatten ihn einfach von der Wiese weggeschnappt wie Adler ein Kaninchen.

Sein Fuchsverstand verabschiedete sich und er strampelte nur noch in höchst menschlicher Panik. Aus den Augenwinkeln konnte er sehen, dass die Himmelhunde ihn in Richtung Moor trugen. Dabei johlten und lachten sie und schienen sehr darauf bedacht, ihre Beute außer Reichweite der Tanukis zu schaffen. Tobbs' Erleichterung darüber hielt sich allerdings in Grenzen, denn im nächsten Moment schleuderte ihn der Himmelhund einfach in die Luft.

Tobbs wirbelte herum – und landete in den Händen eines anderen. Sie spielten Ball mit ihm! Sie warfen ihn hin und her, vor und zurück, bis Tobbs nicht mehr wusste, wo oben und unten war. Instinktiv schnappte er nach einem Ärmel, doch der geisterhafte Stoff glitt ihm einfach durch die Zähne. Verzweifelt blickte er um sich – und sah in der Tiefe eine hölzerne Straße, die durch Moortümpel und kleine Gruppen von verkrüppelten Bäumen führte. Der Weg, auf dem er und Anguana hergekommen waren.

Die Himmelhunde johlten noch einmal – und ließen ihn fallen. Tobbs jaulte vor Schreck auf, seine Pfoten ruderten in der Luft – dann brach er schon in die Krone einer Kiefer und stürzte von Ast zu Ast. Zweige schlugen gegen seine empfindliche Schnauze, er schnappte um sich im verzweifelten Versuch, irgendwo einen Halt zu finden. Zitternd, zerschrammt und völlig erledigt klammerte er sich schließlich an einen knorrigen Kiefernast, so gut das mit kleinen Fuchspfoten eben ging.

Lachend und johlend verschwanden die Himmelhunde wieder in Richtung Stadt. Tobbs ächzte und schloss die Augen. *Ich will wieder ein Mensch werden!*, dachte er und konzentrierte sich ganz auf diesen Wunsch. *Ein Mensch! Bitte! bitte! Ein Mensch!*

Doch nichts geschah. Und zur Höhenangst gesellte sich die schreckliche Erkenntnis, dass er keinen Schimmer hatte, wie er sich jemals wieder zurückverwandeln sollte.

Wie schön wäre es jetzt gewesen, richtig losheulen zu können, doch alles, was Tobbs blieb, war zu warten und leise zu winseln, während die Uhr an seinem Hals unerbittlich vor sich hin tickte.

Doch mit dem Winseln hörte er sofort auf, als er unter sich Hufschlag hörte. Die Tanuki-Krieger! Sie suchten ihn immer noch!

„Ich habe da drüben etwas gesehen!", rief einer. Kurz darauf trabten sie an der Gruppe von Kiefern vorbei. Von hier oben waren sie nur schmale Schatten in der Dunkelheit.

„Bist du sicher, dass er hierhergelaufen ist?"

Tobbs hielt die Luft an.

„Ja, eben ist was über den Boden gehuscht."

„Eine Moorratte vielleicht, du Blindgänger!"

Die Krieger stritten und ritten noch eine Weile hin und her, dann gaben sie endlich auf und galoppierten davon. Erst nach einer Ewigkeit wagte Tobbs wieder zu atmen.

Gerade wollte er sich eine etwas bequemere Position auf dem Ast suchen, als unter ihm ein Zweig knackte. *Baumschlange*, schoss es ihm durch den Kopf. *Himmelhund, Riesenspinne, Mördermarder!*

Weitere Äste brachen, etwas bewegte sich auf ihn zu. Tobbs fletschte die Zähne und knurrte. Dann verschluckte er sich und musste bellend husten.

Ein schmales, blasses Gesicht tauchte zwischen den Kiefernästen auf. Ein Mädchengesicht mit goldenen Augen!

„Keine Angst", flüsterte sie. „Ich bin's nur. Bleib ruhig, sonst fällst du runter!"

Mit zwei flinken Handgriffen zog sie sich neben Tobbs auf den Ast. Erst jetzt, als er sich entspannen konnte, spürte er, wie sehr er zitterte.

„Du bist vielleicht ein Sturkopf!", flüsterte das Mädchen ihm zu und lachte leise. „Im Sanderhain wärst du in Sicherheit gewesen. Dort hätten dich weder die Tanukis noch die Kitsune gefunden. Machst du eigentlich immer das Gegenteil von dem, was man dir sagt?"

Dazu hätte Dopoulos, der Wirt, sicher so einiges zu sagen gehabt. Doch Tobbs war viel zu verblüfft, um zu antworten.

„Hat es dir die Sprache verschlagen?", fragte das Fuchsmädchen.

„Nein", knurrte Tobbs. „Wieso auch? Schließlich wurde ich nur von den Tanukis als Zielscheibe und von den Himmelhunden als Volleyball benutzt und dabei beinahe umgebracht." Dann fiel ihm ein, dass sie ihn ja nicht verstehen konnte, und er verstummte.

Das Mädchen lachte wieder. „Die Himmelhunde bringen niemanden um. Jedenfalls keine Tiere. Die wollen doch nur spielen. Das mit den Tanukis dagegen ..."

„Du verstehst, was ich sage? Aber ich bin doch ein Fuchs!"

„Irrtum", entgegnete sie freundlich, aber streng. „Der Fuchs bin *ich*. *Du* bist nur ein Halbfuchs. Und sei froh, dass Königin Kitsune dich nicht vor mir gefunden hat, sie würde dich auf der Stelle töten."

Das Mädchen war ein Fuchs? Tobbs starrte die Fremde ungläubig an. Sie kniff die Augen zusammen und spähte angestrengt zum Waldrand.

„Ich glaube, die Luft ist rein", sagte sie. „Am besten, ich nehme dich auf meinen Rücken und bringe dich runter."

Bevor Tobbs protestieren konnte, hatte sie ihn bereits hochgehoben wie ein Schoßhündchen und ihn auf ihre Schultern gesetzt. Dann zog sie ihre Jacke darüber, damit er nicht runterfallen konnte, und begann geschickt nach unten zu klettern. Mit einem geschmeidigen Satz landete sie auf dem Boden und ließ ihn frei. Hinter einer Wolke war der Mond hervorgekommen und ließ ihre Augen leuchten. Sie betrachtete ihn mit einem amüsierten, etwas erstaunten Blick. Im Mondlicht sah sie hübsch aus – geheimnisvoll, und ein wenig gefährlich, wie die jüngeren Todesfeen.

„Ich heiße Moriko", stellte sie sich vor. „Und wie nennt man dich?"

Tobbs schluckte. Sein Maul war wie ausgedörrt, die Zunge klebte an seinen Dolchzähnen.

„Tobbs", sagte er.

„Tobbs?“ Sie kicherte. „Ein interessanter Name.“

Neugierig musterte sie ihn und lächelte ihm verschmitzt zu. Es sah nett aus.

„Ich danke dir … für die Warnungen“, stotterte er. „Aber warum hast du mir geholfen … und wie hast du mich überhaupt …“

„… erkannt? Füchse bleiben Füchse, egal in welcher Gestalt. Und ich bin außerdem nach Katuro geschickt worden, um die Augen offen zu halten. Wenn auch aus anderen Gründen.“

„Dann haben die Tanukis *dich* gemeint, als sie von Königin Kitsunes Spion sprachen?“

„Gut kombiniert. In dir steckt vielleicht doch mehr von einem Fuchs als von einem Menschen.“

Mit einer füchsischen Geste, die bei einem Menschenmädchen seltsam wirkte, strich sich Moriko mit der Hand die Haare hinter das Ohr. Dann schüttelte sie sich unwillig. „Augenblick“, sagte sie.

Tobbs traute seinen Augen kaum. Mit klopfendem Herzen verfolgte er, wie sich das Menschenmädchen auf alle viere niederließ – und sich vor seinen Augen in einen orangefarbenen Fuchs verwandelte. Es sah so selbstverständlich aus, als hätte sie einfach nur eine Maske abgenommen.

„Viel besser!“, meinte sie zufrieden und kratzte sich mit dem Hinterbein am Ohr.

Nun saßen sie sich Auge in Auge gegenüber.

„Zeigst du mir, wie … das geht?“, fragte Tobbs zaghaft. „Ich muss so schnell wie möglich wieder zum Menschen werden!“

Moriko schüttelte bedauernd den Kopf. „Keine Chance. Du bist nun mal kein richtiger Kitsune."

„Aber du hast mir doch über den Falter ausgerichtet, ich soll mich verwandeln!" Jetzt war Tobbs der Verzweiflung nahe.

„Ja, weil es die einzige Möglichkeit war, dich aus der Kammer der Ketten zu befreien. Wenn die Tanukis dich in die Hände bekommen hätten, wäre das noch schlimmer, als wenn Königin Kitsune dich findet. Die Königin würde dich auf der Stelle töten. Die Tanukis dagegen würden dich auch töten, aber zuvor würden sie uns Füchsen noch unser wichtigstes Geheimnis entreißen."

Tobbs schauderte. *Das wichtigste Geheimnis.*

„Es hat mit meinem Fell zu tun, nicht wahr?", fragte er. „Als ich vor einigen Wochen im Land Tajumeer war, haben die Tanukis versucht, mein Fell zu bekommen. Was hat es damit auf sich?"

Moriko sah ihn ernst an. „Du bist der einzige Nachkomme einer Kitsune-Frau und eines Menschen-Mannes. Und damit auch der Einzige, der sich in zwei Naturen aufspalten kann. Auch wenn dir in deiner menschlichen Gestalt immer einige Eigenschaften deines Fuchswesens erhalten bleiben."

Ein halber Kitsune also. Das war eine weitere Neuigkeit, die Tobbs erst einmal verdauen musste. Hatten seine Eltern ihn deshalb in der Taverne zurückgelassen? Damit er vor Königin Kitsunes Zorn sicher war?

„Kein richtiger Kitsune könnte getrennt von seinem Fell existieren", fuhr Moriko fort. „Du siehst es an mir: Ich verwandle mich, und mein Fell verschwindet zwar vor deinen Augen, aber das ist nur ein Trick. In Wirklichkeit ist es immer noch Teil meiner Natur. Ich könnte es niemals ablegen. Du dagegen schon. Doch dein Fell birgt alle Magie der Verwandlung. Und wer das Fell besitzt, kann sie entschlüsseln. Die Tanukis haben großes Interesse daran, unsere Magie zu beherrschen, denn sie ist viel stärker als ihre eigene. Sie können nur in der Stunde der Dämmerung ihre Gestalt wechseln, wir dagegen zu jeder Tages- und Nachtzeit. Und vermutlich", sie machte eine bedeutungsvolle Pause, „könnten die Tanukis mit deinem Fell unsere Magie sogar entschlüsseln und sie sich zu eigen machen. Dann wären wir nur noch gewöhnliche Füchse ohne den geringsten Funken Magie und sie könnten ihre Gestalt jederzeit verwandeln."

Langsam dämmerte Tobbs, warum Dopoulos die Tür zum Land Doman zugemauert hatte.

„Können denn alle Füchse in Doman Menschen werden?", fragte er leise.

„Ja, aber nicht alle nutzen diese Gabe. Beim ersten Mal bedarf es eines komplizierten Rituals der Verwandlung. Und viele finden es schlichtweg langweilig, in der plumpen Menschengestalt unterwegs zu sein. Wer einmal Menschengestalt angenommen hat, lebt länger als ein gewöhnlicher Fuchs – ein ganzes Menschenleben lang. Und auch sonst bringt es viel Verwirrung mit sich. Man findet plötzlich Menschen attraktiver als Füchse, verliebt sich, wird eifersüchtig, all dieser Menschenkram eben. Die meisten Füchse bleiben lieber gewöhnliche Tiere."

„Du hast das Ritual durchgeführt, um dich in einen Menschen zu verwandeln.“

Moriko senkte verlegen den Blick. „Ja“, sagte sie ernst. „Wobei wir uns nicht in Menschen verwandeln, wir sehen nur aus wie welche. Bei dir ist das anders – du bist zur Hälfte ein richtiger Mensch.“

„Warum will eure Königin mich töten?“

„Nun ja, die erlaubte Halbfuchsquote in Doman beträgt 0,0 Prozent. Altes Gesetz in Doman. War schon immer so. Und abgesehen davon ist die Existenz deines Fells eine ständige Bedrohung für uns. Für die Kitsune wäre es besser, das Fell würde vernichtet. Du würdest dann ohnehin sterben. Komm, ich bringe dich zum Sanderholzhain. Da bist du erst einmal sicher …“

„Nein! Ich muss zu Inaris Tempel. Von dort aus finde ich bestimmt den Weg zurück zur Höhle und kann nach Hause. Anguana ist bei den Tanukis und …“

„Das Mädchen mit den grünen Haaren?“

Er nickte und die Angst schnürte ihm die Kehle zu. „Sie werden ihr etwas Schreckliches antun! Ich muss es verhindern.“

„Hm, König Tanuki sammelt Nixengeschöpfe“, meinte Moriko leichthin. „Vielleicht lässt er sie ja am Leben.“

„Vielleicht aber auch nicht!“, blaffte Tobbs sie an und streifte sich mit beiden Pfoten die Uhr über den Kopf. Der Anblick des Zifferblattes ließ ihm das Blut in den Adern gefrieren. „Nur noch sechs Stunden und elf Minuten!“

Moriko sah zum Wald hinüber. „Du weißt schon, dass Inaris Tempel am Rand des Tanuki-Waldes liegt?“, gab sie zu bedenken. „Die Tanukis und die Kitsune sind verfeindet. Die Göttin Inari schützt nur einen winzigen Teil des Waldes."

„Ich muss trotzdem zurück!" Tobbs zog die Uhr wieder über den Kopf, sprang auf und setzte sich in Bewegung. Moriko folgte ihm und trabte neben ihm her, und Tobbs war insgeheim sehr froh, dass sie bei ihm blieb.

Im Gleichtakt klackerten ihre Krallen auf der hölzernen Straße. Nach einer Weile sah Moriko sich um und leckte sich über die Lefzen.

„Es wäre besser, im Schatten neben der Straße zu laufen", schlug sie vor. „Auf dem Präsentierteller bewegen sich nur Menschen fort."

Tobbs wurde bewusst, dass seine Menschenhälfte die Regie übernommen hatte und folgte Moriko sofort auf das sumpfige Gras.

„Was weißt du noch über meine Eltern?", fragte er. „Meine Mutter ist ein Fuchs, hast du gesagt."

Moriko lachte. „Ja, natürlich! Das sieht doch jeder Blindfuchs! Hat Inaris Orakel dir deine Frage nicht längst beantwortet?"

„Nein, es sagte lediglich, ich muss ein Haus mit grünem Dach und goldenen Fenstern finden."

„Dann finde es", erwiderte Moriko trocken. „Alles andere wäre reine Spekulation."

Tobbs seufzte, so gut er das als Fuchs konnte. *Sandergiftholz, noch zu grün*, hallte das Orakel in seinem Kopf. In Doman liebten es leider nicht nur die Katzen, in Rätseln zu sprechen.

„Warum sind die Kitsune mit den Tanukis verfeindet?“, brach er nach einer Weile das Schweigen.

„Naturgesetz. War schon immer so. Früher gehörte der magische Wald uns Füchsen“, erklärte Moriko. „Wir waren die Herren hier und der alte Fürst der Stadt war den Füchsen wohlgesinnt. Doch dann kamen die Tanukis aus dem Norden und beanspruchten einen größeren Teil des Waldes für sich. Und als die Kitsune nicht nachgaben, gewannen die Tanukis die Bewohner der Stadt für sich und hetzten gegen die Füchse. Sie versprachen den Städtern Magie und Macht. Der alte Fürst wurde vertrieben, die Füchse systematisch gejagt und beinahe ausgerottet. Ein neuer Fürst, ein Freund der Tanuki, kam auf den Thron und besetzt ihn bis heute. Du hast ihn ja selbst gesehen – ein vergnügungssüchtiger Feigling, der ihnen nicht gefährlich werden kann. Seitdem herrschen die Tanukis über die Wälder Domans und de facto auch über Katuro, und die Füchse gelten als die Unaussprechlichen, die Unglücksbringer. Ganz besonders die schwarzen. Doch die Tanukis warten nur auf die Gelegenheit, auch noch die Menschen zu vertreiben. Da war der Mord an der Wächterschlange eine willkommene Gelegenheit.“

„Woher haben sie so viel Macht?“, wollte Tobbs wissen. „Wie haben sie es geschafft, dass die Sonne verschwindet?“

In ihrer menschlichen Gestalt hätte Moriko sicher mit den Schultern gezuckt.

„Das kann uns nur die Göttin Amaterasu sagen. Solange sie sich verborgen hält, scheint die Sonne nicht. Das kommt den Tanukis gelegen, denn egal, ob sie ihre Menschen- oder ihre Tiergestalt annehmen – ihre ganze Stärke besitzen sie nur in der Dunkelheit."

„Das erklärt, warum sie vor einigen Wochen mitten in der Nacht in das Land Tajumeer eingefallen sind", murmelte Tobbs.

„Ihnen wäre es nur recht, wenn ständig Dunkelheit herrschen würde", sagte Moriko.

„Warum sucht ihr die Göttin nicht und bringt das in Ordnung? Warum wehrt ihr euch denn nicht gegen die Tanukis?"

Ein ärgerlicher Seitenblick traf ihn. „Hm, lass mal überlegen. Von den Kitsune gibt es etwa noch dreihundert. Sie leben zurückgezogen in den Bergwäldern und müssen ständig auf der Hut sein. Königin Kitsune schläft keine zwei Nächte am selben Ort. Die Zahl der Tanukis beläuft sich nach neuesten Schätzungen auf etwa zweitausend. Kannst du rechnen?"

„Und das Sanderholz?", fragte Tobbs. „Leben da nicht noch Kitsune?"

„Nicht genug. Das Sanderholz ist das Versteck für diejenigen, die beide fürchten müssen – die Sieger und die Besiegten", erwiderte Moriko knapp.

Tobbs hatte das Gefühl, dass noch viel mehr dahintersteckte, aber er löcherte sie nicht weiter.

Stattdessen musterte er Moriko verstohlen von der Seite. „Du musst nicht mit in den magischen Wald kommen", sagte er dann. „Ich meine, du hast mir schon genug geholfen, und ich danke dir dafür ..., aber du musst dich für mich nicht mehr in Gefahr bringen."

Moriko warf ihm einen spöttischen Seitenblick zu und lachte. „In wirklicher Gefahr sind wir nur, wenn die Tanuki-Krieger dich finden und dir das Fell abziehen!“, erwiderte sie und flitzte los.

Costas H. Dopoulos

Mühelos liefen sie den ganzen Weg, für den Tobbs mit Menschenfüßen einen Tag gebraucht hätte, in gestrecktem Galopp und wenigen Stunden. Eine Weile machten sich die Himmelhunde einen Spaß daraus, ihnen zu folgen, doch schließlich fanden sie in einer weißen Nachteule einen hübschen Federball und verloren das Interesse an den Vierbeinern.

Ohne einen Laut tauchten Tobbs und Moriko in den Wald ein.

Die Bäume waren nachtblaue Schatten, Mondlicht fiel durch das Blattwerk. Von allen Seiten begannen die Gespenster zu flüstern und Tobbs spürte das Knistern der Magie. Er hätte nicht sagen können, ob sie Minuten oder Stunden unterwegs waren, ihm selbst kam es eher vor wie Tage. Bei der Vorstellung, dass Anguana im selben Augenblick bei den Tanukis war, wurde ihm ganz elend und er rannte noch schneller.

„Leise jetzt", wisperte ihm Moriko zu. „Dort drüben ist der alte Tempel der Inari!"

Tobbs erkannte Niemands Land sofort wieder. Zwischen

den Bäumen zeichneten sich die hölzernen Tore ab – und zwischen den Toren ein Flimmern und Glimmen.

„Leuchtfalter!“, flüsterte Tobbs.

Moriko nickte düster. „Tanukis!“

Als sie näher herankamen, hörten sie Stimmen. Der verwitterte Altar lag zerbrochen mitten auf dem Weg.

„Sie zerstören den Tempel“, sagte Moriko traurig. Tobbs’ Magen krampfte sich noch mehr zusammen. Das schlechte Gewissen übermannte ihn. Wo die Geisterfüchse wohl waren?

„Los, komm, wir nehmen den magischen Pfad“, sagte Moriko. „Hoffentlich haben sie den noch nicht entdeckt.“

Der versteckte Pfad roch nach Füchsen. Und als Tobbs hinter Moriko herschnürte, ertönten hinter und neben ihm plötzlich leise, schleichende Schritte. Schultern berührten seine Seite, Felle wärmten ihn, leises Atmen war in der Dunkelheit zu hören.

Zum ersten Mal im Leben erlebte er, wie es war, im Rudel zu laufen. Noch nie hatte er sich so geborgen gefühlt. Seine Tiernatur übernahm die Herrschaft über seinen Körper und für einige Minuten lebte, hörte, atmete er nur und sorgte sich nicht, sondern suchte einfach sein Ziel. Selbst die Angst um Anguana verblasste, aber nur ein wenig. Der stechende Geruch nach Pferdefell zeigte ihm, dass er auf der richtigen Spur war. Seine Ohren verrieten, dass die roten Pferde zum Glück weit entfernt waren – und da war bereits das Plätschern des Baches!

„Von hier aus finde ich den Weg!“, flüsterte er Moriko zu. „Danke für deine Hilfe!“

Im Mondlicht erkannte er dicht neben Moriko die Silhouette eines großen, schlanken Fuchses. Sie zögerten, und Moriko schien ein stummes Zwiegespräch mit dem Großen an ihrer Seite zu halten. Tobbs keuchte vor Ungeduld. Die Zeit lief ihm davon!

„Wie du meinst, Tobbs“, sagte Moriko nach einer Weile. „Wir lenken die Tanukis ab, falls sie hier auftauchen. Viel Glück!“

Tobbs nickte und schnürte bachaufwärts davon, ohne sich umzusehen. Er hatte noch eine halbe Stunde Zeit, bis Domovoj die Tür öffnen würde, schätzte er. Aber die Uhr abstreifen und nachsehen hieße, unnötig Zeit zu verschwenden. Jetzt kam es darauf an, möglichst schnell in die Höhle zu kommen. Dort war er sicher!

Sein Herz machte einen Satz, als er plötzlich Anguanas Duft wahrnahm. Im ersten Augenblick dachte er, er würde das Mädchen gleich am Bachlauf sehen. Die Hoffnung, dass ihr die Flucht geglückt war, loderte in ihm auf. Doch dann entdeckte er die Trauerweide, unter der sie sich vor der Schlange und dem Wächter in Sicherheit gebracht hatten, und erkannte, dass er lediglich die Spur des Mädchens wahrnahm, die schon fast drei Wochen alt war. Er senkte die Nase zum Boden und folgte der Spur dicht am Bachlauf.

Dummerweise hörte er das Plätschern zu spät.

Dummerweise hatte der Flusskobold diesmal eine etwas bessere Strategie. Dummerweise war eine Verbeugung vor einem Monsterfrosch unmöglich, wenn dieser Monsterfrosch gerade auf seinem Rücken landete wie zehn Säcke

Zement und ihn mit voller Wucht in den Bach katapultierte.

Bevor Tobbs auch nur japsen konnte, drückte das Flusswesen ihn schon unter die Oberfläche. Zähne gruben sich in Tobbs' Kehle. Es knirschte, als der Kobold in das Uhrenarmband biss. Tobbs drehte sich unter Wasser wie ein Krokodil mit Fell und schnappte instinktiv mit aller Kraft zu. Die Froschhaut schmeckte nach bitterer Galle und Gummiflossen, ein erstickter gurgelnder Schrei unter Wasser zeigte ihm, dass er zumindest gut gezielt hatte. Das Maul des Kappas klappte auf und näherte sich wieder seiner Kehle. Tobbs verfluchte seinen menschlichen Anteil, der seine Fuchsreflexe außer Kraft setzte. Er machte etwas sehr Dummes: Er versuchte mit der Pfote so umzugehen, als sei sie eine Hand. Dummerweise hatte er keine Finger. Statt den Flusskobold abzuwehren, rutschte seine Pfote direkt ins Maul.

Sein erschrockenes Jaulen vergurgelte im aufgewühlten Wasser, Schmerz flutete durch seine linke Pfote. Jetzt wussten seine beiden Naturen gar nicht mehr, wer das Sagen hatte. Kurzschluss im Gehirn. Pfote oder Hand – es spielte keine Rolle mehr. Tobbs kämpfte nur noch blind, Wasser brannte in seiner Nase, in Panik strampelte und biss er, strampelte und biss, bis ihm die Luft ausging und jeder Muskel schmerzte. Dann war er plötzlich frei und paddelte mit aller Kraft zur Oberfläche. Die Uhr löste sich endgültig von seinem Hals.

In einem Mondstrahl leuchtete das Zifferblatt auf, während die Uhr im klaren Wasser nach unten sank. Nur noch dreiundzwanzig Minuten! Verzweifelt kroch Tobbs wieder ans Ufer. Doch als er auftreten wollte, zuckte ein stechender Schmerz durch sein Vorderbein. Er konnte nicht mehr laufen! Und schlimmer noch: Auch seine anderen Beine fühlten sich völlig taub an.

Dieses elende Kappa-Monster hatte ihn vergiftet! *Wie eine Spinne die Fliegen*, erinnerte er sich an die Worte des alten Mannes in Inaris Tempel. Er würde es nicht schaffen. Aus, vorbei. Versagt auf ganzer Linie.

Im Licht einer Leuchtmotte erkannte er schemenhaft die Gestalt eines schlanken, großen Fuchses vor sich. Nummer eins?

„Tavernentür!", jaulte Tobbs verzweifelt auf. „Dreiundzwanzig ... Minuten ..."

Dann brach er zusammen.

Als Mensch hatte er stets geträumt, ein Fuchs zu sein. Nun träumte er davon, wieder auf zwei Beinen zu laufen. Und wie gut es sich anfühlte! Seine Beine trugen ihn im wippenden Gleichtakt durch den Wald. Wie wunderbar es war, einfach nur ein Mensch zu sein!

„*Dreiundzwanzig, zweiundzwanzig, einundzwanzig ...*", zählte Nummer eins im Marschtakt mit.

„*Noch ein Stück, du kommst zurück*", echoten Nummer zwei und drei.

„*Schnauze!*", schnarrte Nummer vier. „*Singt noch ein bisschen lauter, damit die Tanukis ihn auch ja finden.*"

Tobbs lächelte und schwebte im federnden Zweibeinergang dahin. Nur ab und zu blinzelte er und sah den Waldboden im Mondlicht. Interessiert betrachtete er Blätter, Gras und einen flachen Felsstein, der eine Höhle versperrte.

Moment mal, hatten Anguana und er den Eingang zur Höhle nicht zerstört? Wo waren die Scherben?

Kurz darauf roch es nach Stein und Wurzelwerk und altem Holz.

„*Zehn ... neun ... acht ...*", zählte Nummer eins.

Eine innige Umarmung umfing Tobbs, jemand drückte ihn an sich, eine Hand strich ihm zärtlich über das Fell am Kopf.

„Taiki!", sagte eine warme Frauenstimme, die er nicht kannte und deren seltsam vertrauter Klang ihn dennoch erschauern ließ.

„*... drei ... zwei ... eins ...*", schnarrte der Geisterfuchs.

Lautlos implodierendes KAWUMM.

Druck auf seinem Trommelfell, Staub nebelte ihn ein. Tobbs wurde so schwindlig, dass er die Augen nicht aufmachen konnte. Erst in diesem Augenblick wurde ihm klar, dass er immer noch ein Fuchs war. Aber jemand auf zwei Beinen hatte ihn zur Höhle getragen und legte ihn nun sanft auf einem Holzboden ab.

Grelles Licht blendete ihn, als er blinzelte. Er musste sehen, wer zu ihm gesprochen hatte!

Tellergroße Augen starrten ihn aus einer greisenhaften Fratze an. Tobbs stieß einen Schrei aus und prallte zurück.

„He, ich weiß ja, dass ich keine Schönheit bin, aber jetzt übertreibst du wirklich", sagte Domovoj gekränkt.

Tobbs fuhr hoch, obwohl der Schmerz ihm durch den Arm schoss. Gerade noch sah er, wie die Splitter, Steintrümmer und Staubpartikel hochwirbelten und in Windeseile den gesprengten Durchgang wieder verschlossen. Dann saß Tobbs vor der Mauer im Tavernenflur, als wäre er nie fort gewesen.

„Er war pünktlich!“, frohlockte der Hauskobold. „Auf die Minute! Hab ich es nicht gesagt? Auf Tobbs ist Verlass, hab ich gesagt!“

„Dann sag ich dir jetzt auch was“, erklang Dopoulos' mürrische Stimme. „Das war das allerletzte Mal, dass du in meiner Taverne irgendwas gesprengt hast, Domovoj! Und jetzt geh mir aus den Augen, bevor ich dich den Minotauren zum Fraß vorwerfe.“

Der Hauskobold senkte kleinlaut den Kopf. „Ist ja gut“, maulte er und schlurfte beleidigt davon.

„Warte!“, schrie Tobbs. „Die Frau eben! Wer war das?“

Seine Gliedmaßen waren immer noch taub, aber er spürte dennoch das Holz der Dielen unter seinen Händen. *Moment mal: Hände?*

Nicht weit von ihm lag sein nasses Fuchsfell auf dem Boden. Und hier, direkt unter seinen Augen, waren Finger, Handflächen und Arme und ... eine hässliche Bisswunde auf seinem linken Unterarm, die jedem Vegetarier Albträume beschert hätte.

„Jetzt noch mal von vorn“, knurrte Dopoulos mit gefährlicher Geduld. „Neki ist in Doman, eine Telegrammlibelle ist auf dem Weg hierher, die Sonne ist verschwunden und die Tanukis wollen Katuro vernichten?“

Tobbs nickte und schniefte. Sein Arm stak in einem dicken weißen Verband und vor ihm dampfte eine Tasse heißer Medizin gegen das Kappa-Gift. Inzwischen konnte er zumindest wieder mit den Zehen wackeln und auch seine Beine knickten nicht mehr bei jedem Schritt ein.

Der Dielenboden bebte leicht, und auch die blattgrüne Flüssigkeit in der Tasse vibrierte im Takt des fernen Stampfens, das aus dem Keller durch das Haus hallte. Die Party der Minotauren hatte offenbar Phase II erreicht: Techno-Polka.

Gegenüber von Tobbs saßen Dopoulos und Wanja, die Tavernenschmiedin. Die meisten Gäste waren längst gegangen, nur am großen Wirtshaustisch neben der Schanktheke vergnügten sich die Schicksalsfrauen noch beim Mensch-ärgere-dich-nicht-Spiel. Tobbs hätte schwören können, dass mindestens eine der kleinen Holzfiguren ihm bis aufs Haar glich.

Die Schicksalsfrau des Südens – eine rothaarige Schönheit – hatte entschieden zu viel getrunken und die Kontrolle über ihre Zischlaute verloren.

„Na, Tssobsss?“, lallte sie und ließ grinsend die Würfel in ihren Händen klappern. „Ssssollich dich auss’m Schpiel rausswurfeln? Dann tsuttsss ganichmehr weh!“

„Hör nicht auf sie“, sagte Wanja und warf der Schicksalsfrau einen bösen Blick zu.

Tobbs' Ankunft hatte die Tavernenschmiedin offenbar aus dem Schlaf gerissen. Sie war blass, ihre von der Sonne ausgebleichten Locken waren zerzaust und auf einer Wange hatte sie noch den Abdruck eines Strohkissens. Ihre warmen, braunen Augen aber blickten hellwach und besorgt. Doch heute konnte nicht einmal Wanjas Gegenwart Tobbs trösten.

„Und da ist noch etwas: Wir müssen Anguana retten", fuhr er kläglich mit seinem Bericht fort. „König Tanuki hält sie gefangen. Eine Nixenhändlerin hat sie an ihn ausgeliefert."

Die Stille, die daraufhin eintrat, hätte jedem Toten Angst eingejagt. Tobbs hob den Blick und sah Dopoulos an.

Der Wirt bebte. Aber nicht vor Schreck, sondern wie ein Vulkan, der sich zum Ausbruch bereit macht. Seine Halbglatze und das runde Gesicht wurden erst fassungslosblass, dann erkenntnispink und schließlich fuchsteufelswildtiefrot. Die Schicksalsfrauen beugten sich schützend über ihr Spiel und hielten die Figuren fest.

„Anguana ist *WO?*", donnerte Dopoulos, dass die Gläser in den Regalen klirrten. Sein Stuhl fiel um, als er aufsprang. „Bei den *TANUKIS*? Weißt du, was die Nymphen mit uns und der Taverne machen, wenn dem Mädchen irgendetwas passiert? Und du bist schuld daran, Tobbs!"

An jedem anderen Tag wäre Tobbs eingeschüchtert gewesen, heute aber platzte ihm zum ersten Mal in Dopoulos' Gegenwart so richtig der Kragen.

„Schuld?", brüllte er zurück und sprang ebenfalls auf. „Und du bist wohl unschuldig, was? Hättest du mir einmal in den dreizehn Jahren die Wahrheit gesagt, dann wäre es nicht so weit gekommen!“

„Huihui“, feixte eine Schicksalsfrau. Die anderen kicherten.

„Und ihr haltet auch die Klappe!“, schrie Tobbs zu ihnen hinüber. „Ihr wisst doch am allerbesten, wo ich herkomme und wer ich bin. Und alles, was ihr macht, ist, mit diesen dämlichen Würfeln herumzuspielen. Ihr seid genauso verlogen wie Dopoulos.“

„He!“, fuhr ihn der Wirt an. „Pass auf, was du sagst!“

„Pass auf, was *du* sagst, Dopoulos! Ich weiß, dass ich zur Hälfte ein Kitsune bin und zur Hälfte ein Mensch. Und wenn ich mich richtig erinnere, nannte mich jemand, der mir geholfen hat, *Taiki*. Das ist mein richtiger Name, nicht wahr?“

Der Wirt schnappte nach Luft und Tobbs erkannte, dass er endlich einmal direkt ins Schwarze getroffen hatte.

Plötzlich wurde Dopoulos aschgrau im Gesicht und schluckte. Wanja stand auf und legte ihm tröstend die Hand auf die Schulter. Noch nie hatte der Wirt so traurig ausgesehen. Fast tat er Tobbs leid. Aber nur fast.

„Zeit zu gehen, Mädels“, rief eine Schicksalsfrau munter und räumte mit einer schwungvollen Armbewegung das Spielbrett ab. „Gleich wird’s ungemütlich.“

Kichernd und feixend nahmen sie die angetüdelte Rothaarige in ihre Mitte und verließen den Raum.

„Also was ist jetzt?“, schrie Tobbs und schlug mit seiner heilen Hand auf den Tisch. „Zur Abwechslung mal die Wahrheit?“

„Genug mit dem Geschrei! Setzt euch wieder hin", befahl Wanja streng. „Das ist ja nicht auszuhalten um fünf Uhr morgens! Regt euch erst einmal wieder ab. Und zwar alle beide!"

Gute Idee, Tobbs war ohnehin schwindlig. Seine Wunde pochte und er fühlte sich mit einem Mal so schwach, dass er kaum stehen konnte. Erschöpft ließ er sich wieder auf den Stuhl sinken.

„Wir müssen überlegen, wie wir das Mädchen zurückholen", bestimmte Wanja.

„Anguana hat gesagt, ich soll die Nymphen in unseren Bergen informieren", sagte Tobbs.

„Das werden wir auf gar keinen Fall tun", brauste Dopoulos auf. „Weißt du, was dann los ist? Wir haben den schönsten Krieg – sowohl in Doman als auch in der Taverne. Nymphen vergeben nie!"

„Wir holen sie auf eigene Faust zurück", übernahm Wanja das Wort. „Aber direkt durch eine Tavernentür nach Doman zu gehen, wäre zu gefährlich. Wir nehmen stattdessen die Tür in das Dämonenland Olitai und bauen dort eine Direktverbindung nach Doman. Wenn etwas schiefgeht und die Domaner uns folgen, landen sie nicht in der Taverne, sondern laufen den Dämonen in Olitai direkt in die Arme." Sie lächelte grimmig. „Und für unseren Ausflug nach Doman brauchen wir eine kleine Armee, Leute, die viel Krach schlagen können. Möglichst Unverwundbare."

„Die Furien aus Kandara", knurrte Dopoulos. „Schulden mir sowieso noch einen Gefallen. Ich schicke einen Boten. Schaffen wir den Aufmarsch in zwei Stunden?"

„Hat die Taverne vierzig Türen?“, antwortete Wanja mit der Verachtung echter Fachleute. „Wie sieht es aus? Nehmen wir auch Kali mit?“

Tobbs blickte ungläubig von Wanja zu Dopoulos. Keine Antworten, keine Wahrheiten, sie unterhielten sich, als wäre er gar nicht mehr da.

Dopoulos schüttelte den Kopf. „Nein, Kali kommt nicht mit, so gern ich sie auch dabeihätte. Aber du weißt ja, wie cholerisch sie ist. Und wir wollen Anguana schließlich nur befreien, nicht die Stadt und drei Berge in Trümmer legen. Wir brauchen auch noch Verstärkung bei den Reittieren. Tobbs, du gehst sofort …“

„Du hast mir gar nichts zu befehlen!“, platzte Tobbs heraus. Und erlebte die Überraschung seines Lebens: Dopoulos, der träge, gemächliche, vernünftige Dopoulos, fuhr blitzschnell herum und langte über den Tisch. Tobbs sah die Ohrfeige heransausen, doch er war so fassungslos, dass er sich nicht einmal ducken konnte. Der Wirt war mürrisch und explodierte auch hier und da, aber noch nie in seinem ganzen Leben hatte er Tobbs geschlagen!

Doch Dopoulos' Hand erreichte seine Wange nie. Wanja schnappte sich das Handgelenk des Wirts und hielt den kräftigen Mann zurück.

„Schluss jetzt! Was ist denn nur in euch gefahren?“, zischte sie.

Einige Sekunden starrten der Wirt und die Schmiedin sich mit funkelnden Augen an. Tobbs duckte sich unwillkürlich. Mit Wanja war nicht zu spaßen, sie war so stark, dass selbst die Minotauren einen respektvollen Bogen um sie machten. Aber seltsamerweise wurde ihr Gesicht heute vor Anstrengung knallrot. Und Dopoulos?

Der Wirt erschien Tobbs plötzlich wie ein Fremder. Nach und nach wich die Spannung aus Dopoulos' Arm und auch Wanja ließ locker. Kopfschüttelnd ließ sie Dopoulos' Handgelenk schließlich los, angelte eine Flasche „Brennberger Schlangenspucke" vom Regal und goss drei Gläser ein. Eines davon schob sie Tobbs hin.

„Austrinken!", befahl sie. „Und du auch, Dopoulos. Und dann ...", sie wandte sich an den Wirt, „... ist es wirklich an der Zeit, dass du mit Tobbs einige Dinge klärst."

Der Wirt wischte sich mit dem Handrücken über die Augen und sah auf einmal sehr niedergeschlagen aus.

„Ich kann nicht. Ich habe ein Versprechen gegeben", sagte er mit brüchiger Stimme.

„Ich weiß", erwiderte Wanja etwas freundlicher. „Aber Menandros würde es verstehen, meinst du nicht? Und unser Tobbs ist nun mal kein kleiner Junge mehr. Wenn du ihm jetzt nicht die Wahrheit sagst, wird er wieder wegrennen und es selbst herausfinden. Und dann wird es vielleicht nicht so glimpflich ausgehen wie die letzten Male."

Tobbs hatte das Gefühl, dass sein Magen aus einem einzigen Knoten bestand. Hier war sie. Die Stunde der Wahrheit. Seit so vielen Jahren wartete er auf diesen Moment. Und das Verrückte war: Er war sich gar nicht mehr so sicher, ob es wirklich gut war, diese Wahrheit zu erfahren. Er musste sich mehrmals räuspern, bis er endlich mit schwacher Stimme seine Frage herausbrachte: „Wer ist Menandros?"

Dopoulos wich seinem Blick aus. Er seufzte tief, kippte die Schlangenspucke in einem Zug hinunter und knallte das leere Glas auf die Tischplatte.

„Menandros A. Dopoulos", murmelte er. „Mein jüngster Bruder. Er … war dein Vater, Tobbs."

In Tobbs' Ohren begann es zu klingeln. Ich habe mich verhört, redete er sich ein, während er sein Glas so fassungslos anstarrte, als würden darin vier Spinnen Synchronschwimmen trainieren.

Zwei Worte in Dopoulos' Antwort waren verkehrt. Das Wort *Bruder*. Und das Wort *war*.

Er fing mit dem weniger schlimmen Wort an. „Wenn er dein *Bruder* war, dann bist du … du bist mein …"

„Onkel", bestätigte Wanja und nickte. „Ja, du bist Dopoulos' Neffe." Sie zwinkerte ihm verschmitzt zu. „Der Sturkopf scheint in der Familie zu liegen."

Tobbs musste schlucken, das Glas verschwamm vor seinen Augen. „Und wenn er dein Bruder *war*, dann ist er … tot?"

Das traurige Schweigen war Antwort genug. Nun leerte auch Tobbs das Glas in einem Zug. Es war nicht nur das scharfe Gebräu, das ihm die Tränen in die Augen trieb.

„Du hast es die ganze Zeit gewusst!", brachte er nach einer Weile hervor. „Und mir kein Wort gesagt."

„Weil ich es meinem Bruder vor seinem Tod versprochen habe", erwiderte Dopoulos heftig. „Was hätte ich denn tun sollen? Und außerdem war es besser, dich nicht wissen zu lassen, wer du bist. Dann würdest du keine Dummheiten machen können."

„Kann er doch, wie man sieht“, sagte Wanja trocken. „Ich hatte dich oft genug gewarnt, Dopoulos. Ich sagte: Tobbs ist ein schlauer Kerl, du wirst ihn nicht einsperren können.“

„Und meine Mutter?“, rief Tobbs.

Dopoulos seufzte. „Dass sie eine Kitsune ist, hast du ja schon herausgefunden. Weil sie einen Menschen liebte, muss sie sich auch vor ihren eigenen Leuten verbergen.“

„Die ganze Geschichte!“, sagte Tobbs nachdrücklich.

Dopoulos’ Schultern sackten nach unten, als würde er eine schwere Last tragen. „Wir reisten damals gemeinsam umher, Menandros und ich. Kandara war uns zu eng, wir suchten das Abenteuer. Wir fuhren über unzählige Meere und durch fremde Länder. Wir besiegten Untiere, stahlen goldene Äpfel und bändigten wilde Bestien. Tja, und dann bestand Menandros darauf, dass wir nach Doman reisten. Er hatte von der domanischen Musik gehört. Er mochte Musik und er tanzte gern. Sicher gibt es die Vergnügungsviertel in Katuro noch. Damals waren sie noch um ein Vielfaches prächtiger. Wir kamen gerade zur rechten Zeit. Immer mehr Tanukis drängten aus dem Norden heran und kundschafteten den magischen Wald aus. Es roch nach Krieg und Menandros und ich erklärten uns bereit, bei der Verteidigung der Stadt zu helfen, falls es nötig sein würde. Nun, in Katuro lernte Menandros eine junge Frau kennen. Yoko. Sie verliebten sich. Na ja, wie es eben so geht.“ Er seufzte wieder und griff nach der Flasche, um sich nachzuschenken. „Er wusste nicht, dass Yoko eine Kitsune war. Und er wusste auch nicht, dass es den Kitsune bei Todesstrafe verboten ist, sich mit Menschen einzulassen. Mit ihnen leben? Ja! Sie lieben? Nein. Deine Mutter spielte mit ihrem Leben. Erst als du geboren wurdest und Menandros sah, dass Yoko statt eines Menschenkindes einen schwarzen Fuchswelpen im Arm hielt, verstand er. Ein schwarzer Unglücksfuchs. Sein Sohn." Zum ersten Mal hob Dopoulos den Blick und sah Tobbs in die Augen. „Er verstand, dass die Kitsune Yoko und dich töten würden. Yoko hätte nur eine einzige Chance gehabt: Königin Kitsune hätte sie begnadigt. Aber dazu hätte Yoko dich zuerst töten müssen. Gesetz der Füchse."

Tobbs schluckte schwer. Der Kloß in seinem Hals schien ihn ersticken zu wollen.

„Dein Vater hat dich geliebt, Tobbs", sagte Wanja leise. „Es hat ihm keine Sekunde lang etwas ausgemacht, dass du ein Fuchs warst. Und deine Mutter hätte dir niemals etwas angetan. Unter größten Gefahren sind sie gemeinsam zum Tempel der Inari gegangen und haben die Gottheit angefleht, dich zu schützen."

Dopoulos nickte. „Es war ein regnerischer Tag. Die Tanukis machten sich zum Angriff bereit, überall herrschte Chaos. Wir waren in Gefahr, von den Kitsune gefunden zu werden – und ebenso gefährlich war es, einem Tanuki zu begegnen. Im Heiligtum der Inari erhörte die Gottheit unsere Gebete. Sie nahm dir das Fell ab und gab dir eine menschliche Gestalt. Anschließend vertraute mein Bruder mir das Fell an. Ich sollte es außer Landes schaffen und gut verstecken. Doch bevor es dazu kam, griffen die Tanukis an."

„Und mein Vater hat es ... nicht überlebt?“

„Er kämpfte wie ein echter Held. Es war eine furchtbare Schlacht und wir verloren uns im Kampfgetümmel aus den Augen. Ich fand ihn erst am Abend schwer verletzt. Kurz bevor er starb, nahm er mir das Versprechen ab, euch zu suchen und auf dich aufzupassen. Yoko war es gelungen, mit dir in die Wälder zu flüchten. Sie ließ mir eine Nachricht zukommen. ‚Taiki lebt!‘, stand darin. ‚Bringe das Fell in Sicherheit und hole ihn, so schnell du kannst.‘ Ich brachte das Fell in meine Heimat Kandara. Und dann ... schuf ich einen Ort, an dem du so sicher sein würdest wie nirgendwo anders auf der Welt.“

„Die Taverne am Rand der Welten“, flüsterte Tobbs.

Dopoulos nickte. „Ich wollte ohnehin mein Leben ändern. Ich war zu alt, um noch ein Held zu sein, zu müde von all den Kämpfen.“

Held?, dachte Tobbs und blickte den dicklichen Wirt zweifelnd an.

„Tja, und die Taverne war für meine Zwecke ideal. Sie gehört zu keinem Land. Sie existiert zwischen Zeit und Raum und bietet die besten Fluchtmöglichkeiten in alle Richtungen. Und man weiß immer, was in welchem Land vor sich geht. Ich nutzte die guten Beziehungen, die ich auf meinen Reisen aufgebaut hatte, holte mir Hilfe von Zauberern, Nymphen und Göttern. Und in Rusanien fand ich zum Glück Wanja.“ Er nickte der Tavernenschmiedin zu. „Die beste Konstrukteurin magischer Türen und Tore weit und breit.“

„Es war ein interessantes Angebot, das ich kaum ablehnen konnte“, meinte Wanja. „Wer darf schon magische Türen in über vierzig Länder bauen? Und meine Tante Baba Jaga war ja, wie du schon weißt, so freundlich, dein Fell weit weg von der Taverne in einem anderen Land zu verstecken. Selbst wenn dich die Tanukis gefunden hätten, bestünde keine Gefahr für die Füchse in Doman. Denn ohne das Fell hätten die Tanuki-Krieger mit dir nicht viel anfangen können.“

„Außer mich zu töten“, murmelte Tobbs.

„Wanja öffnete zuletzt auch eine Tür nach Doman“, sagte Dopoulos. „In der Nähe von Inaris Tempel mitten im magischen Wald, den die Tanukis erobert hatten. Kein schlechter Ort, denn die Tanukis würden kaum vor ihrer eigenen Haustür suchen. Das Kniffligste war dann schließlich, Yoko und dich aufzuspüren. Inzwischen hatte sich deine Existenz schon in beiden Lagern herumgesprochen. Kitsune und Tanukis setzten alles daran, dich zu finden. Zum Glück hatten wir Neki, sie war uns eine große Hilfe. Damals arbeitete sie noch als Glückskatze im *Cho-Babadoo*. Ich erinnere mich noch genau an den Tag, an dem wir uns endlich wiedersahen. Yoko legte dich in meine Arme, verwandelte sich wieder in einen Fuchs – und verschwand.“

„Warum ist sie nicht mitgekommen?“, brauste Tobbs auf. „Sie hat mich im Stich gelassen!“

„In unserer Welt wäre sie wieder zum Fuchs geworden. Du hast die Kitsune-Magie doch selbst gespürt! Sobald du die Taverne betreten hast, fiel dein Fell von dir ab und du wurdest wieder zum Menschen.“ Er räusperte sich und drehte das Glas in seinen Händen. „Es wäre für sie viel zu gefährlich gewesen, ihre Deckung zu verlassen. Und vergiss nicht, dass Doman ihre Heimat ist. Aber vor allem dachte sie, es sei sicherer für dich, wenn du nur deine Menschengestalt kennst. Außerdem wollte sie dir bei eurem Wiedersehen lieber als Mensch gegenübertreten – in der Gestalt, in der dein Vater sich in sie verliebt hat. Sie achtet darauf, dass der Zugang zur Taverne unentdeckt bleibt. Nur die kleinen Füchse spüren den Eingang manchmal auf, quetschen sich durch die schmalsten Ritzen ins Innere der Höhle und kratzen an der Tür herum. Inzwischen ist das schon eine Art Mutprobe. Kinder eben."

„Die Frau, die mich Taiki genannt hat", flüsterte Tobbs. „Das war sie! Und sie hat auch den Höhleneingang wieder verschlossen."

Dopoulos nickte. „Es ist gefährlich, aber sie sorgt dafür, dass der Zugang zur Taverne immer gut versteckt ist. Sie lebt ein gefährliches Leben: immer auf der Flucht vor Königin Kitsunes Leuten und stets auf der Hut vor den Tanuki-Kriegern."

Beim Gedanken an die warme Frauenstimme überlief Tobbs ein Schauder. Seine Mutter!

Dopoulos räusperte sich.

„Nun, als Erstes werden wir dein Fell wieder in Sicherheit bringen", murmelte er. „Es war ein unglaubliches Risiko, das Ding mit nach Doman zu nehmen."

„Es ist aber mein Fell!", begehrte Tobbs auf. „Ich wäre fast gestorben, als ich es mir von den Haigöttern in Tajumeer zurückgeholt habe. Wieso sollte ich es jetzt wieder hergeben?"

„Du bekommst es doch wieder, Sturkopf!“, brummte Dopoulos. „ An deinem 15. Geburtstag. So, wie ich es deinem Vater versprochen habe. Aber bis dahin wird es deine Patentante aufbewahren.“

Tobbs sah sofort Wanja an, doch sie schüttelte den Kopf. „Ich bin nicht deine Patentante“, beantwortete sie seine stumme Frage. „Sondern die Göttin Kali.“

Tobbs schnappte nach Luft. *Das* war endgültig zu viel! Wie in einem Film zog eine Reihe von Schreckensbildern an seinem inneren Auge vorbei: Kali, die grausame Göttin aus Yndalamor mit ihren blutroten Augäpfeln und der dunkelblauen Haut, wie sie ihr grässliches Schwert schwang. Und dann Kali, wie sie mit ebendiesem Schwert Tobbs' Zimmer kurz und klein schlug. Seitdem musste er im Pferdestall schlafen.

„Kali ist *was*?“, rief er. „Das ist nicht euer Ernst! Von allen Frauen dieser Welt verpasst ihr mir die Göttin der Zerstörung als Patentante? Habt ihr noch alle am Helm? Oder habt ihr den Sinn des Ganzen nicht verstanden? Patentanten sind dafür da, ihre Patenkinder zu *beschützen*. Sie kaufen ihnen Eis und machen ihnen niedlich verpackte Geschenke zum Geburtstag – sie jagen ihnen *keine* Angst ein, sie bedrohen sie definitiv *nicht* mit einem Schwert und legen schon gar nicht ihr Zimmer in Schutt und Asche!“

„Sie hat dich immerhin am Leben gelassen, nachdem du ihren Streitwagen gestohlen und zu Kleinholz gefahren hattest“, wies Dopoulos ihn streng zurecht. „Von einer Göttin ist das ein größeres Geschenk, als du je erwarten konntest!“

„Na, vielen Dank“, schrie Tobbs. „Was kommt als Nächstes? Dass die Todesfeen meine Cousinen sind?“

„Lassen wir die Details“, meinte Dopoulos trocken und wurde rot. „Jetzt müssen wir überlegen, wie wir Anguana wieder zurückholen. Wir werden Fackeln brauchen. Und Schilde und Schleudern.“

„Zum Teufel mit den Fackeln!“, brüllte Tobbs.

Er sprang auf und stapfte wütend aus dem Wirtsraum.

Seit er denken konnte, hatte er davon geträumt, eine Familie zu haben. Aber nie hätte er gedacht, dass ein solcher Albtraum auf ihn wartete.

„He, Tobbs“, rief eine wohlbekannte Stimme über den Flur. „Bist du das? Komm her!“

Tobbs zögerte. Das war Mamsie Matatas Stimme. Sie lebte in einem Spiegel und zeigte jedem, der hineinblickte, sein wahres Gesicht. Doch heute erschien in dem kleinen rechteckigen Spiegelrahmen Mamsie Matatas eigene Gestalt: eine unglaublich dicke, alte Frau mit weißem Haar und fast schwarzer Haut. Sie war in ein grellorange gefärbtes Gewand gekleidet. Ein braunes und ein hellgrünes Auge blickten Tobbs neugierig entgegen.

„Mächtig Ärger gehabt, was?“, fragte sie mitfühlend. „Von hier aus habe ich leider nur die Hälfte verstanden. Anguana ist in Gefahr, wie ich höre?“

Tobbs trat dicht an den Spiegel heran, der im Flur an einer Wand lehnte, und ließ sich vor ihm auf dem Boden nieder.

„Der Ärger fängt jetzt erst richtig an“, sagte er niedergeschlagen. „Mein Vater lebt nicht mehr, meine Mutter ist in Lebensgefahr, Anguana ist gefangen und Dopoulos mein Onkel."

Mamsie Matata pfiff leise durch die Zähne. „Dachte ich mir's doch, dass ihr zwei euch ähnlich seid. Beide Hitzköpfe, beide stur wie Holzpfosten." Sie lächelte ihm wohlwollend zu. „Aber wenigstens weißt du jetzt, woher du stammst, das war doch dein größter Wunsch." Sie zwinkerte ihn mit ihrem braunen Auge an. „Nun, ich hab dir doch schon einmal gesagt, dass deine Eltern dich damals nicht zufällig hier in der Taverne vergessen haben. Alles hat seinen Sinn gehabt."

Sinn? Das war nicht gerade das erste Wort, das Tobbs zu der ganzen Geschichte einfiel.

„Und du machst dir um das Ziegenmädchen Sorgen", fügte Mamsie Matata hinzu. „Na ja, zerbrich dir nicht allzu sehr den Kopf. Sie hat Nixenblut in den Adern und Nixengeschöpfe kommen überall zurecht. Komm, ich zeige dir etwas, was dich aufheitern wird!"

Mamsie Matatas Bild flimmerte und verblasste und wurde schließlich von einem dunklen, wabernden Etwas mit gelben Raubtieraugen verdrängt – Tobbs' Spiegelbild, auf das er sich bisher nie hatte einen Reim machen können.

„Ich konnte es dir bisher nicht deutlicher zeigen", sagte Mamsie Matata geheimnisvoll.

Die dunkle Wolke verdichtete sich und nahm Formen an. Zackige Spitzen wurden zu Ohren, ein Schatten zu einer Schnauze. Tobbs hatte sich noch nie selbst in seiner Tiergestalt gesehen.

Ein schwarzer Fuchs betrachtete sich verdutzt und etwas

skeptisch im Spiegel. Die linke Pfote – im Spiegelbild die rechte – steckte in einem Verband. Und das Gesicht mit den goldenen Augen war trotz des Fells und der Schnauze eindeutig das von Tobbs.

Auf nach Olitai!

Die Vorbereitungen liefen auf Hochtouren. Der Plan war gewagt, aber gut. Ständig klingelte es an den vielen Türen und Dopoulos hatte alle Hände voll zu tun, die Boten einzulassen.

In der Gaststube türmten sich die Leihgaben aus den anderen Ländern: Fackeln aus Kandara, Schleudern aus Sylvanien, magische Schwerter aus Tinadin, ein ganzer Haufen schusssicherer Hemden aus den Schmieden von Transtatanien.

Die Furien hatten sich mächtig aufgedonnert und die Gesichter mit roter Farbe bemalt, was ihre Augen noch glühender wirken ließ.

Als das zarte Gebimmel von Opferglöckchen ertönte, kreischten sie alle begeistert los. Es war das Läuten der Türklingel zu Yndalamor.

Tobbs war nicht nach Begeisterung zumute. Seine Patentante war angekommen. Nun würde sie ihm das Fuchsfell abnehmen. Schützend drückte er den warmen Pelz an sich. Doch es half ja nichts. Wanja und Dopoulos hatten Recht: Mit seinem Fell zurück nach Doman zu gehen, brachte alle nur unnötig in Gefahr. Zögernd stand er auf und ging zum roten Zimmer.

Wie immer, wenn sie in der Taverne zu Besuch war, saß die Göttin Kali in dem kleinen roten Raum am Ende des Flurs und trank mit Dopoulos Säuselblütentee. Ihre Augäpfel leuchteten wie Rubine. *Oder wie in Blut getauchte Murmeln*, dachte Tobbs. An ihrem Ohr baumelte ein seltsamer Ohrschmuck – ein halb vertrockneter, toter Mann. Heute sah er noch mürrischer aus als sonst.

„Da bist du ja", murmelte Dopoulos. „Setz dich, Junge. Setz dich."

„Setz dich bloß nicht", flüsterte der tote Mann an Kalis Ohr ihm warnend zu. „Kali ist ziemlich sauer, weil sie nicht mit euch nach Doman gehen soll."

Tobbs schluckte. „Äh, ich stehe lieber", sagte er. „Muss ohnehin gleich wieder weg."

„Begrüßung!", wisperte der tote Mann. „Kali wird noch wütender, wenn du sie nicht begrüßt."

Na prima! Wie begrüßte man eine Patentante, deren Hauptberuf es war, Städte und ganze Landstriche zu verwüsten? Und deren Schwert, das nun am Tisch lehnte, ungefähr dreißigtausend Leben ausgelöscht hatte? Sagte man: „Nett, dich zu sehen? Was macht das Zerstörungsgeschäft? Erzähl doch beim nächsten Familienfest, wie du die silberne Stadt Ghan dem Erdboden gleichgemacht hast."

„Tag", brachte Tobbs heraus und deutete eine Verbeugung an.

Die Göttin wandte ihm ihr grausames Gesicht zu. Der tote Mann hatte Recht: Sie sah ziemlich sauer aus. Als sie die Hand mit ihren Dolchfingern ausstreckte, zuckte Tobbs zusammen.

„Das Fell, Tobbs“, mahnte Dopoulos.

Es kostete viel Überwindung, sein Fell aus der Hand zu geben. In den schwarzblauen Klauen der Göttin sah es aus wie ein erlegter Fuchs. Mit einer nachlässigen Geste erhob sich die Göttin und stopfte den Fuchspelz grimmig in ihren Gürtel.

Nette Patentante, dachte Tobbs und kniff die Lippen zusammen. *Und so rücksichtsvoll und sensibel!*

„Puh“, flüsterte der tote Mann. „Glück gehabt. Keine Trümmer heute, Kalis Laune scheint sich etwas gebessert zu haben.“

„Gut“, sagte Dopoulos. „Das Fell wäre in Sicherheit. Ich danke dir sehr, Kali.“

Die Göttin der Zerstörung nickte gnädig, griff nach ihrem Richtschwert und rauschte, ohne Tobbs eines weiteren Blickes zu würdigen, aus dem roten Zimmer. Dopoulos zückte seinen Schlüsselbund und eilte hinterher, wieder ganz und gar der eilfertige Wirt.

Tobbs setzte sich an den Tisch und stützte den Kopf in die Hände.

Tolles Familientreffen!, dachte er bitter und schloss die Augen. Es war nicht zu fassen: So viele Jahre lang hatte er davon geträumt, eine Familie zu haben. Irgendeine Familie. Nichts Besonderes. Einfach nur nette, fürsorgliche Menschen. Und was bekam er? Eine unbekannte Tiermutter, einen cholerischen Onkel und eine Patentante, die tote Männer als Ohrschmuck herumtrug.

Und dann fiel ihm siedend heiß ein, dass das ja noch lange nicht das Ende der Geschichte seltsamer Verwandter war: Dopoulos hatte noch vier andere Brüder in Kandara. Ganz zu schweigen von Dopoulos' grässlicher Cousine Melpomene!

Er musste am Tisch eingenickt sein. Als er erwachte, klebte seine Oberlippe an der Holzplatte. Er hatte von Anguana geträumt und sein Herz schlug noch immer wie verrückt vor Sorge um sie. Benommen hob er den Kopf.

Eine fürchterliche Kriegerin mit Helm und eisernem Nasenschutz grinste ihn an. Erst auf den zweiten Blick erkannte er Wanja.

Wie hatte sie sich verändert! Statt der Schmiedeschürze und dem grünen Hemd trug die hübsche Schmiedin ein ledernes Amazonengewand, dazu Metallpanzer, Armschoner und ein riesiges Schwert! Ihre Schultern lagen frei, sodass er die kräftigen Muskeln sehen konnte.

„Hier", sagte sie und stellte ihm eine Tasse Tee vor die Nase. „Wurdanischer Wachrüttler. Das wird ein langer Tag."

„Wo ist Dopoulos?", murmelte Tobbs. Er schaffte es nicht, Onkel Dopoulos zu sagen. Das klang immer noch wie ein Witz.

„Er holt die Minotauren aus dem Keller."

„Was?" Jetzt war Tobbs auch ohne den Wachrüttler hellwach. „Ist er lebensmüde?"

Wanja lachte. „Ganz sicher nicht. Doch gegen die Tanukis müssen wir gut gerüstet sein."

„Aber die Minotauren feiern gerade ihre Party! Phase II! Nicht einmal die Schicksalsfrauen würden sich jetzt in den Keller wagen."

Wanja lächelte grimmig. „Unterschätze deinen Onkel nicht", meinte sie.

„Ach, habe ich noch etwas verpasst?", giftete Tobbs sie an. „Ist der dicke alte Wirt jetzt auch noch ein Bestienbändiger?"

„Jetzt hör mir mal gut zu, Tobbi", begann Wanja so geduldig, dass der Ärger dahinter genug Gelegenheit hatte, dezent den Zeigefinger zu heben und warnend „Ich bin auch da!" zu sagen. „Familie kann man sich nun mal nicht aussuchen, niemand weiß das besser als ich. Aber eines kannst du mir glauben: Keiner meiner Onkel hätte für mich auch nur ein Kartenhäuschen gebaut, geschweige denn eine ganze magische Taverne! Während du gedacht hast, du wärst ein einfacher Schankjunge, haben viele Menschen und zahllose magische Wesen alles dafür getan, diesen Ort für dich sicher zu machen. Dreizehn Jahre lang, jeden Tag, jede Stunde. Und Dopoulos hat während dieser Zeit keine Nacht ein Auge zugetan."

Tobbs schluckte. *Ohne mich keine Taverne.* So hatte er es noch gar nicht betrachtet.

Auf der Kellertreppe rumpelte und polterte es bedrohlich. Wanja warf einen Blick auf den Flur und riss die Augen auf.

„Deckung!", rief sie, packte Tobbs am Kragen, stieß ihn

in die Ecke des kleinen Zimmers und kippte den Tisch zur Seite. Ehe Tobbs sichs versah, kauerte er hinter der hochkant stehenden Tischplatte. Dann brach eine Lawine aus dunklen Leibern, halb Stier, halb Mensch, in den Raum.

Innerhalb einer Sekunde stank es nach Höllenatem und Geifer. Tobbs stellten sich die Nackenhaare auf. Rote Augen rollten, Hörner blitzten, die Dielen splitterten unter den gespaltenen Hufen. Und der Lärm war ohrenbetäubend.

„Doch nicht hier rein, ihr schwerhörigen Milchkühe!", brüllte Dopoulos. „Nächste Tür! In den Hinterhof, hatte ich gesagt!"

Tobbs traute seinen Augen nicht: Auf den Schultern des größten Minotauren thronte Dopoulos. Nur dass er nicht mehr ganz der alte Dopoulos war. Seine Augen funkelten drohend, seine Halbglatze war von einem Helm verdeckt, er trug einen engen Harnisch, unter dem er sicher keine Luft bekam und schwenkte einen schweren Morgenstern. Über seine Schultern hatte er sich ein Löwenfell gelegt, das zwar schon bessere Tage gesehen hatte, aber immer noch ausgesprochen würdevoll wirkte. Unerbittlich trieb er die Minotauren wieder aus dem Raum, schimpfte und kommandierte, bis auch das letzte Monstrum gehorsam auf den Flur trabte.

Wanja legte Tobbs die Hand unter das Kinn und schob seine Kinnlade sanft wieder nach oben.

„Mund zu, Tobbi", sagte sie verschmitzt. „Warum bist du so verblüfft? Hast du dich denn nie gefragt, was das H. in Costas H. Dopoulos' Namen bedeutet? Ich gebe dir einen Tipp: Wer tötete den nemëischen Löwen, dessen Fell unverwundbar macht, hm? Und wer ist der Einzige, der auch mit bloßen Händen mit einem neunköpfigen Ungeheuer fertig wird?“

Tobbs blinzelte. Und plötzlich machte es Klick!

„Herakles?“, flüsterte er fassungslos. „Der Held von Kandara?“

Im Hinterhof vor der Schmiede und auf den angrenzenden Apfelwiesen drängte sich eine ungewöhnliche Versammlung. Dopoulos und Wanja hatten über dreihundert magische Wesen zusammengetrommelt, davon allein sechzig Minotauren, die schnaubend und mit den Hufen scharrend nur darauf warteten, loszustürmen und Phase III der Party einzuläuten.

Tobbs sah auch Werwölfe aus Sylvanien, eine Gruppe von Furien, die ihm erfreut zuwinkten, einige Amazonen und jede Menge Dämonen in verschiedenster Gestalt.

Mamsie Matatas Spiegel lehnte an der Tür der Scheune und spiegelte die wahren Gestalten der Wesen, die an ihr vorübergingen. Tobbs sah einen jungen Mann, der im Spiegel ein pockennarbiger Oger war, und eine hässliche Alte, deren Spiegelbild eine grünhäutige Dämonenschönheit zeigte.

Dopoulos nahm seinen Helm ab und strich sich mit der flachen Hand über die Halbglatze.

„Haben wir jetzt alle?“, fragte er Wanja.

Die Schmiedin nickte. Tobbs merkte gar nicht, dass ihm der Mund schon wieder offen stand. Dopoulos – der Held Herakles. Tobbs besaß ein Quartettspiel mit Heldenmotiven, und Herakles hatte immer besonders viele Punkte gebracht, aber wenn er sich an die Zeichnung des jungen, schlanken Kriegers mit dichtem, schwarzem Haar erinnerte, fand er keinerlei Ähnlichkeit mit Dopoulos.

„Schau nicht so entgeistert, Tobbs", knurrte sein Onkel, der Held, ihm zu. „Wir holen Anguana da raus, versprochen. Und jetzt geh zurück in die Taverne."

Tobbs glaubte sich verhört zu haben. „Ihr wollt mich hierlassen?", rief er empört. „Kommt ja überhaupt nicht infrage. Ich gehe mit!" Vor Wut schoss ihm das Blut in den Kopf.

„Du bist verletzt", sagte Dopoulos in seiner mürrischen Art.

„Genau dafür wurden Armschoner erfunden", gab Tobbs hitzig zurück. „Und für die Kitsune bin ich keine Gefahr mehr. Mein Fell ist schließlich in Kalis Obhut."

Er hatte erwartet, dass Dopoulos wieder einmal explodieren würde. Aber in den vergangenen Stunden hatte sich offenbar vieles verändert. Heute brüllte Dopoulos nicht los, er verbot ihm nichts und drohte nicht, sondern sah ihn nur stumm an. Nur an seinem zusammengekniffenen Mund konnte Tobbs erahnen, dass er innerlich einen schweren Kampf ausfocht. Und schließlich – *nickte* Dopoulos einfach.

„Du wirst dich ohnehin nicht aufhalten lassen", sagte er. „Und eigentlich hast du Recht: Du hast das Mädchen in

Gefahr gebracht, dann hol du es auch wieder raus. Und beweise mir auch, dass du alt genug bist, um Verantwortung zu tragen."

Er blickte zu den Minotauren und stieß einen schrillen Pfiff aus.

„He, Nero!" Ein schwarzer Stiermensch hob den Kopf. „Hierher!"

Tobbs wurde mulmig zumute, als der riesenhafte Minotaur Anlauf nahm und geradewegs auf ihn zudonnerte. Minotauren waren nicht gerade dafür bekannt, vegetarische Küche zu schätzen.

„Das ist dein Reiter!", rief Dopoulos dem Ungeheuer entgegen. Und zu Tobbs gewandt fügte er hinzu: „Geh zu Wanja und besorg dir einen Schild und ein schusssicheres Hemd. Und nimm Mamsie Matata mit. Einen Spionspiegel können wir bei dieser Mission gut gebrauchen!"

Wanjas Minotaur war schwer beladen. Im Augenblick trug er jede Menge magisches Holz, zwei Türen und Wanjas riesigen Werkzeugkasten, aber in wenigen Minuten würde auch noch Wanja selbst auf seine Schultern steigen.

Dicht gedrängt standen sie im langen Tavernenflur, der plötzlich viel zu klein schien. Die angesengte Tür, vor der sie warteten, führte in das Land Olitai. Über Olitai würden sie den Umweg nach Doman machen – und ihren Überraschungsangriff starten.

Endlich polterte auch Dopoulos in den Flur und drängte

sich an den Bestien vorbei, die bemerkenswert geduldig in der Warteschlange bis zur Ausgangstür standen.

„Alles klar hier?“, rief er wie ein Feldherr und zückte seinen Schlüsselbund. „Können wir?“

Wanja nickte. Dopoulos schloss die Tür auf. Vormittagssonnenschein fiel auf sein Gesicht. Er schritt über die Schwelle in das Gebirgsland Olitai und verschmolz mit dem Gegenlicht. Wanja und ihr Minotaur folgten ihm.

„Na los“, brummte Nero und versetzte Tobbs einen winzigen Schubs, der sich in der Übersetzung in Menschenkraft ausnahm wie ein Schlag mit einem Schmiedehammer. Tobbs stolperte in das Land der Dämonen und blinzelte.

Sie waren mitten in einem verlassenen Gebirge. Die Sonne brannte wüstenheiß von einem gelben Himmel. Die Echos der trampelnden Minotauren brachen sich in unendlich tiefen Schluchten. Von hier aus gesehen war die Tür, die in die Taverne führte, nicht mehr als ein Spalt im Berg, aus dem gerade Ungeheuer quollen. Die Furien jagten gleich einige Staubwirbel über das Felsgestein und kicherten. Die Minotauren schnaubten und scharrten.

„Beeilung!“, rief Dopoulos.

Wanja saß bereits auf den menschlichen Schultern ihres Ungeheuers und hielt sich an den Hörnern fest.

„Aufsteigen, Tobbi!“, rief sie ihm auffordernd zu.

„Pass bloß auf, wo du hintrittst. Und rutsch bloß nicht mit dem Fuß ab!“, knurrte Nero und ging in die Knie. Selbst so überragte er Tobbs noch um zwei Köpfe. Sein messerscharfes rechtes Horn verfehlte Tobbs' Auge nur knapp, als er den Nacken beugte. Schon mit der bloßen Vorstellung, auf ein Pferd steigen zu müssen, konnte man Tobbs über sieben Berge jagen. Und beim Gedanken, einen Minotaurus zu reiten, wurde ihm einfach nur schlecht. Vorsichtig trat er auf Neros muskelbepackten Oberschenkel und zog sich an der massigen Schulter hoch. Weiches Stierfell kräuselte sich zwischen seinen Fingern. Unsicher setzte er sich auf die Schultern des Untiers und griff nach den Hörnern. Nero schnaufte spöttisch und erhob sich. „Festhalten, Zuckerpüppchen“, grollte er.

Dann ging die Jagd los.

Tobbs biss die Zähne zusammen und klammerte sich mit aller Kraft an die Hörner. Sein verletzter Arm schmerzte, aber loslassen hieße runterzufallen und von den Hufen der Stiermenschen pulverisiert zu werden.

Die wilde Horde donnerte mit Echohall über schmale Steinbrücken und durch Canyons, in denen einzelne Felsnadeln bizarre Schatten warfen.

Nach einer halben Stunde in unglaublichem Tempo hielt Nero vor einer steilen Felswand an. Wanja war längst abgesprungen und zimmerte in Windeseile zwei Türrahmen. Schweiß rann unter ihrem Helm hervor und lief ihr über das Gesicht, als sie schließlich beide Türen einhängte. Inzwischen war auch der Rest der Ungeheuerarmee eingetroffen.

„Fertig“, sagte Wanja zu Dopoulos. „Die rechte Tür führt auf den Gipfel des Sonnenberges in Doman. Wir werden in der Nähe des Mondsees herauskommen, wo Anguana gefangen gehalten wird. Die linke Tür dagegen führt ins Tal, in den magischen Wald am Fuß des Berges. Ich schätze, die Tanukis dort werden gleich eine hässliche Überraschung erleben."

Dopoulos nickte grimmig. „Ihr beide habt genug Vorsprung, um das Mädchen zu finden", murrte er. „Wir stürmen derweil bergauf und stiften heillose Verwirrung im magischen Wald. Wenn König Tanuki reagiert und sich auf die anstürmenden Minotauren konzentriert, nutzt ihr die Ablenkung und befreit das Mädchen."

Wanja nickte. „Und wenn wir das erledigt haben, baue ich ganz oben auf dem Gipfel die Tür zurück in die Taverne. Dort warten wir auf euch."

Dopoulos seufzte. „Lange her, seit ich das letzte Mal in den Kampf gezogen bin", sagte er. „Ich hatte gehofft, ich hätte es endgültig hinter mir."

„Das wird doch kein Kampf", erwiderte Wanja lachend. „Das wird ein Überraschungsangriff. Wir schnappen uns das Mädchen und sind schon wieder zur nächsten magischen Tür hinaus, bevor sie sich von ihrem Schreck erholt haben. Und die Minotauren und die Furien werden diesmal nur Chaos und Schrecken verbreiten und nicht morden und brandschatzen, das haben sie uns zugesichert."

„Ja! Chaos und Schrecken!", rief eine Furie und die anderen kreischten begeistert los.

Dopoulos beugte sich zu Tobbs hinunter und legte ihm die Hände auf die Schultern. Ein flüchtiges Lächeln huschte über sein besorgtes Gesicht. „Viel Glück, mein Junge", sagte er und zupfte das schusssichere Überhemd zurecht, das Tobbs trug.

Tobbs wollte immer noch wütend auf Dopoulos sein, aber seltsamerweise war das gar nicht mehr so einfach, wenn man einem Mann in Heldenuniform gegenüberstand.

„Minotauren und Furien, Abteilung links!“, rief Wanja und riss die Tür auf. „Viel Spaß, Jungs! Stampede!“

Ein Donnern von Hunderten von Hufen erklang, als die Ungeheuer wie dressierte Zirkustiere durch die Tür sprangen. Kaum war der letzte Minotaur verschwunden, holte Wanja mit ihrer Axt aus. Einige Sekunden später wiesen nur noch ein paar Kratzer im Fels darauf hin, dass sich hier eben noch eine Tür in eine andere Welt befunden hatte.

„Und jetzt wir!“, sagte Wanja und öffnete die andere Tür.

Im ersten Augenblick sah Tobbs gar nichts. Nach der Sommersonne im Olitai-Gebirge machte ihn die Dunkelheit Domans blind, nur die Tatsache, dass es nun nach regennassem Herbstlaub roch, deutete darauf hin, dass er in das Reich der Tanukis zurückgekehrt war.

Es krachte, als Wanja auch diese Tür zerstörte, dann waren sie allein im fremden Land. Zwei Minotauren, Wanja, Tobbs und Mamsie Matata.

„Wartet hier auf uns“, flüsterte Wanja den Minotauren zu.

Ganz in der Nähe hörte man das Geräusch eines Wasserfalls. Und war da vorn nicht ein blasser Schimmer zwischen den Bäumen?

Tobbs machte einige vorsichtige Schritte und spähte angestrengt ins Dunkel. Unter seinen Zehen spürte er plötzlich eine Felskante und erschrak. Er stand an einem Abgrund! Und was da unten so verlockend leuchtete, war Katuro. Eine flirrende Wolke von Leuchtfaltern hüllte die Stadt ein. Der Steckbrief war verschwunden. Hieß das, die Tanukis hatten einen Sündenbock gefunden, der Tobbs' Stelle einnahm?

„Falsche Richtung", flüsterte Tobbs Wanja zu. Vorsichtig tastete er sich zurück – und fühlte plötzlich, wie etwas Weiches über seinen Handrücken strich. Im nächsten Augenblick ruckte es, seine Hand wurde nach vorn gerissen und er landete mit dem Gesicht voran im nassen Laub.

„Uff", machte Mamsie Matata auf seinem Rücken. „Was soll das denn?"

„Hör doch auf mit dem Lärm, Tobbs!", zischte Wanja. „Komm, wir gehen in die andere Richtung."

„Nein!" Tobbs rappelte sich auf. Ein Grinsen breitete sich über sein Gesicht, als er Anguanas Faden mit den Fingern befühlte. Er war wieder da! Im Land Doman existierte die Verbindung wieder!

„Mir nach!", flüsterte er. „Ich weiß, wo wir Anguana finden!"

Die Minotauren ließen sie in Pfiffweite zurück. Nach und nach gewöhnten sich ihre Augen an die Dunkelheit. Schwärme von winzigen Leuchtmücken tauchten vereinzelte Baumstämme in geisterhaftes Licht. Leise kletterten sie über die Felsen.

„Bingo!“, flüsterte Wanja. „Seht ihr den Lichtschimmer dort? Das ist der Mondsee!“

Sie legte sich auf den Bauch und robbte an eine Felskante. Tobbs tat es ihr nach. Vorsichtig schauten sie beide über den Vorsprung.

Leuchtaale. Tausende von Leuchtaalen! Etwa zehn Pferdelängen unter ihnen lag der See auf einer Felsterrasse und glühte in der Nacht. Und im Wasser …

„Der ganze See ist voller Nixen“, flüsterte Wanja fasziniert. „Sogar transatanische Säbelrachen, da drüben! Es müssen Dutzende sein. Und … sieh mal! Sie sind – angeleint wie Hunde! Wer macht denn so was Grausames?“

„König Tanuki sammelt sie“, erklärte Tobbs.

Wanja schnaubte verächtlich durch die Nase. „Schönes Hobby“, bemerkte sie spitz. „Für einen Psychopathen.“

An Tobbs’ Hand zog es heftig nach rechts. „Anguana ist nicht hier“, wisperte er. „Wir müssen ein Stück den Berg hinunter.“

Tatsächlich lag König Tanukis Palast noch eine Felsterrasse tiefer. Wanja und Tobbs kletterten den steilen Pfad am Terrassenrand so weit hinunter, bis sie von oben einen guten Blick auf das Gebäude hatten.

Den Palast hatte Tobbs sich allerdings ganz anders vorgestellt. Prächtig, mächtig, quadratisch vielleicht. Aber das, was unweit des Sees erbaut worden war, glich eher einem Holzverschlag, mit Streben und Ästen grob verstärkt. Eine schiefe Veranda hing an dem Gebäude wie eine ausgestreckte Zunge in einem ziemlich hässlichen Gesicht. Auf der Ausstellung „Größenwahnsinnige Wildtiere imitieren moderne Architektur“ hätte das Ding nicht mal einen Trostpreis bekommen.

Ein fernes Grollen ertönte vom Waldrand im Tal. Vogelschwärme erhoben sich aufgeschreckt kreischend in die Dunkelheit.

„Die Party kommt genau auf uns zu“, flüsterte Wanja zufrieden.

Gemeinsam robbten sie auf dem Bauch näher an den Felsrand heran, zu einer Stelle, die ihnen den besten Blick auf den Vorplatz des Palasts bot.

Tobbs zählte dreiunddreißig Wächter. Und zehn Käfige, die einige Pferdelängen unterhalb von ihm und Wanja an der Felswand aufgereiht standen.

Der Faden an seiner Hand ruckte mit Nachdruck nach schräg rechts unten und er zupfte ebenfalls daran, um Anguana zu zeigen, dass er in ihrer Nähe war. Und tatsächlich: In einem der Käfige regte sich etwas!

Im Licht einer Fackel glänzte grünes Haar auf.

Tobbs stieß Wanja an und deutete nach unten. Wanja nickte.

„Standard-Gefängnisschlösser auf der Oberseite“, sagte sie. „Bambusstangen als Gitter. Kleinigkeit für deine Axt. Warte hier!“ Lautlos verschwand sie und kehrte kurz darauf mit zwei Seilen zurück. Eines davon befestigte sie an Tobbs’ Gürtel.

„Ein Pfiff bedeutet: runterlassen, zwei Pfiffe: hochziehen“, erklärte sie. „Unsere beiden Minotauren wissen Bescheid. Jetzt müssen wir nur noch auf unsere Gelegenheit warten."

Ihre letzten Worte wurden von einem fernen Grollen begleitet. Die Wächter wurden aufmerksam und wandten sich den Geräuschen im Tal zu. Mit klopfendem Herzen spähte Tobbs über den Wald. Rauch und Licht. Herandonnernde Hufe. Furienschreie.

Gut!

Und dann flammte mitten im Wald ein Baum auf.

Das war weniger gut.

„Oh nein, sie fackeln doch nicht etwa den Wald ab!", flüsterte Tobbs.

Wanja fluchte. „Furien!", stöhnte sie. „Auf diesen Kindergarten ist wirklich kein Verlass!"

„Ich seh nichts!", beschwerte sich Mamsie Matata, die auf Tobbs' Rücken geschnallt war, wispernd. „Von hier aus kann ich nur den Großen Wagen erkennen. Schöner Himmel hier, wirklich."

In diesem Augenblick donnerten einige Tanuki-Reiter in wildem Galopp auf den Palastplatz. Offenbar hatten sie bereits etliche Schleudergeschosse abbekommen, denn sie sahen ziemlich lädiert aus. Ihre Helme fehlten, die Rüstungen waren ramponiert und zum Teil sogar zerfetzt.

„Wir werden angegriffen!", schrien sie. „Dämonen mit Schleudern! Fliegende Hexen! Halbmenschen mit Hörnern! Es sind Hunderte! Und sie ..."

Der Rest seines Satzes ging in kreischendem Heulen unter. Vierzehn Furien schossen auf den Platz. Sie trieben schreiende Tanuki-Krieger vor sich her.

„Jetzt!“, zischte Wanja und schubste Tobbs über den Felsrand. Der grelle Pfiff hallte ihm noch im Ohr, als das Seil an seinem Ohr entlangzischte. Wie Bergsteiger seilten sie sich blitzschnell auf die Wiese ab und rannten los.

„Alarm!“, schrie ein Tanuki, doch weiter kam er nicht, Wanja fällte ihn mit einer Seilschlinge und setzte ihn außer Gefecht.

„Lauf!“, kreischte Mamsie Matata.

Das ließ sich Tobbs nicht zweimal sagen. Wie gestochen rannte er zu Anguanas Käfig und riss die Axt aus seinem Gürtel. Flink kletterte er an dem Bambuskäfig hoch. Der Riegel war eine Kleinigkeit. Die von Wanja magisch gehärtete Stahlaxt schlug wie durch Butter und riss ein klaffendes Loch in die Oberseite.

„Wurde auch Zeit“, zischte es aus dem Käfig heraus.

Na wunderbar! Er riskierte Kopf und Kragen und Madame Anguana fiel nichts Besseres ein, als sich über das Rettungstempo zu beschweren!

„Sei mir bloß nicht zu dankbar!“, gab Tobbs zurück.

Er sprang in den Käfig, pfiff, so schrill er konnte, zweimal durch die Finger und zerrte an seinem Seil. *Bitte, Nero,* flehte er. *Zieh an!*

In diesem Augenblick brachen nun auch die Minotauren auf die Lichtung durch. Tobbs umklammerte Anguana mit beiden Armen. „Festhalten!“

Der plötzliche Ruck an seinem Gürtel raubte ihm für einen Moment den Atem. Das Seil zog sie durch das klaffende Loch in die Höhe – gerade noch rechtzeitig, bevor die Minotauren den Käfig in Brennholz verwandelten. Ein

Horn schlitzte Tobbs' Hosenbein auf, doch dann waren sie in Sicherheit.

Im Hochsausen sah Tobbs unter sich die wogende Masse von schwarzen Leibern und Stierhörnern kleiner werden. In der Ferne hetzten mehrere Furien panische rote Tanuki-Pferde den Berg hoch. Hübscher Anblick, fand Tobbs. Kein Zweifel, Dopoulos' Krawall-Armee hatte ihren Spaß!

Tobbs dagegen bekam kaum noch Luft. Das Mädchen war ganz schön schwer, sein verletzter Arm ließ grüßen. Weiches Anguanenhaar streifte Tobbs' Wange, als er nach rechts zum Palast spähte.

Auf der hölzernen Veranda des Palastes stand ein massiger Mann. Sein kantiges Gesicht mit den braunen Raubtieraugen war eine Maske des Zorns, sein Mund ein wutverzerrter Strich.

„Es sind die Kitsune!", brüllte er. „Gegenangriff!"

Tobbs schauderte. Das musste König Tanuki sein!

Beißender Rauch nahm ihm die Sicht. Anguana keuchte, als sie über die Felskante gezerrt wurden und unsanft zwischen scharfkantigen Steinbrocken und aufgeworfenen Moospolstern landeten. Tobbs fetzte es den Ärmel seines T-Shirts weg, das er unter dem ärmellosen Panzerhemd trug. Im selben Augenblick legte auch Wanja nicht weit von ihnen eine ähnliche Bruchlandung hin.

„Alles klar?", schrie sie gut gelaunt gegen den Lärm an. Ihre Augen blitzten im Triumph. „Schnappt euch Nero und folgt mir!"

„Ähm, Tobbs?", meldete sich Mamsie Matata hinter ihm zu Wort.

Wanja stürzte zu ihrem Stiermenschen, der bereits ungeduldig mit den Hufen scharrte, und sprang auf seine Schultern.

„Los, da rüber!“, flüsterte Tobbs und zog Anguana hinter sich her zu Nero.

„Hallo! Jemand zu Hause?“, beharrte Mamsie Matata. „Du solltest mal dringend …“

„Klappe, Mamsie!“, zischte Tobbs und löste das Seil von seinem Gürtel. „Später!“

Irgendwie schafften sie es, auf Neros Schultern Platz zu finden. Es war alles andere als leicht, Wanja zu folgen. Längst war ihr Minotaur zwischen Büschen und Bäumen verschwunden. Hinter ihnen ertönten wüster Kampflärm und Furiengeheul. Und ab und zu ein Jaulen.

Trotz ihres rasenden Tempos hatten die Furien sie bald eingeholt. Tobbs beugte sich tiefer über Neros Stiernacken, Anguanas Arme umklammerten seine Taille, während der Stiermensch in großen Sprüngen durch die Dunkelheit polterte.

Mamsie Matata wollte die ganze Zeit etwas sagen, aber da sie zwischen den beiden Körpern klemmte, verstand Tobbs nur „Hrmpfmölmpfehümpf“.

„He, Nero!“, brüllte ein gefleckter Minotaur, der neben ihnen auftauchte. Er war mit Pfeilen gespickt wie ein Zahnstocherspender, was ihn aber nicht weiter zu stören schien. „Klasse Party, was? Nur die Furien haben gezündelt.“

Tobbs warf einen Blick über die Schulter und erstarrte.

Vereinzelter Feuerschein erhellte den Berg. Dicker Qualm wälzte sich über die Baumkronen, das regennasse Baumholz schwelte an vielen Stellen erst vor sich hin, bevor es richtig Feuer fing. Wenn der Waldbrand weiterhin den Berg hinaufkroch, würde er früher oder später auch den Palast erreichen.

Hinter Tobbs preschte nun auch Dopoulos auf seinem Stiermenschen heran. „Es reicht! Alle Mann zur Tür!“, donnerte er und überholte die Herde. Keuchend stürmten sie bergauf zur nächsten Felsterrasse – am Mondsee vorbei zum Gipfel.

Wanja hatte mal wieder ganze Arbeit geleistet. Schon von Weitem erkannte Tobbs ihr Tor. In Windeseile hatte sie zwischen zwei Bäumen hölzerne Querstreben eingezogen und ein Stück Vorhangleder aufgehängt. Wie ein Dompteur vor einem brennenden Reifen stand sie auf dem Berggipfel, den Hammer noch in der Hand, im Mund vier lange Nägel, und wartete auf die Ankunft der tobenden Horde. In allerletzter Sekunde – der erste Minotaurus rannte sie beinahe um – riss sie das Tuch wie ein Torero zur Seite.

Olitai-Sonnenschein flutete das Herbstlaub. Die Minotauren sprangen durch das magische Tor in das andere Land. Ein Gerangel entstand, als auch noch die Furien hindurchflitzten.

Dopoulos sah sich suchend um, entdeckte Tobbs und Anguana und lächelte erleichtert. Und auch Wanja winkte ihm zu und konzentrierte sich wieder auf den Ablauf.

Alles lief nach Plan.

„Bald sind wir in der Taverne!“, rief Tobbs Anguana zu.

„Taverne?“, flüsterte Anguana entsetzt und klammerte sich noch verzweifelter an ihn. Seltsam, schon vorher hatte ihre Stimme ein wenig heiser geklungen, und nun … An seiner nackten Schulter, da, wo der Ärmel ausgerissen war, konnte er ihre Wange fühlen. Noch nie war ihm aufgefallen, dass sie … Bartstoppeln! … hatte.

Obwohl er Gefahr lief, das Gleichgewicht zu verlieren, warf Tobbs einen Blick über die Schulter.

Hinter ihm saß nicht Anguana.

Sondern Ankou Arnold. Mit Anguanas Haar.

Panisch starrte er an Tobbs vorbei auf das magische Tor. „Ich … äh … komme nicht mit!“, rief er.

Blitzschnell stieß er sich ab und sprang von Neros Rücken herunter.

„… hmümpfdasist gar nicht Anguana!“, japste Mamsie Matata.

Genau in dem Augenblick, als Nero zum Sprung in das Land Olitai ansetzte, zerrte ein gewaltiger Ruck an Anguanas Faden Tobbs’ Handgelenk nach hinten. Tobbs verlor das Gleichgewicht und stürzte von Nero herunter – kopfüber in den tiefsten Matsch. Geistesgegenwärtig griff er nach hinten zum Spiegel, zog ihn über Nacken und Kopf und machte sich unter diesem schützenden Schild so klein, dass seine Knie sein Kinn berührten.

„Was machst du da?“, kreischte Mamsie. Dann traf schon der erste Huf auf das unzerbrechliche Spiegelglas. Die restlichen Minotauren schlitterten über den Spiegel oder hüpften darüber hinweg und sprangen durch das Tor.

Nur wenige Augenblicke, nachdem der letzte stampfende Hufschlag verklungen war, hörte Tobbs das Geräusch von zerbrechendem Holz. Natürlich, Wanja hatte das Tor auf der anderen Seite zerstört. Sie hatte nicht gesehen, dass er gestürzt war, sondern dachte, dass er irgendwo in der Masse mitritt. In diesen Minuten stürmte die Horde triumphierend und kichernd durch das Olitai-Gebirge zurück in Richtung Taverne. Wer weiß, wie viele Kilometer sie hinter sich bringen würden, bevor irgendjemandem auffiel, dass Tobbs zurückgeblieben war.

Verdammt!

„Tobbs?", hörte er Mamsie Matatas besorgtes Flüstern. „Lebst du noch?"

Er hob den Kopf aus dem Schlamm zwischen den Felsen, in den die Minotauren ihn hineingestampft hatten wie Muffin-Teig in ein Kuchenförmchen. Er fühlte sich platt wie eine Flunder, aber zum Glück war der Schlamm weich gewesen.

„Glaube ... schon", krächzte er und hievte sich mühsam hoch. Es gab ein schmatzendes Geräusch, als er sich aus der lehmigen Tobbs-Form im Boden löste.

Das Licht des fernen Waldbrands fiel auf zwei blasse Füße direkt vor ihm und auf den Saum von Anguanas Kleid, das Ankou Arnold gerade mal bis zur Hälfte seiner Schienbeine reichte.

„Tut mir leid", flüsterte der Friedhofsgeist zerknirscht und half ihm vorsichtig auf. „Ich hatte total vergessen, dass Anguanas Faden uns noch verbindet. Aber ich konnte nicht mitkommen und in die Taverne zurückgehen! Die liefern mich doch sofort an den Friedhof aus."

„*Du!*", flüsterte Tobbs.

Ankou Arnold war offenbar taub für mordlüsterne

Untertöne in gesprochenen Sätzen, er grinste schief und pflückte sich die Perücke vom Kopf. Das war eindeutig Anguanas Haar, zusammengehalten durch eine geschickt verknotete Strähne.

Tobbs schluckte schwer. Hatte sie sich das Haar abgeschnitten? Und ihr blauer Faden war tatsächlich um Ankou Arnolds Handgelenk geknotet.

„Anguana hat gesagt, du würdest dem Faden folgen und uns da rausholen“, erklärte Arnold. „Sie muss ganz schön beliebt sein. Wow, was für eine Rettungsaktion!“

Tobbs hatte plötzlich einen gallebitteren Geschmack in der Kehle. Wie schön, Anguana sorgte also dafür, dass Arnold gerettet wurde! Und dann gab sie diesem Friedhofscasanova auch noch den Faden, der eigentlich nur ihnen beiden gehörte!

Grob packte er Arnold am Kragen. „Wo ist sie?“

Ankou Arnolds Augen wurden groß. „In Sicherheit, dachte ich. Sie sagte, sie holte Hilfe ... ich dachte, sie meinte dich und ihr hättet euch abgesprochen und ... äh, Tobbs, ich bin zwar schon tot, aber könntest du trotzdem meinen Hals nicht so fest ...“

„Wo?“, donnerte Tobbs.

„Weiß nicht!“, japste Ankou. „Sie wurde zum Verhör zu König Tanuki geholt. Aber ich dachte, es wäre alles in Ordnung und ihr Plan hätte funktioniert, weil ihr doch als Rettungskommando aufgetaucht seid ... Ist sie denn nicht bei euch?“

Tobbs ließ den Ankou los und setzte sich auf den Waldboden. Harziger Rauch trieb ihm die Tränen in die Augen.

„Beim König“, sagte er fassungslos.

„Das sieht unserem Ziegenmädchen ähnlich!“, meinte Mamsie Matata und seufzte.

„Wer spricht da?“, flüsterte Arnold verdutzt. Er ging um Tobbs herum und warf einen Blick in den Spiegel. „Oh, guten Tag, schöne Dame!“, hörte Tobbs ihn sagen.

„Aber hallo!“, erwiderte Mamsie mit der Samtstimme, die alle Frauen bekamen, wenn sie Arnold zu tief in die Augen sahen. „Und da sage noch jemand, dass Geister nicht gut aussehen ...“

„Aufhören!“, befahl Tobbs. „Was hat Anguana vor?“

Ankou Arnold trat wieder vor ihn und zuckte mit den Schultern. „Hat sie nicht verraten. Sie wollte uns nicht als Mitwisser in Gefahr bringen, sagte sie.“

„Und wie kommst du bitteschön zu ihren Haaren und ihrem Kleid?“

„Am Anfang wurden wir in einem Sammelkäfig untergebracht und konnten miteinander sprechen. Anguana sagte, sie hätte einen todsicheren Plan. Sie schnitt sich die Haare ab und bat mich, mit ihr die Kleider zu tauschen. Sie hat sogar meine Stiefel angezogen.“

„Womit hat sie sich denn die Haare abgeschnitten?“

„Nixenschuppe“, erwiderte Ankou Arnold. „Hing noch in ihrem Haar, ein kleines Souvenir von der Wasserschlacht in Ger Ti Bentens Haus. Hat sie erst in unserem Gefängniskäfig bemerkt. Zum Glück war es die Schuppe einer kandarischen Klingennixe, sehr scharf! Und dann hat sie die Wächter hergerufen und ihnen erzählt, dass sie alles verraten wird. Sie wurde zum Verhör zu König Tanuki gebracht. Anguana hat sich gut verstellt, gäbe eine gute Schauspielerin ab. Kurze Zeit später ... kamt ihr. Ich dachte, ihr todsicherer Plan hätte funktioniert."

Nun schwang Besorgnis in seiner Stimme mit. „Dabei sollte ich am besten wissen, dass der Tod das Unsicherste ist, was einem passieren kann, was?", sagte er unglücklich.

Tobbs schloss die Augen und atmete tief durch. *Keine Panik*, dachte er, während sein Herz sich anstellte wie ein panischer Hofhund, der sich gegen seine Kette warf. *Nur eine Katastrophe. Das Übliche. Nichts weiter. Kein Problem. Denk nach!*

Er war allein im Feindesland mit sehr vielen sehr wütenden Doman-Kriegern. Anguana befand sich vermutlich immer noch im Palast, der Wald brannte, Wanja und Dopoulos waren über alle Berge. Er hatte eine Axt, einen Spionspiegel, ein Messer und einen unterbelichteten Friedhofsgeist am Hals. Tja, heute musste das für Plan A reichen.

„Wir suchen Anguana", bestimmte er.

„Oje", meldete sich Mamsie Matata auf seinem Rücken zu Wort. „Erst einmal machen wir gar nichts. Wir haben nämlich Besuch."

Ankou Arnold schlug die Hand vor den Mund. Tobbs fuhr herum und erstarrte. Nun, es war wohl kein Fehler, auf Plan B auszuweichen.

Amaterasus Spiegel

Noch nie in seinem Leben war Tobbs so rasch auf einen Baum geklettert. Und das, obwohl sein Arm scheußlich wehtat. Ankou Arnold hatte seine Sache auch nicht schlecht gemacht – in Anbetracht dessen, dass er ein Kleid trug, hatte er es verblüffend schnell auf den höchsten Querast der Bergkiefer geschafft, auf dem sie nun schaukelten wie zu große Vögel.

Tobbs linste vorsichtig nach unten. Eine Gruppe von Kriegern stand neben den Trümmern von Wanjas Tür, ohne sie als solche wahrzunehmen, und blickte talabwärts zu den terrassenartigen Felsrunden, auf denen sich der See und – weiter unten – der Palast befanden.

Tobbs sah schlanke Schwerter, die den Widerschein des Feuers einfingen, und ernste Gesichter mit goldenen Augen. Ihre Rüstungen waren kupferfarben und matt wie gebürsteter Stahl. Es waren Kitsune-Krieger. Auch sie hatten Pferde, die jedoch nicht rot waren wie die der Tanukis, sondern weiß wie Inaris Füchse.

Eine hochgewachsene Kriegerin saß in der Mitte der Gruppe auf einem prächtigen Schimmel. Ihr Haar war unter einem Helm verborgen, doch Tobbs konnte eine scharfe, schmale Nase und ein vorspringendes Kinn ausmachen, als die Frau sich umblickte und jemanden zu sich rief.

Tobbs spähte zu der Frau, die dem Befehl folgte ... und wäre um ein Haar vom Baum gefallen. Moriko! Sie lenkte ihr Pferd zu der großen Frau und neigte ehrerbietig den Kopf.

„Majestät“, sagte sie unterwürfig.

Tobbs schnappte nach Luft. Die Frau mit dem energischen Kinn war Königin Kitsune! Nach König Katuro gleich die Nummer zwei aller Leute, denen er um keinen Preis über den Weg laufen sollte.

„Unser Tag ist endlich gekommen“, sagte die Königin mit einer Stimme, die wie ein wohlartikuliertes Knurren klang. „Heute jagen wir die Brut des Schlamms zurück in den Norden! Gib das Zeichen zum Sturm auf den Palast!“

„Sturm!“, bellten die anderen Fuchskrieger.

Tobbs begann zu schwitzen. Anguana war im Palast! Und Moriko – was spielte sie für ein Spiel?

„Aaaaangriff!“, schrie Moriko und schwenkte ihre Fackel.

Auch unten im Wald malten Fackeln feurige Achten in die Luft. Dann entflammte ein Baum links am Bergrand in grünem Signalfeuer. Und ein weiterer rechts.

„Oh nein!“, flüsterte Ankou Arnold entsetzt.

Morikos Fackel flog nach oben, drehte sich einmal elegant in der Luft – und landete direkt über Tobbs im Geäst der Baumkrone. Die Kiefernnadeln mussten relativ trocken sein, denn das Signalfeuer brach aus wie eine Explosion.

Tobbs spürte, wie seine Augenbrauen verbrutzelten, und reagierte gerade noch schnell genug, um sich den Spiegel über den Kopf zu halten.

„Angriff!“, brüllten die Fuchskrieger unter ihnen und gaben ihren geisterhaften Pferden die Sporen.

„Runter vom Baum!“, befahl Mamsie Matata. Diesen Vorschlag hatte Tobbs auch gerade machen wollen. Noch im Sprung erwischte das grüne Feuer Ankou Arnolds Kleid und versengte den Rock, dann kamen sie schon mit einem harten Schlag auf einem Bett erdfeuchter Kiefernnadeln auf und wälzten sich unter dem brennenden Baum.

Die Kitsune blickten sich nicht um, sondern galoppierten in Richtung Tal. Das Letzte, was Tobbs von Moriko sah, bevor sie zwischen Bäumen verschwand, war ihr wehendes Haar.

„Wenn Anguana im Palast ist ...“ Arnold vollendete den Satz nicht, aber sein blasses Gesicht sprach Bände.

Im geduckten Sprint hatten Tobbs und Ankou einen Abhang hinter sich gebracht. Nun liefen sie am Schluchtsaum oberhalb des Mondsees entlang. Tobbs hatte das Gefühl, dass seine Lunge genauso in Flammen stand wie der magische Wald. Rauch waberte über Felsen. Es roch nach Weihrauch und verbranntem Kiefernharz. Schreie und Jaulen tönten schaurig aus dem Dunkel und immer wieder auch das Triumphgeheul aus Kitsune-Kehlen.

Das Fuchsvolk hatte offenbar seine Chance erkannt.

Dreihundert Krieger mochten nicht viel sein, wenn sie gegen zweitausend gut gerüstete Tanukis antraten. Aber es waren viele, wenn der Feind vom Ansturm der Minotauren geschwächt war und überall das reinste Chaos herrschte.

Arnold hatte Mamsie Matata auf dem Rücken, Tobbs trug die Waffen und lief dicht hinter ihm. Als der Ankou stolperte, kippte der Spiegel zur Seite und reflektierte den Mondsee unter ihnen. Die Nixen tobten, Fischschwänze peitschen, Zähne wurden gefletscht. Wie von Sinnen zerrten die Nixenwesen an den Seilen, die sie banden. Dann hatte sich Ankou Arnold wieder gefangen und das Bild rutschte weg.

Ein gutes Stück schlitterten sie über Geröll bergab, dann drehte der Wind. Heißer Feueratem brüllte ihnen mitten ins Gesicht. Der Wald in der Nähe des Palasts brannte nun lichterloh und beleuchtete den Platz wie Scheinwerfer eine Bühne. Das Schauspiel, das sich ihnen dort bot, raubte Tobbs den Atem.

Die Kitsune kämpften gegen die Tanukis. Rote Pferde schnappten nach den Kehlen der weißen Kitsune-Pferde. Grässlich klackten ihre Zähne aufeinander, wenn sie durch die geisterhaften Tiergestalten fuhren. Schwerter sausten durch die Luft. Kämpfer umtanzten einander auf ihren Reittieren. Schwerter klirrten. Das Gebrüll der Tanukis mischte sich mit dem Knurren der Fuchsmenschen. Doch während den Tanukis nichts anderes übrig blieb, als ihre menschliche Gestalt zu behalten, nutzten die Fuchskrieger den Vorteil ihrer Magie und wechselten zwischen Fuchs- und Menschenform hin und her, sie sprangen vom Pferd, bissen und kratzten, verwandelten sich, schlugen mit dem Schwert, sprangen als Füchse auf die Kruppen der Tanuki-Pferde und wanden sich aus tödlichen Umklammerungen.

Mitten auf dem Platz umkreisten Königin Kitsune und Fürst Tanuki einander auf ihren Streitrössern. Der massige Krieger stürzte sich mit Kampfgebrüll und hoch erhobenem Schwert auf die Königin. Sie wich geschickt aus und parierte den Schlag. Er war stärker, sie war schneller, so viel konnte Tobbs erkennen. Es war nicht abzusehen, welche Partei gewinnen würde.

Und noch etwas sah er: Es war den Kitsune noch nicht gelungen, König Tanukis Herrschaftssitz einzunehmen. Doch die Tanukis waren so damit beschäftigt, den Angriff der Kitsune mit allen Kräften abzuwehren, dass sie das Gebäude auch nicht länger bewachten. Denn eben rannten ein paar abgerissene Flamencospieler aus der Deckung eines zertrümmerten Käfigs geduckt über die Wiese und hechteten kopfüber durch ein klaffendes Loch in den Tanuki-Bau hinein, der sich „Palast“ schimpfte.

„Meinst du, es ist eine gute Idee, in den Palast zu gehen?“, flüsterte Ankou Arnold. Er war noch blasser als sonst und sah sich ständig ängstlich um, während sie im Schutz der Schatten den Kampfplatz umrundeten.

„Ich sage nur drei Sätze“, keuchte Tobbs. „Die Kitsune töten uns. Die Tanukis töten uns. Und wenn Anguana irgendwo da drin ist, müssen wir sie finden.“

Ein verirrter Pfeil zischte knapp an seiner Nase vorbei und Tobbs krümmte sich im Rennen erschrocken zusammen. Was hätte er jetzt dafür gegeben, seine Fuchsgestalt zu haben und sich im Schatten bestens getarnt verstecken zu können! Doch sein schwerfälliger Menschenkörper trug ihn leider nur im holprigen Schleudergalopp zu dem klaffenden Loch in der Palastwand. Tobbs stieß sich so fest ab, wie er konnte, und sprang.

Er erwartete den Aufprall auf Holz oder Laub, vielleicht auch auf feuchter Erde. Doch er landete auf Marmor. Es klirrte, als Mamsie Matata neben ihm aufprallte.

Im polierten Stein sah Tobbs das Spiegelbild seines verblüfften Gesichts, während er über den glatten Boden schlitterte. Nun, Familie hin oder her: Helden sahen anders aus.

Das Echo von Ankou Arnolds erstauntem Ausruf brach sich an hohen Wänden wie in einer Kathedrale. Zwei, drei Meter rutschten sie gemeinsam über den Boden. Dann rasselten sie geräuschvoll gegen einen festlich gedeckten Tisch. Gefüllte Weingläser fielen um, der Inhalt schwappte über die Tischkante und verteilte sich auf Tobbs' Haar.

„Hübscher Boden“, tönte Mamsie Matatas Stimme dumpf unter dem Spiegel hervor. „Aber kann mich vielleicht mal jemand umdrehen?“

Arnold rappelte sich auf und blickte sich wie gehetzt um.

„Das ist … Zauberei!“, flüsterte er.

Tobbs robbte zu Mamsie Matata und stellte den Spiegel auf, damit sie den Raum sehen konnte.

Mamsie verzog das Gesicht. „Puh, was für 'ne Absteige“, meinte sie und verschwand.

Tobbs sah in den Spiegel und zuckte überrascht zurück: Der Boden bestand nur aus Wurzelwerk und getrocknetem Schlamm. Die schillernden Wände waren in Wirklichkeit grobe Holzplanken, die kostbaren Schleiervorhänge Äste einer Trauerweide, an denen trockene Blätter hingen. Alles schien tot und verlassen. Das Einzige, was sehr lebendig wirkte, kauerte neben einem gesplitterten Baumstamm und schlotterte. Tobbs wandte den Blick vom Spiegel und sah direkt hin.

Neben einem goldenen Samtsofa kauerten fünf zerlumpte Gestalten. Eine hielt eine lädierte Gitarre in der Hand, die ein Loch in Form eines Minotaurus-Hufabdrucks zierte. Verstaubte Glitzerjäckchen funkelten kläglich im Schein der bunten Laternenlichter, die in Wirklichkeit wahrscheinlich nur ordinäre lila Leuchtmotten waren.

„Tu mir nichts, Arnold!", sagte der Flamencospieler. Tobbs erkannte mit grimmiger Überraschung den Musiker, der Anguana in Katuro an die Wachen verraten hatte. „Ich wollte euch nicht ausliefern, aber die haben gesagt, die werfen mich zu den Nixen und …"

„Scht!", fuhr Arnold ihn an. „Schrei hier nicht so herum! Wir tun euch nichts, wir suchen nur Anguana."

Nixen. Tobbs horchte auf. Da war etwas … Eine Ahnung, ein Verdacht, aber im Augenblick fand er den Faden einfach nicht.

„Habt ihr irgendwas gesehen oder gehört?", flüsterte Arnold. „Wisst ihr, ob Anguana hier irgendwo ist?"

„No, Signor!", hauchte der Musiker.

Von draußen drang Schwerterklirren herein. Schatten

huschten über die Wände. Jeden Moment konnten die Kitsune oder die Tanukis in den Palast stürmen.

Tobbs klemmte sich Mamsie Matata unter den Arm und rannte los. Irgendwo musste Anguana doch sein!

Wer auch immer den Palast gestaltet hatte, er musste einen erstklassigen Expansionszauber benutzt haben, denn das Gebäude öffnete sich in immer neue Räume. In manchen waren die Vorhänge zerrissen und die Lampen lagen zerbrochen am Boden. Von Anguana keine Spur.

Tobbs rief leise nach ihr und schaute hinter jede Tür. Schließlich erreichte er eine prächtig vergoldete Marmortreppe, die Mamsie Matatas Spiegel als knorrige Wurzelstiege entlarvte.

„Vielleicht der Gefängnistrakt“, keuchte Ankou Arnold, der nur mühsam mit ihm Schritt halten konnte.

Tobbs wurde ganz flau im Magen. Anguana, gefangen in einem Käfig oder einem Fischernetz – das war schon schlimm genug. Aber die Vorstellung, dass das Mädchen ganz allein in einem finsteren Kerker saß …

„Anguana?“, rief er zaghaft und tastete sich die Treppe hinunter. Das Licht wurde düsterer. Der Raum wurde hier nur von einigen altersschwachen Leuchtmaden erhellt, die tapfer die Wände hochschnauften. Tobbs fehlte sein Fuchsgehör, aber er konnte sich förmlich vorstellen, wie sie bei jeder Bewegung „hau-ruck, hau-ruck“ vor sich hin murmelten.

„Da ist etwas!“, flüsterte Arnold. „Hör mal!“

Sie lauschten. War da nicht eben eine Frauenstimme gewesen?

„Es kommt von weiter unten!"

„Allerdings", bemerkte Mamsie Matata. „Und schaut mal nach dahinten."

In einem Winkel des Raums war ein winziges Loch im Boden. Und durch dieses Loch fingerte sich ein Lichtstrahl. Er bewegte sich, wanderte über die Decke und wieder zurück.

Mit dem Raum hier unten hatte der magische Innenarchitekt sich deutlich weniger Mühe gegeben. Goldfliesen wechselten sich hier nahtlos mit unförmigen Granitbrocken ab. Vertrocknete Käfer häuften sich in den Ecken. In Mamsie Matatas Spiegel zeigte sich das wahre Gesicht dieser Umgebung: eine unterirdische Grotte. Der einzige Zugang, der vermutlich in ein Höhlenlabyrinth führte, war mit morschem Holz verschlossen.

Durch die Ritzen dieser provisorischen Tür fielen Nadeln von Licht und bewegten sich, als würde jemand hinter der Tür eine Laterne hin und her schwenken.

„Da ist die Frauenstimme wieder!", flüsterte Arnold. „Irgendjemand singt!"

Tobbs biss sich auf die Unterlippe. Die Vernunft sagte ihm, dass es ganz und gar nicht klar war, wer sich hinter dieser Tür befand. Aber der andere Teil von ihm, der sich nichts so sehr wünschte, wie Anguana wiederzusehen, redete ihm ein, dass sie es einfach sein musste. Wer sonst würde selbst in Gefangenschaft noch so kaltblütig sein und singen? Kurz entschlossen nahm Tobbs seine Axt aus dem Gürtel. „Anguana!“, rief er. „Weg von der Tür!“

Das morsche Holz gab nach wie ein Kartenhaus, auf das jemand einen Mühlstein wirft, und krachte mit einem wehleidigen Ächzen bildschön in sich zusammen. Sonnenlicht schien auf den Flur. Die Leuchtmaden an den Wänden bekamen einen Lichtschock und fielen auf der Stelle in Ohnmacht.

„Das gibt es doch nicht!“, flüsterte Arnold. „Wow! Und da ist … oh … das ist aber wirklich hübsch!“ Anerkennend pfiff er durch die Zähne.

Tobbs musste die Augen zusammenkneifen, um überhaupt etwas zu sehen.

Gegen diesen Raum waren die oberen Palastgemächer bestenfalls ganz passable Gästezimmer. Kristallene Lüster hingen von der Decke und verwandelten den Raum in ein Karussell voller Lichtspiele. Wände glänzten silbern. Auf dem Boden bildeten perfekt geschliffene Diamanten verschlungene Blumenmotive. Doch es gab keine Leuchtmotte weit und breit, das Licht stammte aus einer ganz anderen Quelle: Mitten im Zimmer tanzte ein junges Mädchen. Bei jeder Drehung flog sein langes schwarzes Haar durch die Luft. Die Reflexe der Lüster und Edelsteine huschten über sein goldgelbes Seidenkleid. Die Schatten strebten von ihm weg, als sei es selbst die Sonne.

„Wer ist sie?“, hauchte Arnold.

„Komisches Land, in dem die Sonne unter der Erde scheint“, kommentierte Mamsie Matata.

Die Tänzerin hielt inne. Mit ihr stand das Licht still. Als

sie die Eindringlinge entdeckte, riss sie erschrocken die Augen auf. Mit einem scharfen Schnappen öffnete sie einen Fächer und verbarg blitzschnell ihr Gesicht dahinter. Doch Tobbs hatte ihr Gesicht bereits gesehen, und er fand diese Reaktion nun wirklich übertrieben. Gut, sie war keine Schönheit und auf ihrer Nase und den Wangen drängten sich so viele Sommersprossen, dass man locker eine ganze Mädchenfußballmannschaft damit hätte versorgen können, aber so schlimm, dass sie ihr Gesicht verstecken musste, war es nun wirklich nicht.

„He, die ist ja süß!“, flüsterte Arnold prompt und lächelte verträumt.

„Du trauerst ja sehr um Anguana“, konnte sich Tobbs nicht verkneifen zu sagen.

„Ihr wagt es, Amaterasu zu stören?“, rief das Mädchen mit schneidender Stimme.

Tobbs fiel die Kinnlade nach unten.

Amaterasu. Die Sonnengöttin.

Was hatte Moriko gesagt? *Solange die Göttin sich verbirgt, scheint die Sonne nicht.* Das erklärte einiges. Aber was suchte sie im Tanuki-Palast?

„Hat es dir die Sprache verschlagen?“, keifte die Göttin hinter ihrem Fächer. „Verschwinde!“

In der Taverne wusste Tobbs, wie man Götter für sich gewann, aber im Augenblick schoss ihm nur eines durch den Kopf: Die Tanukis waren in der Dunkelheit am mächtigsten. Wenn dagegen die Sonne schien, würden sie einen Großteil ihrer magischen Kraft einbüßen. Dann würden die Kitsune eine faire Chance bekommen. Und falls die Kitsune gewannen, wäre Anguana – wo immer sie sich auch gerade befand – erst einmal außer Gefahr.

„Hat König Tanuki dich hier etwa eingesperrt?“, platzte Tobbs unhöflich direkt heraus.

Die Göttin sah ihn über den Rand des Fächers angewidert an. „Eingesperrt?“, wiederholte sie empört. „Niemand sperrt Amaterasu ein. Ich habe hier lediglich Schutz gefunden. Und es gefällt mir gut hier.“

„Aber du musst die Höhle sofort verlassen“, rief Tobbs. „Da draußen geht gerade die Welt unter!“

Die Göttin hob pikiert die linke Augenbraue. „Na und? Ich muss gar nichts!“, gab sie grob zurück. „Sollen denen da oben doch die Bäume und Blumen verwelken ohne Sonne! Wenigstens weiß man hier mein Licht zu schätzen und behauptet nicht, ich sei hässlich.“

„Wer hat denn *das* behauptet?“, fragte Arnold mit ehrlichem Staunen.

Die Göttin hob die Brauen und sah ihn zum ersten Mal mit Interesse an. Diesen Blick kannte Tobbs inzwischen nur allzu gut, und er machte ihn immer noch fuchsig.

Oh!, sagte der Blick. *Ein Typ in Frauenkleidern. Seltsam, aber irgendwie auch faszinierend. Und, hm, er sieht wirklich gut aus. Diese Augen, dieser melancholische Mund, interessant! Richtig nett. Ob er eine Freundin hat? Und jetzt lächelt er mich an! Wow, ich muss ihn kennenlernen!*

Paff. Tobbs löste sich für sie in Luft auf.

„Die Leute in der Stadt nennen mich hässlich“, wandte sich Amaterasu mit erstaunlich sanfter Stimme an Ankou Arnold. „Kannst du dir vorstellen, wie schrecklich es ist, ständig von allen beobachtet zu werden? Jetzt haben sie in der Stadt sogar Dinger aufgestellt, die sie *Teleskope* nennen. Egal, was ich mache, jeder Trottel, der ein solches Gerät benutzt, kann mich damit aus nächster Nähe sehen. Tausendfach vergrößert! Jede Falte und jede Haarsträhne, die mir ins Gesicht hängt! Sie verfolgen mich! Und neulich", sie schnappte nach Luft und wurde blass um die Augen, „stand in der Zeitung, ich hätte … Sonnenflecken im Gesicht! *‚So viele, dass sie damit aussieht wie ein Streuselkuchen'*, stand da! Und König Tanuki hat mir erzählt, dass in der Stadt sogar eine Bühnenshow läuft mit dem Titel: *‚Amaterasu Schandfleck – die wahre Geschichte eines hässlichen Mädchens'*."

Und dann hat König Tanuki dich netterweise getröstet und dir Zuflucht vor den Paparazzi gewährt, dachte Tobbs. Ein geschickter Schachzug!

„Nie wieder gehe ich da raus!", klagte Amaterasu Ankou Arnold ihr Leid.

Der Friedhofsgeist trat zu ihr und ergriff ihre Hand. Amaterasu sah ihn fassungslos an. Tobbs war sich sicher, dass er sich an Arnolds Stelle spätestens jetzt eine Ohrfeige eingefangen hätte, doch dem Friedhofsgeist gestattete die Göttin die Berührung.

„Aber du bist nicht hässlich!", sagte Arnold so aufrichtig und mitfühlend, dass selbst Tobbs mit einem Mal verstehen konnte, warum die Leute ihn mochten. Er hätte es niemals zugegeben, aber in diesem Moment, als er Ankous fasziniertes Gesicht sah, wurde ihm plötzlich noch etwas ganz anderes klar: Arnold war kein Betrüger, kein Angeber und kein Weiberheld. Er war einfach nur ein wirklich netter Kerl, der meinte, was er sagte. Ohne ihr Sonnenlicht wäre Amaterasu in der Menge keinem aufgefallen. Keinem außer Arnold.

„Am liebsten würde ich sie allesamt in König Tanukis Nixenbecken werfen!", schimpfte die Göttin weiter. „Die hätten ihren Spaß mit den Schandmäulern. König Tanuki füttert die Nixen extra nur einmal in der Woche, damit sie so richtig hungrig sind, wenn die Verurteilten in den See geschubst werden und …"

Irgendetwas in Tobbs' Hinterkopf hatte schon lange darauf gewartet, leise Klick! sagen zu dürfen. Ihm wurde siedend heiß, als er sich an die peitschenden Wasserfrauen erinnerte. Und mit einem Mal war er sehr, sehr sicher, dass Anguana eine sehr, sehr dumme Idee gehabt hatte.

„Du hast doch gar keine richtigen Sonnenflecken", sagte Arnold sanft. „Nur ein paar winzige, hübsche Sommersprossen. Sieh selbst!"

„Was hat er denn jetzt vor?", flüsterte Mamsie Matata misstrauisch.

„Ich werde dir zeigen, dass du schöner bist als alle Frauen auf der Welt!", rief Ankou über die Schulter zurück und trat zu Tobbs. „Es wäre Verschwendung, deine Schönheit unter Tage zu verstecken. Diener! Gib mir meinen Spiegel!"

Er grinste und zwinkerte Tobbs zu. „Ich hole sie hier schon raus", raunte er. Und Tobbs stellte fest, dass Ankou Arnold nicht nur ein netter Kerl war, sondern auch ganz und gar nicht unterbelichtet.

„Mitmachen, Mamsie“, befahl Tobbs geistesgegenwärtig. „Streng dich an!“

„Ich soll lügen und dem Pizzagesicht erzählen, es hätte gar keine Flecken?“, flüsterte die Spiegelfrau.

„Ja“, entgegnete Tobbs ungeduldig. „Bitte, Mamsie!“

Ankou nahm den Spiegel aus Tobbs' Händen und schwenkte ihn herum. Tobbs erhaschte einen Blick auf den Raum, wie er wirklich war: Die Lüster, die von der Decke hingen, waren nur schäbige Tropfsteine, die Diamanten Wassertropfen.

Plötzlich verschwamm dieses Bild und ein völlig anderes tauchte auf: Mamsie Matata hatte offenbar beschlossen, das Spielchen mitzumachen.

Der Raum verwandelte sich und wurde zum Abbild der Prachtkammer – allerdings mit einigen ironischen Kommentaren zur Architektur. Mamsie Matata hatte Schnörkel und viel kitschiges Rosa hinzugefügt. Und im Hintergrund des Spiegelbildes hing eine goldene Putte am Lüster und streckte Amaterasu die Zunge raus.

„Siehst du?“, sagte der Ankou sanft und hielt Amaterasu den Spiegel vor das Gesicht. Das Mädchen blickte zweifelnd hinein, den Fächer immer noch vor Nase und Wangen. Dann senkte es ihn zögernd und hob verblüfft die Augenbrauen. „Oh“, sagte es andächtig. „Ich wusste ja gar nicht, dass ich so … oh!“

Ein strahlendes Lächeln breitete sich über Amaterasus Gesicht und ließ sie nun tatsächlich ganz hübsch aussehen.

„Willst du tanzen?“, fragte Arnold galant. „Wir feiern deine Rückkehr auf die Erde, wie wär's?“

„Wir haben aber gar keine Musik“, sagte die Sonnengöttin schüchtern, aber mit leuchtenden Augen.

Ankou strahlte. „Kein Problem!“, rief er und warf Tobbs den Spiegel wieder zu. „Mein Diener wird die Musiker zu uns herunterschicken.“

Prinz Tanuki

Tobbs keuchte die Treppen hoch, so schnell er konnte. Bei jedem Schritt schlug Mamsie Matatas Spiegel gegen seine Schulterblätter. Ihm war zum Heulen zumute, und gleichzeitig hatte er eine solche Wut auf Anguana, dass er das Mädchen am liebsten durchgeschüttelt hätte. Warum konnte sie nicht einfach in ihrem Gefängnis sitzen bleiben und warten, bis Tobbs oder Wanja sie retteten? Jede dumme Prinzessin beherrschte diesen Trick!

„Hey, Musiker!", rief er. Die Flamencospieler spähten ängstlich hinter dem Sofa hervor. „Über die Treppe runter zu Arnold, schnell! Und spielt Liebeslieder!"

Schon schlitterte Tobbs weiter über den glatten Marmor. Der Kampflärm war lauter geworden, es hörte sich an, als würden die Krieger nun direkt vor dem Palast aufeinander losgehen. Durch das Loch in der Wand konnte Tobbs von Feuer beleuchteten Boden sehen, die zuckenden Schatten von Schwertern und Speeren und – viel zu weit weg – die Felswand. Und dort war auch ein schmaler Pfad, der nach oben führte – zur nächsten Felsterrasse.

Tobbs packte seine Axt und rechnete fieberhaft: Zum

Felspfad waren es etwa dreißig gesprintete Schritte und dann musste er auf dem kürzesten Weg zum Mondsee. Zehn Minuten, wenn er sich beeilte, schätzte er. Aber würde eine Axt etwas gegen ausgehungerte Wasserwesen ausrichten können? Und wenn ja, lebte Anguana überhaupt noch? Nach ihrem Abenteuer in Tajumeer vor einigen Wochen hatte Anguana ihm zwar erzählt, dass Nixen und Meeresfrauen keine Artgenossen verspeisten, aber nach dem, was in Ger Ti Bentens Haus passiert war, traute er den Wassergeschöpfen keinen Schritt mehr über den Weg.

Sein Herz setzte vor Angst einen Schlag lang aus, als er durch das Loch nach draußen sprang – mitten in die Kampfzone.

Es sah nicht gut aus für die Kitsune. Dutzende von Tanuki-Kriegern bedrängten die Leibwächter der Königin. Gerade verwandelten sich zwei Fuchskrieger in Tiere zurück und flohen in den Wald.

Ein Speer bohrte sich direkt vor Tobbs schräg in den Boden. Er konnte nicht mehr bremsen, fiel der Länge nach darüber und rappelte sich wieder auf.

„Lauf!", schrie Mamsie Matata auf seinem Rücken. „Sie sind direkt hinter dir!"

Seine Nackenhaare sträubten sich vor Entsetzen, als er es auch hörte: Hufschläge! Kaum eine Sekunde später erwischte ihn schon ein Hieb zwischen die Schulterblätter. Das heißt – zum Glück nicht ihn, sondern Mamsie Matata. Das unzerbrechliche Spiegelglas gab nur ein helles Pling! von sich, hielt dem Hieb aber mühelos stand. Trotzdem, die Wucht reichte aus, um Tobbs zu Fall zu bringen.

Im Abrollen sah er, wie der Tanuki auf dem Pferd ein zweites Mal mit einem Schwert ausholte. Instinktiv riss er seine Axt hoch und zog Mamsie Matata nach vorn, um sie wie einen Schild zu benutzen. *Pling! Pling-pling!* Zwei weitere Reiter preschten heran, ein Speer prallte am Spiegel ab. Mamsie Matata schrie entsetzt auf.

Tobbs war verzweifelt. Noch ein, zwei Hiebe wehrte er ab, dann verließen ihn Kraft und Mut. Mochte er auch dreimal aus der Familie eines Helden stammen: Er selbst war definitiv keiner, und er wollte auch keiner sein. Er war nur jemand, der vor dem Grauen des Krieges die Augen schloss.

Ein Triumphschrei hallte über den Platz, als einer der Roten Krieger ihm Mamsie Matata aus der Hand schlug. Tobbs stolperte und fiel. Der Tanuki direkt vor ihm hob seinen Speer und Tobbs riss den Arm hoch, um sein Gesicht zu schützen. Als würde das noch irgendetwas nützen. Es war vorbei. Und seltsamerweise kam mit dieser Erkenntnis eine tiefe Ruhe über ihn. *Hoffentlich beeilt sich Arnold,* dachte er nur. *Und vielleicht findet er ja auch Anguana.*

„Runter mit der Waffe!", schrie jemand. Tobbs blinzelte. Der Speer war immer noch auf seine Kehle gerichtet, doch gleich darauf senkte sich der Arm, der damit zustoßen sollte. Ein zweiter Krieger sprang vom Pferd und kam auf Tobbs zu. Raubtieraugen starrten durch den Sehschlitz des Helms auf Tobbs' Arm. Dorthin, wo sich auf dem Oberarm die verschlungenen Ornamente von Tobbs' Tatau abzeichneten – das Bild, das ihm ein Insulaner aus Tajumeer in die Haut gestochen hatte.

„Du?“, fragte der Krieger und zog sich den Helm vom Kopf.

Zum Vorschein kam ein Gesicht, das Tobbs nur zu gut kannte. Der Gefangene, dem er in Tajumeer das Leben gerettet hatte!

„Haruto!“ Vor Erleichterung hätte Tobbs am liebsten losgeheult.

„Prinz Tanuki?“, fragte einer der Krieger.

Haruto hob die Hand und machte eine herrische Geste, die die Soldaten sofort Haltung annehmen ließ.

„Geht“, befahl er. „Steht meinem Vater zur Seite.“

„Du bist ein Prinz? Was ... aber ...“, stammelte Tobbs, doch der junge Mann packte Tobbs am Kragen, zog ihn hoch und zerrte ihn ein paar Schritte hinter sich her. Er stieß ihn grob hinter einen Felsvorsprung und verschwand auch selbst aus dem Sichtfeld seiner Soldaten.

„Was machst du denn hier?“, fauchte er Tobbs dann an.

„Das... dasselbe könnte ich dich auch fragen“, stotterte Tobbs.

„Ich hätte dich beinahe umgebracht!“, zischte Haruto. „Hätte ich nicht dein Tatau erkannt, wärst du jetzt tot. Wie kommst du überhaupt dazu, hier gegen uns zu kämpfen, du bist doch gar kein Kits...“ Dann wurden seine Augen plötzlich groß. Sein Gehirn zählte eins und eins zusammen. „Du *bist* ein Kitsune“, flüsterte er. „Und du sprichst sogar unsere Sprache. Und ich hielt dich für einen Tajumeeren-Mann.“

„Und ich dachte, du hättest genug von Krieg und Blutvergießen!“, gab Tobbs bitter zurück. „Aber du bist keinen

Deut besser als die anderen Tanukis. Ihr vertreibt die Kitsune aus ihrem Wald und …“

„Sie haben uns vor langer Zeit aus unserem vertrieben“, unterbrach ihn Haruto. „Früher gehörte dieser Wald uns, doch die Kitsune drängten uns in den Norden ab. Die Knochen meiner Vorfahren liegen in den magischen Wäldern.“

„Und die Knochen der Kitsune etwa nicht?“, gab Tobbs hitzig zurück. „Außerdem stand Inaris Tempel dort schon vor eurer Zeit und …“

„Und die Höhle der Tanukis unter dem Palast schon vor dem Tempel der Inari!“

Tobbs öffnete den Mund, um noch etwas zu erwidern, doch dann sagte er gar nichts. Plötzlich sah er wie in einem Endlos-Doppelspiegel, wie das Spiel zwischen Tanukis und Kitsune weitergehen würde: Jeder hatte Recht, jeder hatte Unrecht. Jeder würde ein noch älteres Unrecht ausgraben, um sich ins Recht zu setzen.

„Willst du das?“, fragte er Haruto. „Diesen Krieg? Müsstest du nicht am besten wissen, wie es ist, ein Besiegter zu sein? In Tajumeer wären wir beide fast gestorben, hast du das schon vergessen?“

Haruto schluckte und senkte den Blick. „Mein Vater …“, sagte er, doch er vollendete den Satz nicht. Feuer knisterte ganz in der Nähe. „Ich danke dir, dass du mir in Tajumeer das Leben gerettet hast“, sagte Haruto dann langsam. „Ich sagte dir, ich würde dir das nie vergessen. Und ich halte mein Versprechen.“ Er ließ Tobbs’ Kragen los und trat einen Schritt zurück. Feuerschein fiel auf sein Gesicht und gab einen verborgenen Kummer frei. „Ihr verliert“, sagte

Haruto leise. „Geh, bring dich in Sicherheit, solange noch Zeit ist!“

„Danke“, erwiderte Tobbs aus vollem Herzen.

Für einige Momente standen sie sich gegenüber: keine Feinde, nur zwei junge Männer, die ein Stück ihrer Geschichte verband.

„Vielleicht wird es ja einmal … anders“, sagte Tobbs.

Haruto zog den linken Mundwinkel zu einem ironischen Lächeln hoch. „Vielleicht“, sagte er und ging.

Die Kitsune hatten tatsächlich einen schweren Stand. Die Tanukis drängten sie zum brennenden Waldrand zurück. Viele Krieger hatten sich in Füchse verwandelt und flohen. Von hier oben, auf halbem Weg zum Schluchtrand, konnte Tobbs das ganze Ausmaß der Katastrophe sehen. Es fiel ihm nicht leicht, dem verzweifelten Kampf der Kitsune den Rücken zu kehren. Er lief los, doch schon nach wenigen Schritten zögerte er auf seinem Weg zum See und spähte noch einmal zum Palast, der schräg unter ihm auf seinem felsigen Podest stand. *Mach schon, Arnold!*, bat er im Stillen. *Hol die Göttin aus ihrem Versteck!*

Direkt vor dem Palast hielt sich die Königin der Füchse immer noch tapfer auf ihrem wolkengleichen Streitross. Ihre Truppe von Leibwächtern hielt den Halbkreis um sie aufrecht. Im Dämmerlicht konnte Tobbs sogar Morikos Gesicht erkennen. Sie kämpfte geschickt. Ihr Schwert wirbelte und blitzte und Tobbs hatte Angst um sie.

Halte durch, Moriko!, flehte er. Wo zum Henker blieb eigentlich dieser Ankou Arnold? Wo waren die Musiker und …

Er stutzte. *Dämmerlicht!* Der Himmel war nicht länger schwarzblau, sondern grau. Am Horizont kündigte sich der Sonnenaufgang an!

Nun kam auch der Kampf ins Stocken. Die Kämpfer sahen irritiert zum Himmel. Und als Tobbs noch Flamencomusik hörte, die lauter und lauter wurde, hätte er vor Freude am liebsten gejubelt.

Ein leidenschaftliches Lied singend, das von roten Rosen und ewiger Treue handelte, schritten die Musiker auf die Veranda des Palastes. Die ersten Sonnenstrahlen glitten nun im Takt eines spanischen Walzers durch Fensterluken und Ritzen nach außen.

Die Tanukis heulten auf. Sie sprangen zurück, duckten sich vor der herannahenden Sonne. Einige nutzten das Zwielicht, um sich zu verwandeln, bevor die Sonne ihnen einen Teil ihrer magischen Kraft nehmen würde. Zum ersten Mal sah Tobbs die Tiergestalt der Krieger. Hundeähnlich waren sie, mit braunem Fell und Flecken aus dunklerem Fell um die Augen. Ihre Ohren waren nicht spitz wie bei Füchsen, sondern abgerundet, und ihre kräftigen Pfoten glichen denen von Dachsen.

Dann tanzten Ankou Arnold und die Sonnengöttin auf die Veranda hinaus.

Die Sonne erstrahlte über Doman und nahm den vom Kampf müden Tanukis den letzten Rest ihrer Macht. Heulend und jaulend zogen sie sich zurück. Tobbs winkte der völlig verblüfften Moriko hektisch zu, duckte sich und hechtete im Sprint weiter bergauf.

Dann kam das Wasser.

Der See musste sehr tief sein, und er hatte offenbar beschlossen, sein ganzes Wasser auf einmal auszuspucken. Es ergoss sich über den Felsrand und verwandelte die Felsterrasse in einen Wasserfall.

Die Flutwelle spülte Tobbs vom Pfad, bevor er auch nur Luft holen konnte. Wenn er sich bisher gefragt hatte, wie viel in seinem Wesen noch füchsisch war, bekam er jetzt eine ziemlich präzise Antwort darauf: Während Schankjunge Tobbs im Wasser zappelte, übernahm Kitsune-Taiki buchstäblich das Ruder.

Das nächste Mal, als Tobbs wusste, was er tat, klammerte er sich mit höllisch schmerzendem Arm und dazu noch mit seinen Zähnen an einer gummiartigen Wurzel fest, die aus dem Felsen ragte. Neben ihm regneten die Reste des Wasserfalles in die Tiefe, und von seinem Kragen aus lief ein ganzer Fluss über seinen Rücken und verließ ihn erst durch die Hosenbeine wieder.

Tobbs suchte mit den Füßen nach einem Halt, um seine schmerzenden Schultern und seinen pochenden Kiefer zu entlasten. Außerdem schmeckte die Wurzel widerlich, wie Lebertran mit Pfeffersud. Angeekelt ließ er sie los, prustete und spuckte und warf einen vorsichtigen Blick über die Schulter. Durch den Tropfenschleier konnte er das Ausmaß der Katastrophe nur erahnen.

Pferde und Krieger waren in den Wald gespült worden. Leuchtaale wanden sich zwischen den Felsen und im Gras.

Eine Nixe, die ebenfalls in der Schlucht gelandet war, zappelte wie ein Fisch, bekam Beine, stand auf und flitzte davon – vermutlich zum nächsten Bach oder zu einer Bergquelle. Die letzten Tanukis, die trotz alldem noch weitergekämpft hatten, flohen nun auch. Auf dem überfluteten Platz blieben ihre Schwerter zurück wie die zerstreuten Blätter einer silbernen Blume.

Tobbs' Muskeln pochten, als er sich vorsichtig hochzog. Er stöhnte und sein Kopf dröhnte. Heimat hin, Heimat her, er hatte endgültig genug!

Sanderholz

Hand über Hand, schlotternd vor Kälte, arbeitete er sich an der steilen Felswand nach oben. Seine Finger tasteten voraus, suchten fest verankerte Wurzeln. Und fanden eine Hand.

„Tobbs! Oje! Was haben sie denn mit dir gemacht?"

Vor ihm stand eine abgerissene Gestalt, klatschnass und zerlumpt. Eine abgeschabte Weste schlotterte um ihre Schultern. Viel zu lange Hosenbeine bedeckten ihre Füße. Beziehungsweise einen Fuß und einen Ziegenhuf. Um ein Haar hätte Tobbs das Gleichgewicht verloren, doch Anguanas Finger schlossen sich um sein Handgelenk und zogen mit aller Kraft. Ächzend schlitterte er über den Felsrand und blieb wie ein gestrandeter Fisch liegen.

Anguana beugte sich über ihn. „Alles in Ordnung?"

Stoppelkurzes, grüngoldenes Haar leuchtete vor einem blauen Herbsthimmel. Sie hatte Kratzer an der Wange und einen Bissabdruck an der Schulter, ansonsten aber war sie gesund und munter.

„Klar", krächzte er. „Ich fühle mich toll."

Anguana lachte und umarmte ihn. Dann zog sie ihn

ohne große Umstände auf die Füße. Tobbs schüttelte sich wie ein Fuchs. Wasser flog nach allen Seiten.

Die gewaltige Flutwelle, die den Palast umspült hatte, rollte in Richtung Tal. Zischend verlöschten die Feuer, nur die Kronen der Bäume brannten und schwelten weiter. Bald würden nur noch verkohlte Baumstümpfe zurückbleiben.

„Puh, das war ganz schön viel Wasser“, meinte Anguana. „Ich hätte nie gedacht, dass die Nixen gleich den ganzen See nach oben kehren!“

„Was hast du bloß gemacht?“, schimpfte Tobbs.

Anguana grinste wie ein Dieb. Der Anblick ihrer neuen Frisur war ungewohnt, aber Tobbs musste insgeheim zugeben, dass sie gar nicht mal so schlecht aussah.

„Todsicherer Plan. Erst habe ich dafür gesorgt, dass König Tanuki mich zum Verhör holt“, erzählte sie. „Er kannte uns ja nicht, also war es nicht schwer, mich als Arnold auszugeben. Ein bisschen Schlamm und die Haare waren braun. Dann musste ich nur dafür sorgen, dass sie mich den Nixen vorwerfen. Ich habe zum Glück oft genug mit den Elfen gepokert, um zu wissen, wie man jemanden anständig beleidigt. Und dann haben sie mich gefesselt und in den See geworfen.“ Sie verzog das Gesicht und deutete auf ihre Bisswunde. „Na ja, manche Nixen müssen erst lernen, dass grünes Süßwasserblut der eigenen Artgenossen giftig ist.“

Tobbs dachte an das kochende Wasser des Mondsees und ihm wurde flau im Magen.

„Jedenfalls hat es dann eine Ewigkeit gedauert, alle Knoten aufzubekommen. Die Tanukis hatten ein kompliziertes System für die Kettenleinen. Die Nixen sollten an die Gefangenen rankommen, sich aber nicht gegenseitig die Fesseln durchbeißen können. Sie waren ziemlich sauer."

„Das sehe ich", erwiderte Tobbs.

Ein Schmetterling sauste heran und umrundete seinen Kopf. Tobbs schnappte ihn aus der Luft. Er erwartete, dass die Nachricht von Moriko sein würde, doch als das Insekt die Flügel aufklappte, las er die Inschrift:

Kommt zum Cho-Babadoo!
Sofort!
Wanja wartet. Neki.

„Ach, haben die mein Verschwinden auch schon bemerkt", knurrte Tobbs. „Also auf, lass uns sehen, dass wir Mamsie Matata finden und dann so schnell wie möglich ins Tal kommen und dann ... Anguana?"

Doch das Mädchen schwieg. Mit verkniffenen Lippen starrte es auf die Veranda des Palasts.

Die Flamencospieler schrammelten auf den kaputten Gitarren, als ginge es um ihr Leben. Und Ankou Arnold und Amaterasu lachten und tanzten. So, wie Arnold die junge Göttin anlächelte, waren Sonnenflecken sicher kein Thema für ihn.

Tobbs schnitt es ins Herz, Anguanas Miene zu sehen. Er konnte nur zu gut verstehen, wie sie sich gerade fühlte.

„Tut mir leid", sagte er und meinte es vollkommen ernst. „Aber schau mal – ein solcher Idiot hat dich doch gar nicht verdient!" Wenn es eine Freundin auf der Welt gab, die absolute Solidarität verdiente, dann war es Anguana!

Anguana wurde erst blass, dann rot, dann schluckte sie tapfer und versuchte sich an einem Lächeln.

„Tja“, meinte sie mit seltsam hoher Stimme. „Soviel zum Thema Orakel.“

Sonnenlicht ließ den Berg leuchten. Die Herbstfarben am Fuß des Berges strahlten wieder, nur die schwarz verkohlten Flächen weiter oben zeugten noch von der Schlacht.

Tobbs und Anguana stolperten Hand in Hand durch niedergebranntes Unterholz, traten in noch warme, nass gewordene Asche. Mamsie Matata hatte sich in ihren Spiegel verkrochen und schwieg.

Je näher sie dem Tal und der Stadt Katuro kamen, desto weniger war der Wald verwüstet.

Immer wieder sah sich Tobbs um – zum einen auf der Hut vor den Kitsune, zum anderen in der Hoffnung, Moriko zu sehen. Doch das Fuchsmädchen tauchte nicht auf. Langsam machte er sich doch Sorgen, dass ihm in den letzten Minuten des Kampfes etwas zugestoßen war.

Angestrengt ließ er seinen Blick durch das dichte Gehölz schweifen. Zwischen bunten Ahornbäumen stand eine einzelne Kiefer. Im Kontrast zum Ahornlaub stachen ihre grünen Nadeln noch mehr hervor. Ihre Äste bildeten ein großes, weit ausladendes Dach. Und unter diesem Dach – Tobbs musste zweimal hinschauen – entdeckte er goldene Fuchsaugen.

Ein Haus mit grünem Dach und goldenen Fenstern,

hallte die Stimme von Nummer eins in seinem Kopf. Beinahe hätte er gelacht, so einfach war die Lösung.

„Warte mal“, bat er Anguana. Dann schluckte er und ging auf den Baum zu. Bei jedem Schritt schlug sein Herz schneller, seine Hände zitterten, und vor Aufregung wurde ihm schwindelig. Er musste sich bücken, um unter die tief hängenden Zweige kriechen zu können – und stand gleich darauf in einem kühlen, schattigen Raum.

„Yoko?“, fragte er leise.

Mehrere Füchse waren hier, er konnte ihre Anwesenheit ganz deutlich spüren, doch merkwürdigerweise sah er sie nicht. Erst als etwas vor ihm knackte, erkannte er eine Gestalt. Es war ein großer, schlanker Fuchs. Zumindest auf den ersten Blick. Doch plötzlich begann die Gestalt sich zu verändern, wuchs in die Höhe, bekam Arme und einen längeren Hals. Menschliche Gesichtszüge begannen hinter dem füchsischen Äußeren zu schimmern. Dann waren da noch Seidenglanz und das Knistern von Stoff.

Vor Tobbs stand eine hochgewachsene Dame in stolzer Haltung. Auf dem Seidengewand der Frau jagten sich eingewebte Füchse und im Haar trug sie festlichen Blumenschmuck. Ihre Augen waren sehr schräg und ihre Lippen schmal. Ihr launischer Schwung ähnelte dem, den Tobbs an guten Tagen im Spiegel in seinem eigenen Gesicht sah. Aber ihre Augen waren traurig.

„Du bist Menandros wirklich ähnlich“, sagte sie. „Auch ihn hätte niemand davon abhalten können, durch die verbotene Tür zu gehen.“

Beim Klang der vertrauten Stimme schnürte es Tobbs die

Kehle zu. So viele Jahre lang hatte er fast jeden Abend darüber nachgedacht, was er zu seinen Eltern sagen würde, aber nun, da er seiner Mutter endlich gegenüberstand, war es, als hätte er nicht nur das Sprechen, sondern auch das Denken verlernt.

„Ich habe mich zuerst in ihn verliebt", sprach seine Mutter mit sanfter Stimme weiter. „Er ritt durch den Wald, ich folgte ihm. Es gefiel mir, dass er sich nicht fürchtete und sang. Er wirkte mutig und gleichzeitig liebenswert und aufmerksam. Er sah mich und lachte mir zu. Ich lief mit seinem Pferd um die Wette. Und als er den Wald verließ und ich ihm hinterherblickte, beschloss ich, dass er sich auch in mich verlieben sollte."

Tobbs schluckte. „Deshalb ... bist du ein Mensch geworden?", flüsterte er.

„Ich habe nur Menschengestalt angenommen", korrigierte sie ihn mit einem Lächeln. „Ja, obwohl mich alle davor warnten. Sie sagten, die Liebe sei nichts für Füchse, sie bringe nur Unglück. Aber ich war glücklich – selbst im Unglück. Schließlich hatte ich Menandros, wenn auch nur für kurze Zeit. Und ich habe dich."

Tobbs schwieg. Das beantwortete alle Fragen, die er jemals hatte stellen wollen.

„Ich danke dir, dass du zu mir gekommen bist", fuhr Yoko ernster fort. „Aber du bist zu früh nach Doman zurückgekehrt. An deinem fünfzehnten Geburtstag erwarte ich dich im Sanderholzhain. Dann wirst du dich entscheiden können, ob du ein richtiger Kitsune oder ein Mensch werden willst. Und wenn du zu uns Füchsen gehören willst –

ganz und gar –, dann wird dir niemand mehr das Fell und die Magie der Verwandlung rauben können. Das war Inaris Geschenk."

Es klang wie ein Versprechen. Tobbs nickte nur stumm. Fünfzehn Jahre. *Sandergiftholz, noch zu grün.* Jetzt ergab auch der letzte Orakelspruch einen Sinn.

„Aber die Kitsune?", fragte er heiser. „Sie werden mich doch töten, oder? Selbst wenn ich ein Kitsune werde, bleibe ich doch trotzdem immer ein Halbfuchs. Und die Königin tötet jeden Halbfuchs."

„Dinge können sich ändern", sagte seine Mutter. „Heute herrscht die Königin, morgen vielleicht schon ein anderer Fuchs. Wir werden sehen, Taiki."

Dinge ändern sich. Tobbs sah bei diesen Worten Prinz Tanuki vor sich und nickte langsam.

„Dinge müssen sich ändern", sagte er leise.

„Tobbs?" Von draußen drang Anguanas flüsternde Stimme herein. „Da sind Reiter in der Nähe. Und hier ist ein Fuchs, der ... halt!"

„Wir müssen gehen", sagte eine Stimme hinter ihm.

Moriko! In ihrer Fuchsgestalt war sie unter den Baum gehuscht und verwandelte sich blitzschnell in einen Menschen. Sie war völlig außer Atem.

„Sieh mich nicht so feindselig an", sagte sie und trat neben ihn. „Ja, ich diene der Königin. Und die Königin weiß nicht, dass Yoko, meine Tante, sich vor ihr verbergen muss. Ich stehe auf keiner Seite. Und gleichzeitig auf beiden. Los, du musst gehen!"

Yoko machte zwei schnelle Schritte nach vorn. Bevor

Tobbs so recht begriff, was geschah, fand er sich in ihrer Umarmung wieder. Sein Denken verhedderte sich, er war verwirrt, aufgewühlt und auf seltsame Weise auch erschrocken.

„Taiki“, sagte Yoko mit derselben warmen Stimme, die Tobbs im magischen Wald gehört hatte. „Mein Taiki.“

Tobbs schloss die Augen und war für einen schwebenden, geborgenen Moment nur ein sehr, sehr kleiner Fuchs.

In seinen Armen löste die menschliche Gestalt seiner Mutter sich auf. Das Letzte, was er von ihr sah, war ihr orangerotes Fell, das wieder mit dem Nebelschatten verschmolz. Oder vielleicht lag es auch daran, dass alles vor seinen Augen verschwamm, weil er heulte wie ein Schlosshund.

Moriko legte ihm tröstend eine Hand auf die Schulter. „Sei nicht traurig. Die Tanukis sind besiegt. Und deine Mutter siehst du bald wieder. Sei mal lieber froh, dass du den Rest deiner Verwandtschaft erst in zwei Jahren kennenlernst! Und jetzt bringe ich euch zurück nach Haturo, bevor die Kitsune über euch stolpern.“

Die Unaussprechlichen

Von Katuro aus betrachtet, ragte der halb verkohlte Berg wie ein schwarzer Drachenzahn in den roten Abendhimmel. Und Katuro selbst, das stellte Tobbs fest, als er an Morikos und Anguanas Seite zum *Cho Babadoo* lief, war eine Stadt, die sehr schnell auf Veränderungen reagierte.

Die Straßenreinigung war im Einsatz, um die angespülten Leuchtaale und Algen aus dem See in Eimer zu kehren. Nixenschuppen glänzten wie verlorene Silbertaler auf den Straßen. Überall bildeten die Leuchtfalter und Lichtmaden neue Inschriften und Werbebanner. Und auffällig viele formten sich zu sympathisch lächelnden Fuchsgesichtern!

„Kitsune-Zungen! Köstlichste Kitsune-Zungen, süß und herrlich wie die Herrscher des Waldes!", pries ein Süßigkeiten-Verkäufer seine ovalen Zuckertafeln an. „Man sagt, Königin Kitsune persönlich isst nichts anderes mehr, so gut sind sie!"

Verwundert blickte Tobbs ihm nach.

„Seit wann dürfen die Unaussprechlichen denn beim Namen genannt werden?", fragte er Moriko.

Seine Cousine lächelte ihm verschmitzt zu. „Seit Königin Kitsune die Sonne zurückgebracht hat."

„Aber die Tanukis ..."

„Scht!" Moriko legte den Zeigefinger über die Lippen und senkte die Stimme. „Nenne den Namen der Unaussprechlichen niemals in dieser Stadt! Hier leben nur die Freunde der Kitsune, die jubeln, weil die Zeiten der Unaussprechlichen endlich vorüber sind. Hat der neue Fürst heute offiziell verlautbaren lassen."

„Und dabei sind seine Untertanen immer noch dieselben Menschen", bemerkte Anguana trocken und betrachtete ein Schild über dem Eingang eines Theaters. Es warb für ein neues Musical, das in wenigen Tagen starten sollte: *„Amaterasu – Göttlichste der Schönen, Schönste der Göttlichen. Die wahre Geschichte eines Mädchens, das fortging und wiederkam."*

„Neuer Fürst, neue Zeiten, neue Meinungen", murmelte Mamsie Matata nachdenklich. „Heute sind die einen die Unaussprechlichen, morgen sind es die anderen. Und übermorgen ..."

Dinge ändern sich, dachte Tobbs.

Ein Jahr und zehn Monate. So lange dauerte es noch, bis er zurückkehren würde. Und er hatte fest vor, auch Prinz Tanuki wiederzusehen.

Im Gegensatz zur Stadt hatte sich das *Cho-Babadoo* nicht verändert. Nur die verschmutzte Fassade sah nach der

Sturmflut ein wenig sauberer und adretter aus. Schon von Weitem konnte Tobbs erkennen, dass Neki ganz rechts auf der Holztreppe saß, ein rot-weiß-schwarzer Berg aus Fell und Fettpolstern. Nun, diesen Anblick kannte Tobbs schon zur Genüge. Viel ungewöhnlicher war das linke Ende der Treppe. Dort saß Vurvolak!

„Ich glaube, ich habe mir den Kopf zu fest angehauen, als ich in den See geworfen wurde“, flüsterte Anguana. „Ich sehe Vurvolak und eine Katze – friedlich auf derselben Stufe sitzend!“

Erst als sie näher kamen, entdeckten sie, dass Neki ein geschwollenes Auge hatte, als hätte eine Faust sie dort getroffen. Und Vurvolaks hellgrüne Wange zierten vier dunkelgrüne Kratzspuren.

„Ich schätze, es steht einfach nur 1:1“, erwiderte Tobbs.

Vurvolak sprang hoch und eilte ihnen entgegen.

„Wo habt ihr denn Ankou Arnold gelassen?“, rief er.

Anguana zuckte zusammen.

„Äh, er ... steht unter dem Schutz der Sonnengöttin“, antwortete Tobbs so diplomatisch wie möglich. „Bleibt wohl noch eine Weile auf dem Berg.“

Vurvolak atmete auf und nickte. Ein Lächeln kam dennoch nicht über seine Lippen. Er beugte sich zu Tobbs herunter und raunte: „Hör mal, wenn ihr wieder in der Taverne seid ... Da hängt doch dieser Steckbrief. Aber ihr verratet den Kleinen ja nicht, oder?“

„Auf eines kannst du Gift nehmen“, sagte Anguana heftig. „Ich kenne keinen Ankou Arnold. Ich weiß nicht mal mehr, wie er aussieht.“

„Endlich!“, maunzte Neki und wuchtete sich schnaufend hoch. „Wanja hat eine Tür direkt neben den Lagerräumen im Keller gebaut und wartet auf euch.“ Und mit einem Seitenblick auf den verkohlten Berg, den man über den Dächern der Stadt sehen konnte, fügte sie hinzu: „Hast ja schließlich auch wieder mal genug Schaden angerichtet, Schankjunge. Bei den Elfen hat ein Dorf daran glauben müssen, in Yndalamor hast du Kalis Streitwagen zerstört, in Tajumeer ging eine ganze Insel hops und so ganz nebenbei musste auch noch einer der heiligen Riesenkraken dran glauben. Und hier in Doman fackelst du gleich den ganzen Berg ab. Was kommt als Nächstes?“

„Mit dem Berg habe ich nichts zu tun“, antwortete Tobbs würdevoll. „Daran ist Dopoulos schuld. Er hatte die Furien nicht unter Kontrolle.“

„Tja“, entgegnete Neki herablassend. „Das zeigt ja wohl nur zu deutlich, dass ihr beide verwandt seid!“

Taiki

Kali hatte eine Torte spendiert. Zum Glück hatte sie die Zutaten nicht selbst ausgesucht, denn eine Torte aus Totenschädeln mit schwarzer Pechglasur hätte wohl selbst in der Taverne niemand angerührt. Diese hier bestand aus Marzipan mit Leuchtfaltermotiven und kleinen Füchsen aus Orangenschalen.

Als Souvenir hatte Dopoulos die Flügel der Telegrammlibelle mit Nekis Botschaft aus Doman auf die Spitze gesetzt. Heute Morgen war das Insekt mit zirka hundertachtzig Stundenkilometern in der Taverne eingetroffen. Dummerweise war das Fenster noch geschlossen gewesen. „*Dopoulos! Neffe mal wieder in Gefahr – schick Wanja. Neki*“, war auf den Flügelresten des Eilboten zu lesen.

Tobbs hatte viele Familienfeste erlebt, aber das hier war das erste, das nur ihm galt. Fast war ihm die Aufmerksamkeit peinlich. Da war es eigentlich ganz angenehm, dass wenigstens Dopoulos wieder ganz der Alte war. Er hatte das Löwenfell wieder gegen seine Schürze eingetauscht und den Morgenstern des Helden gegen den großen Schlüsselbund der Taverne.

Niemand hätte je vermutet, dass sich hinter der Fassade des höflichen, manchmal sogar unterwürfigen Wirts ein Heldenschicksal verbarg. Seinen Neffen behandelte Dopoulos so, wie er ihn schon seit dreizehn Jahren behandelte: mürrische *Gerade-mal-so*-Beachtung.

Auch Tobbs hatte mit seinem Onkel seit seiner Rückkehr kaum drei Worte gesprochen. Die Stimmung zwischen ihnen war immer noch angespannt, es war noch längst nicht alles gesagt.

Aber wenn Tobbs sich unbeobachtet fühlte, betrachtete er den Wirt verstohlen und konnte nicht anders, als ihn doch ein wenig zu bewundern. Niemals hätte ein ganz normaler Mensch es zum Beispiel gewagt, den Furien, die nun an der Tür aus Kandara standen, ihre rauchenden Fackeln abzunehmen.

„Du auch!“, befahl Dopoulos einer schwarzhaarigen Furie mit vampirartigen Dolchzähnen. „Her damit oder alle Damen bleiben heute draußen!“

„*Ich* habe den Wald nicht angesteckt!“, beteuerte die Furie mit großen, unschuldig glühenden Augen. „Das war *die* da drüben!“

„Bin ausgerutscht!“, rechtfertigte sich die Verpetzte. „Ich schwör’s! Keine Absicht!“

„Die Fackeln bitte!“, sagte Dopoulos mit lediglich einem Quäntchen mehr Nachdruck. Und die Furien maulten, aber sie fügten sich. Und Tobbs musste zugeben, dass ihn das ziemlich beeindruckte.

Viel Zeit für heimliche Bewunderung blieb ihm jedoch nicht, Verwandtschaft Nr. 27 – eine Hexe aus Kandara –

war eben zu ihm getreten und schüttelte seine Hand, als sei sie ein Barkeeper und Tobbs ein Cocktail.

„Hallihallo!“, kicherte sie irr. „Du kennst mich noch nicht, ich bin die Nelly, eine Nichte der angeheirateten Großcousine deines Vaters. Habe erst heute erfahren, dass Menandros einen Sohn hat! Willkommen in der Familie!“

Tobbs lächelte. „Angenehm“, sagte er. „Ich heiße Taiki. Viel Spaß bei der Feier.“

„Ganz der Vater!“, rief die Hexe und schielte entzückt. „So höflich!“ Ehe Tobbs sich dagegen wehren konnte, hatte sie ihn schon mit ihren dürren Fingern in die Wange gekniffen und rüttelte daran, bis Tobbs’ Zähne aufeinanderschlugen.

„Du wolltest Verwandtschaft, da hast du sie“, raunte ihm Wanja im Vorübergehen zu und grinste.

Schon klingelte es an der nächsten Tür – diesmal das Tor ins Land Tinadin – und Dopoulos eilte mit klirrendem Schlüsselbund den Flur hinunter und ließ die neuen Gäste ein.

Tobbs wandte sich um und ging wieder in den großen Gastraum zurück. Mamsie Matata, die neben der Theke hing, hatte sich hübsch gemacht. An ihrem Gewand klimperten unzählige Silberglöckchen und ihre verwirrend unterschiedlichen Augen hatte sie mit weißer Schminke betont, die in ihrem ebenholzschwarzen Gesicht besonders hell leuchtete.

„Na, Junge? Auf diesen Augenblick hast du lange gewartet, was?“ Die Spiegelfrau lächelte ihm warm zu. „Aber wo bleibt nur das geschorene Ziegenmädchen?“

Gute Frage. Tobbs stellte sie sich auch schon seit einer Stunde. In wenigen Minuten würde der Tanz beginnen und Anguana war immer noch nicht da! Suchend sah er sich im Schankraum um.

Er war mit Zweigen und Blattwerk geschmückt und erweckte fast den Anschein, als würden sie in einem Wald feiern. Die Papierservietten auf den Tellern waren zu kleinen Origami-Füchsen gefaltet. Die Tische waren in langen Reihen an der Wand entlang aufgestellt worden, damit genug Platz für die Tanzfläche blieb. Und die Dämonenband, die extra aus Olitai eingeladen worden war – vier hundeköpfige Männer und ein grünhäutiger Schlangenmensch –, stimmte grässlich anzusehende Instrumente mit dornigen Auswüchsen.

Sogar Tobbs' bester Dämonenfreund Sid war zu seiner Feier gekommen und versuchte gerade, Wanjas Tante, der Hexe Baba Jaga, ein Glas Marindensirup in den Kragen zu schütten.

Pech für Sid.

Tobbs musste grinsen, als er sah, wie sein völlig überrumpelter Freund gleich darauf ein unfreiwilliges Bad in der Sirupschüssel nahm.

Ganz klar: Alle amüsierten sich bestens. Nur vom wichtigsten Gast noch keine Spur.

„Na, Tobbs?", meldete sich Mamsie Matata wieder zu Wort. „Was machst du denn jetzt für ein Gesicht? Das ist dein großer Tag! Bist du denn nicht glücklich?"

„Doch, schon", murmelte er.

Mamsie Matatas hellgrünes Auge fing das Licht einer

Kerze ein und leuchtete auf. Sie beugte sich zum Spiegelglas vor und lächelte Tobbs verschwörerisch zu.

„Jetzt erzähl mir nicht, dass Anguana diesem Friedhofsgeist immer noch hinterher trauert!“

„Natürlich nicht!“, rief Tobbs. Nun, das war nicht die ganze Wahrheit. Tobbs hatte keine Ahnung, wie es Anguana ging oder woran sie dachte oder nicht dachte. Seit ihrer Rückkehr in die Berge hatten sie sich nicht mehr gesehen.

„Sieh doch mal im Keller nach“, schlug Mamsie Matata vor. „Vielleicht kommt sie ja über den Hausbrunnen.“

Daran hatte Tobbs noch gar nicht gedacht.

„Klar“, rief er. „Ich schau gleich mal runter! Bis dann!“

Rasch, bevor ihn wieder irgendeine Cousine-Tante-Schwester-von-irgendwem abfangen konnte, schlüpfte er in den Flur und huschte zur Kellertür. Die mumifizierten Zeigerfinger der Krötenuhr am Ende des Gangs deuteten schon mahnend auf neun Uhr abends. Gleich würde die Musik beginnen.

Genau gegenüber der Kellertür hing immer noch der Steckbrief mit der Abbildung von Ankou Arnold. Die Belohnung für die Ergreifung des flüchtigen Friedhofsgeistes war auf hundert Dupeten erhöht worden. Beim Anblick des nicht gerade schmeichelhaften Porträts musste Tobbs lächeln. Arnold sah darauf aus wie ein Verbrecher, mit einer Stirn so niedrig wie die Absichten, die sich in den dunklen Augen spiegelten. Und Tobbs ertappte sich dabei, wie er hoffte, dass Arnold und Amaterasu eine schöne Zeit in Doman hatten.

Verstohlen sah er sich um, dann langte er zum Steckbrief und riss ihn von der Wand.

Wehmütig erinnerte er sich an Doman. Es war erst wenige Tage her und fühlte sich an wie Wochen oder Monate. Er sehnte sich nach seiner Mutter und nach Moriko. Er vermisste die Stadt der Leuchtkäfer. Und er dachte auch oft an Haruto. Ob es ihm gut ging?

„He, Schankjunge!", rief ihm Dopoulos über den Flur zu, als wäre in den vergangenen Tagen nichts geschehen. „Hör auf, an der Kellertür herumzulungern und kümmere dich um deine Gäste."

Tobbs warf einen Blick in das schartige Kellerloch, dann schnaubte er und wandte sich ab.

Dann eben nicht, dachte er traurig. Schöne Freunde, die sich lieber in ihrem Liebeskummer suhlten, statt zu seiner wichtigsten Party zu kommen!

Gerade wollte er zurückgehen, als er im Keller ein Plätschern hörte und gleich darauf hastige Schritte auf der Treppe. Dann flitzte Anguana aus der Tür in den Flur – klatschnass. Ihr Kleid zog einen ganzen Bach hinter sich her und ihre kurz geschorenen Haare waren mit Baumharz zu einer Igelfrisur geformt.

Tobbs' Ärger verflog auf der Stelle.

„Endlich!", rief er. „Wo zum Höllenkreiselkuchen warst du denn?"

„'tschuldigung", sagte Anguana zerknirscht und wrang eilig ihr Kleid aus. „Ich konnte nicht schneller, die Nymphen wollten mich nicht weglassen und haben ein Riesentheater gemacht. Eigentlich wollte ich auf einer Gämse ins

Tal reiten und bei euch an die Tür klopfen wie jeder andere Gast aus dem Dorf, aber dann war es plötzlich schon so spät, da habe ich den Wasserweg genommen und ..."

Ihr Blick fiel auf Tobbs' gelbes Seidenhemd mit den weiten Ärmeln und den Rüschen am Kragen.

„Huihui", meinte sie feixend und stieß einen leisen Pfiff aus. „Was kommt als Nächstes? Stickst du dir das Familienwappen ans Hemd?"

„Sehr witzig!", murrte Tobbs und wurde rot.

Ja, das Hemd sah wirklich ein wenig albern aus, aber Wanja hatte darauf bestanden, dass er bei seinem ersten richtigen Familienfest anständig angezogen war. Nur, dass „anständig angezogen" bei Wanja soviel hieß wie: angezogen wie ein rusanischer Jahrmarktzauberer.

Anguana wollte gerade noch etwas sagen, als ihr Blick auf den Steckbrief von Ankou Arnold fiel, den Tobbs immer noch in der Hand hielt.

Ihr Lächeln verschwand. Wenn sie nicht schon nass gewesen wäre, hätte sie spätestens jetzt wie ein begossener Pudel gewirkt.

„Oh", sagte sie leise. „Sie ... suchen ihn also immer noch. Hast du denn was ... von ihm gehört?"

Tobbs versetzte es einen Stich der Eifersucht.

„Nö", sagte er nur und zerknüllte den Steckbrief, so schnell er konnte. Dann warf er ihn die Kellertreppe hinunter und horchte dem dumpfen Pfump-pfump-pfump! hinterher, mit dem der Papierball von Stufe zu Stufe hüpfte.

Anguana seufzte. „Ist ja auch egal. Hoffentlich wird er mit Sommersprosse glücklich. Lass uns tanzen gehen."

Schweigend gingen sie nebeneinander den Flur entlang. Verstohlen blickte Tobbs seine Freundin von der Seite an. Sie hatte sich wirklich verändert – und das lag nicht nur an den kurzen Haaren. Sie war dünner geworden und hatte Schatten unter den Augen, als hätte sie die letzten Nächte nicht besonders gut geschlafen.

Es war seltsam: Es passte ihm überhaupt nicht, dass Anguana immer noch an Arnold dachte. Einerseits. Andererseits konnte er einfach nicht richtig verärgert sein. Im Gegenteil: Es tat ihm leid, sie so niedergeschlagen zu sehen. Und er verstand in diesem Augenblick zumindest eins: Sie waren Freunde und würden füreinander durchs Feuer und wieder zurück gehen. Und kein Ankou auf dieser Welt würde das ändern.

„Anguana?“, fragte er, bevor sie die Tür zum großen Gastraum erreichten. „Was haben die Orakelfüchse in Inaris Tempel denn eigentlich zu dir gesagt?“

Anguana räusperte sich und wich seinem Blick aus. „Ach, na ja, nichts Besonderes“, murmelte sie verlegen. „Nur Quatsch. Nicht viel besser als ein blödes Wochenhoroskop aus dem Zufallsgenerator.“

„Sag schon!“

Sie winkte ab und rollte mit den Augen. „Ach, meine Güte. Inaris Füchse haben behauptet, ich würde jemanden finden, den mein Ziegenfuß nicht stört und der …“ Sie zuckte mit den Schultern. „Ach, was soll’s. Ich glaube sowieso nicht daran. Ich denke, Inaris Füchse haben sich mit mir einfach einen Spaß erlaubt. Sehr lustig, wirklich!“

Sie lächelte schief.

„Wenn es egal ist, kannst du mir den Orakelspruch doch genauso gut sagen", beharrte Tobbs.

Anguana musste sich ganz offensichtlich einen großen Ruck geben. Sie rollte wieder mit den Augen und schnaubte verächtlich.

„Wilder Tanz und Wahnsinn", rezitierte sie dann. *„Romantik. Schicksal der Ewigkeit.* Blablabla und so weiter und so fort!"

Tobbs prustete los.

„Bärgs!", fauchte er dann wie ein Fuchs und schüttelte sich. „Das klingt nach Nummer eins."

„Ich wusste, dass du lachen würdest!", empörte sich Anguana und versetzte ihm einen groben Stoß gegen die Seite, der ihn gegen die Wand schleuderte.

Aber es war nichts zu machen. Tobbs konnte nicht anders, das Glucksen und Lachen sprudelte einfach aus ihm heraus.

„Schicksal der Ewigkeit", äffte er den näselnden Tonfall von Nummer eins nach. „Mann, da hast du aber Glück gehabt, dass Arnold in der Nähe war! Stell dir vor, Vurvolak hätte dich zum Tanzen aufgefordert. Dann hättest du dich in ihn verlieben müssen."

„Iiiih!", rief Anguana. „Das ist nicht witzig!"

„Nicht? Ich finde schon!", grinste Tobbs und ahmte Vurvolaks gestelzt-würdevollen Gang nach. „‚Küss mich, ich bin grün!'", intonierte er mit Grabesstimme.

„Hör auf!", kreischte Anguana und schüttelte sich.

„Und eure Kinder erst! Grüne Gesichter und blonde Haare!"

„Tobbs!“

„Dann noch rote Hüte und du kannst sie alle ‚Ampel‘ nennen und durchnummerieren!“

Ein Boxhieb traf ihn auf die Brust und nahm ihm die Luft. Tobbs japste und torkelte und brachte kein Wort mehr heraus, aber Kichern ging erstaunlicherweise noch.

Anguana starrte noch einige Schritte düster und gekränkt vor sich hin, doch nach und nach begannen ihre Mundwinkel zu zucken. Ganz allmählich stahl sich ein schiefes Lächeln in ihr Gesicht, das schließlich zu einem Grinsen wurde. Und plötzlich platzten sie beide laut heraus und lachten, bis sie keine Luft mehr bekamen und ihnen der Bauch wehtat.

Einige Todesfeen warfen ihnen tadelnde Blicke zu, als sie prustend, vor Wasser triefend und mit Lachtränen in den Augen in den Gastraum torkelten.

„Eins, zwei, drei, vier!“, zählte der Sänger der Dämonenband den Takt an. Dann dröhnten die Drums, die Gläser zersprangen in den Händen der Gäste, die Furien johlten los und sprangen auf die Tische. Der Beat warf die Leute am Rande der Tanzfläche gegen die Wände, als hätte eine Druckwelle sie erwischt. Zwei Wichtel kamen gar nicht bis zur Wand, sondern fielen schon vorher einfach um.

Tobbs atmete tief durch und war einfach nur glücklich. Das war bester Dämonenbeat! Die Gitarre heulte ein funkiges Solo. Die Musik zuckte wie ein Stromschlag durch seine Arme und Beine. Anguana und er grinsten sich an, schon jetzt taub vom Dröhnen der Bässe.

Applaus brandete auf, als der grünhäutige Schlangenmensch das Mikrofon hochwarf, eine gewagte Drehung mit einem ziemlich unanständigen Hüftschwung hinlegte und dann richtig durchstartete. Die Furien kreischten wie Fans einer Boyband.

Tobbs streckte Anguana die Hand hin und das Mädchen lachte und ergriff sie. Johlend stürmten sie an den Furien und Todesfeen vorbei.

Und sie tanzten wild und wahnsinnig.

ENDE

Lexikon

Amaterasu: In Japan wird sie als Sonnengöttin und Herrscherin über den Himmel verehrt. Sommersprossen hat sie vermutlich keine, aber wenn sie wütend ist, wird es zappenduster. Als ihr Bruder Susanoo ihr ein totes Pferd auf den Webstuhl warf, zog sie sich tief gekränkt in eine Höhle zurück und ließ die Welt in Finsternis zurück. Einige andere Götter taten sich deshalb zusammen und lockten sie mit einem lustigen Tanz und einem Spiegel wieder aus der Höhle. In der einen Version reflektiert der Spiegel daraufhin Amaterasus Schönheit und auf der Welt wird es wieder hell. Die andere Version erzählt, dass die Göttin sich im Spiegel erst nicht erkennt und wie ein Wellensittich auf ihre vermeintliche Konkurrentin losstürzt. Das Ergebnis ist in beiden Fällen gleich: Die Sonne scheint wieder, und ihr Bruder Susanoo wird zur Strafe auf die Erde verbannt.

Ankou: Im bretonischen Volksglauben ist der Ankou (oder Ankeu) der personifizierte Tod. Seine Entstehung geht recht willkürlich vonstatten: Der erste Tote eines Jahres, der auf einem Friedhof beerdigt wird, wird zum Ankou. Fortan gilt er als Tod persönlich oder erscheint den Lebenden im Auftrag der Toten. In Frankreich heißt er manchmal auch „Père Ankou“, in deutscher Übersetzung „Gevatter Tod“. Eine weniger hübsche Überlieferung besagt, dass der Ankou schlichtweg ein unglückliches Opfer ist, das als Erstes auf einem Friedhof lebendig begraben wird und nach seinem Ableben die Pflicht hat, als Friedhofsgeist Wache zu schieben.

Benten: Sie gehört zu den sieben Glücksgöttern Japans. Einst rettete sie viele Menschen vor einer fürchterlichen weißen Schlange (bzw. einem Drachen) mit fünf Köpfen. Erst als Benten dieser Schlange versprach, sie zu heiraten, erklärte die Schlange sich im Gegenzug bereit, die Menschen nicht mehr zu verschlingen. In Wirklichkeit war diese Schlange der Drachenkönig und es wurde wohl eine ganz gute Ehe daraus. Als „golden glänzende Gebende" bringt Benten den Menschen Nahrung, Geld und Reichtum, sie ist aber auch für Talente wie Anmut, Musikalität und künstlerisches Schaffen zuständig.

Herakles: Auch Herkules genannt. Ein griechischer Held, Sohn von Göttervater Zeus und seinem Seitensprung Alkmene. Herakles absolvierte eine erstklassige Heldenkarriere. Unter anderem kämpfte er gegen Giganten und erledigte zwölf schwierige Arbeiten, die König Eurystheus bei ihm in Auftrag gab. Die Liste liest sich folgendermaßen: 1. Den Löwen von Nemea erwürgen. 2. Das Ungeheuer Hydra töten. 3. Einen wilden Hirsch mit goldenem Geweih einfangen. 4. Den Eber von Erymanthes nach Mykene bringen (lebendig). 5. Den Stall von König Augias ausmisten. 6. Die Stymphalischen Vögel töten, da sie ziemlich viel Schaden anrichteten. 7. Einen wild gewordenen Stier auf

der Insel Kreta einfangen und ihn nach Mykene bringen. 8. Die menschenfressenden Pferde des Königs Diomedes zähmen. 9. Einer Amazonenkönigin den Gürtel abnehmen (wie er das genau geschafft hat, ist nicht überliefert). 10. Die Rinder des Riesen Geryoneus beschlagnahmen. 11. Die goldenen Äpfel im Garten des Hesperiden pflücken. 12. Den Höllenhund Zerberus einfangen.
Nach Erledigung all dieser Aufgaben hatte Herakles sich das Recht erworben, ein Gott zu werden. Angeblich starb er, als seine Gattin Deianeira ihm ein vergiftetes Gewand gab, und wurde danach in den Olymp entrückt. Vielleicht hat er diese Geschichte aber auch nur in die Welt gesetzt, um inkognito und in aller Ruhe eine Taverne eröffnen zu können.

Inari: Japanische Gottheit, unter anderem für die Reisernte zuständig. Ihr Tempel wird von zwei weißen Füchsen bewacht (denen ich noch Nummer drei und vier hinzugefügt habe). Gerne zeigt Inari sich als junge Frau, man hat sie aber auch schon in der Gestalt eines Fuchses gesehen – oder als alten Mann.

Kappa: Meist wird er als grünhäutiges, froschähnliches Wesen mit wirrem Haar dargestellt. Wichtig ist die Delle in seinem Kopf, in der er eine magische Flüssigkeit transportiert. Ein Kappa ist auf Menschen meist nicht gut zu sprechen, er sät gerne Zwietracht und saugt Leuten, die sich in seinem Revier herumtreiben, schon mal Blut und Eingeweide aus. Trotz allem ist der Kappa aber ein höflicher Japaner. Begegnet man einem, sollte man sich verbeugen. Er wird die Verbeugung erwidern – und mit dem magischen Wasser, das aus der Mulde fließt, geht dann auch seine Zauberkraft verschütt.

Kitsune: Füchse! Japanische Rotfüchse, um genau zu sein. Sie sind mit magischen Fähigkeiten ausgestattet, können jederzeit Menschengestalt annehmen und Männer und Frauen mit ihrem Fuchszauber betören. Oft verwandeln sich Füchsinnen in schöne Frauen und die Menschenmänner, die sich in sie verlieben, sind von da an hoffnungslos fuchsbesessen.

Maneki Neko: In Japan schreibt man den Katzen („Neko") magische Fähigkeiten zu. Ist man Kaufmann und hat man dann noch eine „winkende Katze" („Maneki neko") im Fenster seines Ladens sitzen, braucht man nicht mehr Lotto zu spielen, denn die Katze winkt das große Geld sozusagen herbei.

Minotaurus: Ein Mischwesen aus der griechischen Mythologie mit Stierkopf und menschlichem Körper. (Ich fand allerdings, dass die Minotauren aus Kandara Hufe statt Füße haben sollten. Hört sich bei einer Stampede einfach besser an.) König Minos ließ für sein Untier ein Labyrinth erbauen und sperrte es darin ein. Alle neun Jahre schickte Minos sieben Jünglinge und Jungfrauen in das Labyrinth, wo sie vom Minotaurus verschlungen wurden.

Schlangen: In der japanischen Mythologie sind Schlangen mit den Drachen verwandt. Genauer gesagt werden Schlangen oft als „Baby-Drachen" angesehen („Nein, die spuckt noch kein Feuer, die beißt nur!") oder dienen den Drachen als Boten. Schlangen und Drachen sind wiederum beide mit dem Element Wasser verbunden. Wenn man in Japan an Schlangen denkt, hat man zudem meistens auch das Wort Eifersucht im Hinterkopf. Manche Leute glauben sogar, dass eine eifersüchtige Frau als Schlange wiedergeboren wird.

Tanuki: Oft fälschlich als „Dachs" übersetzt. Tatsächlich sind diese Tiere aber mit den Hunden verwandt und sehen aus wie eine hübsche Mischung aus Waschbär, Dachs und Kojote. Ihr wissenschaftlicher Name lautet „Nyctereutes procyonoides" – im Deutschen wird er einfach „Marderhund" genannt. In Japan ist diese Tierart sehr weit verbreitet, soll aber auch in unseren Breiten auf dem Vormarsch sein. Wie den Füchsen sagt man auch den Tanukis Verwandlungskünste nach. Aber während die Kitsune-Füchse als raffiniert und heimtückisch gelten, glänzen die Tanukis eher durch eine derbere und direktere Hau-drauf-und-frag-später-Mentalität. Tanukis spielen den Menschen gerne Streiche oder machen ihnen hier und da das Leben schwer.

Tengu: So werden die „Himmelhunde" in japanischer Sprache genannt. Es gibt verschiedene Arten von Tengus, mit Hunden haben sie aber allesamt nichts zu tun. Ihre Gestalt ist menschlich, meistens haben sie rote Gesichter und lange Nasen. Manche sagen, Tengus waren früher Mönche, die sich schlimm danebenbenommen haben und deshalb diese Gestalt annehmen mussten. Tengus gibt es auch in der Variante mit Krähenschnabel, Federn und Flügeln. Die Mönchsgewänder tragen sie aber trotzdem.

Vurvolak: Adretter albanischer Totengeist, korrekt gekleidet mit schwarzer Fliege. Bevor er zum Geist wurde, war er ein ganz normaler Mensch, der nach seinem Ableben das Pech hatte, auf dem Friedhof zur falschen Zeit am falschen Ort zu liegen. Springt eine Katze nämlich über ein frisches Grab, wird der Tote zum Vurvolak und findet keine Ruhe mehr. Und selbst die Tatsache, dass er nicht verwesen kann, hilft nicht wirklich bei dem Versuch, neue Freunde für die Ewigkeit zu finden.

Zentaur: Ein Fabelwesen aus der griechischen Mythologie: zwei Hände, vier Hufe; halb Pferd, halb Mensch. Ziemlich schnell, wenn es darauf ankommt.

Leseprobe aus dem
Ravensburger Taschenbuch 52328
„Im Land der Tajumeeren“
von Nina Blazon

Wie immer, wenn die Furien an der Tür Sturm klingelten, nahmen die anderen Gäste kommentarlos ihre Gläser und Teller und brachten sich vorübergehend in einem der zahlreichen Nebenzimmer in Sicherheit. Dopoulos schloss die Tür hinter ihnen und trat auf den Flur, wo Tobbs ihn schon erwartete. Der Wirt runzelte die Stirn.

„Du bist so blass“, sagte er und legte Tobbs eine Hand auf die Schulter. „Mach dir keine Sorgen, Junge. Wanja weiß, was sie tut. Es wird ihr schon nichts passieren.“

Tobbs nickte nur und bemühte sich um einen möglichst neutralen Gesichtsausdruck. Er mochte Dopoulos, aber im Augenblick hätte er den Wirt am liebsten zur Rede gestellt. Für wie naiv hielt er ihn eigentlich? Er beobachtete, wie der Wirt den passenden Schlüssel heraussuchte und den Furien öffnete.

„Herein, meine Damen!“, sagte er in seinem munter-geschäftigen Gastgebertonfall. Eine Sekunde später war der Flur ein kochender Strudel aus Feuerzungen, Lichtblitzen und verwirrenden Farbspielen. Der Boden bebte und die Wände schienen sich zu dehnen und zu biegen, als seien sie aus Gummi. Es roch nach verkohlten Lavendelbüschen und Vulkanasche.

Tobbs blinzelte und drückte den Krug mit Brennbeerensaft an sich. Heute tat es richtig weh, die Erschütterungen des Bodens auszubalancieren, denn seine Muskeln schmerzten noch von den Reitübungen. Schon jetzt spürte er, dass ein grässlicher Muskelkater folgen würde. Und dabei hatte das Abenteuer noch gar nicht begonnen.

„Krötenwarzen und Schlangenasche, Feierabend für heute!", rief die älteste der fünf Furien. „Und ein Hoch auf unsere erfolgreiche Jagd!"

Im Gegensatz zu den anderen trug sie kein Gewand aus Flammen, sondern eine schwarze Robe, die um ihren hageren Körper flatterte. Sie verlieh ihr Ähnlichkeit mit einem zusammengeklappten Regenschirm, auf dessen Spitze ein dreieckiges Gesicht mit lodernden Augen und einem blutroten Maul steckte. Eine peitschenlange Zunge ringelte sich um einen schiefen Dolchzahn. Kein Wunder, dass die Furien so oft mit Vampiren verwechselt wurden.

„Willkommen!", schrie Dopoulos gegen den Lärm an. „Ich hoffe, die Damen hatten einen erfolgreichen Tag."

„Darauf kannst du wetten", grollte eine rothaarige Furie, deren Fingernägel modisch mit kleinen Knochensplittern verziert waren. „Gehetzt haben wir den mörderischen König Kalvas über sieben Hügel, bis er wahnsinnig wurde. Im Augenblick sitzt er am Ufer des endlosen Sees, isst seine Schuhe auf und kichert irr. Hallo, Schankjunge!"

Tobbs rang sich ein Lächeln ab und nickte der Furie zu. Ihre Augen waren Feuerkreise. Er konnte sich sehr gut vorstellen, dass ein Opfer, dem die Furien hinterherjagten, den Verstand verlor. Vielleicht war das sogar besser, als das ganze restliche Leben Albträume zu haben und bei jedem Geräusch in Panik zu geraten.

„Soso“, zischelte die schwarz gewandete Furie und hob Tobbs’ Kinn mit einem spitzen Finger. „Wütend ist er, auch wenn er es gut verbirgt. Na, wen sollen wir für dich jagen, damit du bessere Laune bekommst?“

Die Furien lachten kreischend. Tobbs schielte zur Hintertür und entdeckte zu seiner Erleichterung Anguanas Hand, die ihm das Zeichen gab. Genau im richtigen Augenblick ließ er den Krug mit dem Brennbeerensaft aus den Händen gleiten und schrie erschrocken auf. Der eitergelbe Saft ergoss sich auf den makellos gebohnerten Boden und begann zu dampfen. Dopoulos funkelte seinen Schankjungen ungehalten an. „Tut mir leid“, schrie Tobbs gegen das Furiengelächter an.

„Auch das noch“, polterte der Wirt. „Hol neuen Saft, ich begleite derweil die Damen ausnahmsweise selbst in den Gastraum. Aber ich kann nicht auf dich warten, Kali kann jeden Augenblick klingeln und Wanja bricht in ein paar Minuten auf, also beeil dich bitte, zu lange sollten wir die Geduld der Furien nicht auf die Probe stellen. Die Scherben kannst du später beseitigen.“ Dopoulos hielt inne und legte ihm die Hand auf den Arm. Eine Geste, die er nur sehr selten machte. „Guter Mann“, sagte er. Um seine traurigen, vom Schlafmangel stets geröteten Augen bildete sich ein Fächer von Lachfältchen. „Auf dich kann ich mich verlassen! Und du weißt ja: Ich würde nicht jeden mit den Furien alleine lassen.“ Tobbs nickte verdattert, völlig überrumpelt von dem seltenen Kompliment des Wirts. Dopoulos winkte den Furien zu und führte sie durch den großen Schankraum und einen schmalen Gang in das separate Zimmer, das für ihren Stammtisch reserviert war und mit Stahlstreben verstärkte Wände hatte.

Kaum hatte sich die wirbelnde Prozession aus seinem Blickfeld entfernt, sprintete Tobbs zur Hintertür und sprang auf den Hof.

Anguana wartete bereits, das Pony am Zügel.

„Endlich!“, zischte sie und sah sich nervös um. „Wanja ist gerade in den Stall gegangen und sattelt Rubin. Ich hoffe nur, sie kommt nicht auf die Idee, um die Ecke in die Ponybox zu schauen.“

Sie schnalzte auffordernd mit der Zunge und führte das Pony durch die schmale Tür. Mit seinem runden Bauch streifte es an den Zargen entlang und schnaubte unwillig, aber dann stand es im Flur und spitzte die Ohren. Einige Räume weiter tobten sich die Furien bei ihrem Begrüßungsritual aus.

Tobbs stürzte zur Treppennische und zerrte seinen Wintermantel und eine Pelzkappe hervor, die sein blaues Haar verbergen würde. Er hechtete in die Wintersachen, packte den bereits vorbereiteten neuen Krug mit Brennbeerensaft und die Zange und schlitterte zurück zu Anguana.

Wenn man den Trick raushatte, war es nicht besonders schwer, die Nägel, die er zuvor bereits gelockert hatte, aus dem Holz zu ziehen. Anguana blieb an seiner Seite und half ihm mit einer Hand den Riegel aufzustemmen.

Eine Explosion erschütterte das Wirtshaus; roter Rauch waberte um die Ecken, als die Furien ihren Schlachtgesang anstimmten. Das erschrockene Wiehern und Tänzeln des Ponys ging im Lärm unter. Das Trappeln der Hufe auf dem Dielenboden war nicht zu hören, doch die Erschütterungen konnte Tobbs durch seine Stiefel hindurch spüren.

„Schnell!“, drängte Anguana. „Wanja wird gleich hier sein! Denk daran, was ich dir gesagt habe: keine Angst zeigen, keine hektischen Bewegungen. Du bist der Boss, das muss das Pony spüren.“

Tobbs nickte wenig überzeugt. Er stolperte beinahe über seinen langen Mantel, doch er packte den Zügel, den Anguana ihm hinhielt, und zog das Pony hinter sich her. Jetzt gab es kein Zurück mehr. Er atmete tief durch und riss die Tür zu Rusanien auf. Eine eisige Bö warf ihn beinahe um.

Das Pony hob den Kopf und spitzte die Ohren, dann stampfte es erwartungsvoll mit dem linken Vorderhuf auf und blies Tobbs einen keuchenden, warmen Atemstoß in den Kragen. Anguanas Zähne klapperten vor Kälte, als sie neben ihn trat und ihn zum Abschied kurz umarmte.

„Viel Glück, Tobbs. Und pass auf dich auf!“

„Danke, Anguana!“, sagte er aus tiefstem Herzen. „Und pass du auf dich auf. Nach dem fünften Glas werden die Furien streitsüchtig.“

„Sollen sie nur, wer mit mir streitet, bekommt es mit den Quellgeistern zu tun. Los, los!“ Sie gab dem Pony einen Klaps und ehe Tobbs sichs versah, hatte es ihn bereits über die Schwelle mitgezogen.

Eine Sekunde später fand er sich auf rusanischem Boden

wieder – das heißt: knietief im Schnee, unter einem sternenklaren Himmel, von dem ein satter, orangeroter Vollmond schien. Hier musste es bereits Mitternacht sein. Die Taverne war nur noch ein dunkles Gebilde – die optische Täuschung einer Wand aus Schatten und helleren Birkenstämmen. Niemand, der durch den Wald irrte, würde jemals auf die Idee kommen, dass sich zwischen den Birkenstämmen eine Tür befand. Nur ein schmales Rechteck aus Licht verband Tobbs noch mit dem vertrauten Gasthaus.

Tobbs sah das Aufblitzen von Anguanas goldblondem Haar, das hinter der zuklappenden Tür verschwand, dann war er allein im dunklen Wald.

Bis jetzt lief alles glatt. Er konnte es selbst kaum glauben – er saß auf einem Reittier. Eisflocken froren an seinen Wimpern fest und in der Ferne heulte ein Wolf. Endlich, als das Pony schon ungeduldig scharrte und die Kälte durch die Nähte im Pelz zu kriechen begann, öffnete sich die Tür. Stimmen drangen in den nachtstillen Wald und wurden gleich darauf vom wattedichten Schnee verschluckt.

Hektisch zog er die Zügel an und lauschte. Das Pony spitzte die Ohren. Dopoulos brummelte etwas und Wanja antwortete. Gleich darauf hörte Tobbs dumpfen Galoppschlag. Er kam näher und näher, stampfte direkt hinter der dicken Kiefer vorbei und wurde wieder leiser. Das Pony warf ungeduldig den Kopf hoch und stemmte sich mit aller Kraft gegen den Zaum. Kein Zweifel – es wollte laufen. Tobbs wartete noch, bis die Tür wieder ins Schloss fiel, dann drückte er kräftig die Fersen in die Seiten des Ponys und gab die Zügel frei.

Der scharfe Ruck nahm ihm die Luft. Das Pony, durch zehn Kilo Hafer bestens aufgetankt, schoss so schnell los, dass er hart in den Sattel zurückgeworfen wurde. In dem schreckstarren Moment, in dem das Tier Tobbs mit einem hinterhältigen Ruck die Zügel aus den Händen riss und er sich verzweifelt an die Mähne klammerte, erkannte er, dass er eine Dummheit begangen hatte.

Dieses Pony war ganz offensichtlich kein gewöhnliches Pony. Es war ein Kurierpferd und es verstand sein Geschäft. Es hatte bestimmt hart gearbeitet, um so weit zu kommen. Früher hatten es die anderen wegen seiner kurzen Beine ausgelacht, und gerade deswegen war es seit jeher fest entschlossen, das Unglaubliche zu schaffen. Wenn es schlief, träumte es davon, die schnellsten Rennpferde Rusaniens mit hämischem Wiehern zu überholen und ihre Rekorde voller Triumph in Grund und Boden zu stampfen. Im wachen Zustand lebte es diesen Traum. Es war besessen, es war fanatisch, es war zu allem bereit.

Unter seinen Hufen raste der Schneeboden dahin, ab und zu nur blendete Tobbs das Aufblitzen eines Hufeisens. Mähnenhaar verfing sich in seinem Mund und er spuckte und keuchte, während ein gewaltiger Sog ihm die Lider zudrücken wollte. Der Schnee stach wie tausend Nadeln auf seinen Wangen. Und trotz des Seils schlug der Sattel schmerzhaft gegen sein Gesäß, als würde ihn jemand erbarmungslos verprügeln. Nur schemenhaft erkannte er, dass sie den Wald hinter sich ließen und auf eine Kette von runden Hügeln zusteuerten. Tobbs erinnerte sich vage, dass Wanja von den neun Hügeln hinter dem siebten Königreich erzählt hatte. Mühsam hob er den Kopf und sah, wie die Schmiedin – ein kleiner roter Punkt am Horizont – gerade über der Hügelkuppe verschwand.

Das Pony quiekte entrüstet und legte die Ohren an. Tobbs ahnte Schlimmes. Dieses ehrgeizige Bündel Fell und Hufe konnte es ganz eindeutig nicht leiden, der Zweite in der Reihe zu sein. Die Muskeln spannten sich und der mörderische Galopp verwandelte sich in den glatten Flug eines Pfeils. Wenn Tobbs nun hinunterblickte, sah er keine Beine mehr, nur noch ein weißliches Etwas wie einen Nebelschweif. Der herrenlose Zügel flatterte und klatschte ihm wie eine Peitsche über die Wange, aber er traute sich nicht die Hände von der Mähne zu nehmen und ihn zu ergreifen. Wenn er jetzt das Gleichgewicht verlor und zur Seite kippte, würden die rasenden Hufe ihn zerschreddern und seine kläglichen Reste unter die Schneewehen baggern, ehe er „Fiep!" sagen konnte. Also duckte er sich noch tiefer über den Hals und betete zu Kali und allen anderen Göttern, dass das Pony zur Vernunft kommen würde.

Doch das Tier hatte andere Pläne.

Nachteulen flatterten lautlos auf, gelbe Fuchsaugen leuchteten im Mondlicht. Der erste Hügel raste vorbei, der zweite – und der dritte. Tobbs fühlte längst seine Hände nicht mehr und seine Nase, das wusste er mit Sicherheit, würde ihm jeden Augenblick gefroren aus dem Gesicht fallen. Seine Knie zitterten bereits vor Erschöpfung. Irgendwann musste diesem Psychopathen auf vier Hufen doch die Puste ausgehen!

Als er das nächste Mal den Kopf hob und blinzelte, entdeckte er, dass Wanja nicht mehr weit entfernt war. Und nun blickte sie sich auch noch über die Schulter nach ihm um! Ihr grimmiges Gesicht schwebte wie das bleiche Antlitz einer sehr wütenden Göttin über dem Pelzkragen. Aus. Seine Tarnung war aufgeflogen.

Dann sah er, wie Wanja Schwung holte – und sich mit einer wendigen Bewegung auf dem Pferderücken umdrehte! Wie ein Zirkusreiter saß sie in halsbrecherischem Galopp verkehrt herum auf Rubin. Ebenso flink griff sie hinter sich und zog einen langen Gegenstand hervor.

Tobbs brauchte ganze fünf Galoppsprünge, um das Unbegreifliche zu begreifen: Das lange Ding in ihrer Hand war ein Jagdgewehr, mit dem sie nun auf ihn zielte. Sie hatte ihn gar nicht erkannt! Wie auch? Sie sah ja nur einen Reiter mit Pelzmütze, der sie in halsbrecherischem Tempo verfolgte. Wanja würde ihn erschießen. Er würde stürzen, die Hufe würden ihn in die Schneewehe stampfen. Und im Frühjahr würden die Bären seine kläglichen Reste aus den halb geschmolzenen Schneehaufen graben und mit seinem Schädel Fußball spielen.

„Wanja, nein!“, brüllte er.

Ravensburger Bücher **Absolut lesenswert!**

Haigötter, Schneefüchse und japanische Spione

Nina Blazon

Im Land der Tajumeeren

Für immer in der Taverne am Rande der Welten leben? Nein! Tobbs' Entschluss steht fest: Er will das Geheimnis seiner Herkunft lüften. Also stiehlt er sich durch die magische Tür nach Rusanien davon und trifft auf orakelnde Totenköpfe und tollkühne Krieger. Schließlich gelangt er auf die Südseeinsel Tajumeer. Dort wachen Haigötter über einen geheimnisvollen verborgenen Schatz ...

ISBN 978-3-473-**52328**-3

www.ravensburger.de

Ravensburger

RTB_07_046

Ravensburger Bücher **Absolut lesenswert!**

Fantasy im Stil von Terry Pratchett

Nina Blazon

Die Reise nach Yndalamor

Seinen 13. Geburtstag hat sich Tobbs ganz anders vorgestellt. Statt endlich zu erfahren, wer ihn vor so vielen Jahren in der Taverne am Rande der Welten vergesssen hat, muss er auf einer Dämonenhochzeit den Kindertisch bewachen. Und prompt macht sich ein Dämonenjunge durch eine der verbotenen Türen in das Land Yndalamor davon. Tobbs jagt ihm hinterher. Beim Ritt auf einer magischen Raubkatze stürzt er in der Stadt der Spiegel ab. Ein gefährliches Abenteuer beginnt.

ISBN 978-3-473-**52317**-7

www.ravensburger.de

Ravensburger

RTB_07_004